魔神館事件

夏と少女とサツリク風景

椙本孝思

角川文庫 17596

JN266713

魔神館事件

夏と少女とサツリク風景

主な登場人物

白鷹《しらたか》黒彦《くろひこ》（人馬宮）…………高校生、16歳

犬神《いぬがみ》清秀《きよひで》（宝瓶宮）…………世界最高の知性、21歳

犬神《いぬがみ》果菜《はてな》（双児宮）…………犬神清秀の元気な妹、14歳

姫草《ひめくさ》泰道《やすみち》（天秤宮）…………医師、26歳

蒲生《がもう》聖《ひじり》（天蝎宮）…………シェフ、25歳

久《く》佐《さ》川《かわ》欄平《らんぺい》（双魚宮）…………コンピュータ技術者・実業家、20歳

紅岩《あかいわ》瑠《る》美《み》（巨蟹宮）…………新進女流画家、21歳

鶴原《つるはら》三《み》鳥《どり》（金牛宮）…………メイド、19歳

西《さい》木《き》露《つゆ》子《こ》（白羊宮）…………メイド、22歳

東作《とうさく》茂丸《しげまる》（処女宮）…………「魔神館」主人、46歳

妻木《つまぎ》悟《さとる》（磨羯宮）…………「魔神館」執事、42歳

香《か》具《ぐ》土《つち》深良《ふから》（獅子宮）…………西洋建築家、故人

[魔 神 館] 見 取 図

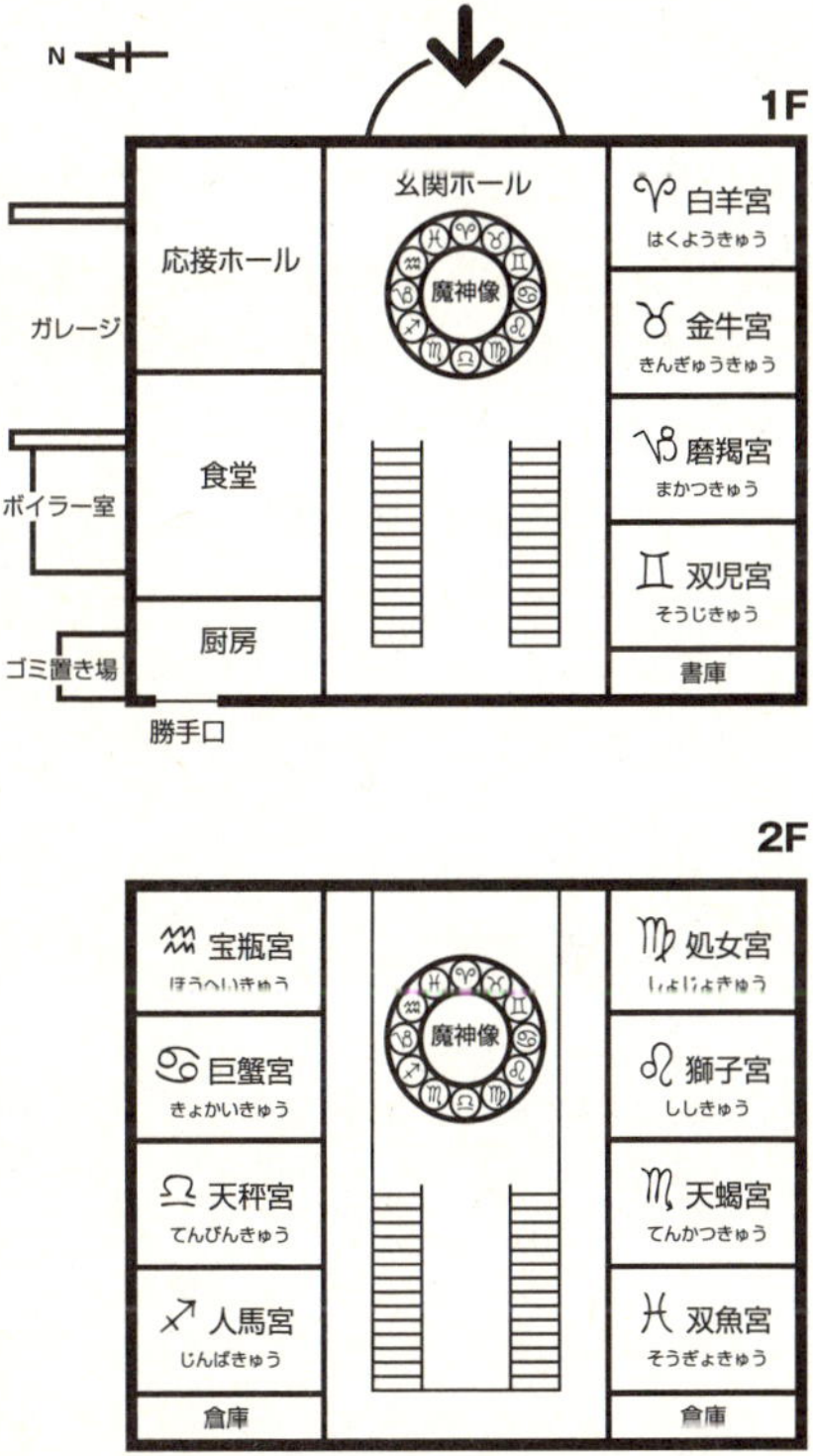

図版制作／カマベヨシヒコ

白羊の血は抜かれ
金牛の角は折れ
双児の手は離れ
巨蟹の鋏は砕け
獅子の牙は欠け
処女の面は剝がれ
天秤の針は狂い
天蝎の尾は切られ
人馬の胴は外れ
磨羯の脚は潰れ
宝瓶の縁は割れ
双魚の身は乾き
深淵より魔神が召喚される

プロローグ

彼は『館』の二階、階段を上りきった正面の窓際に独り佇《たたず》み、外の景色をじっと見入っていた。季節は夏。しかし薄暗い館には湿り気を帯びた冷たい空気が漂い、石造りの壁面は身を締め付けるような閉塞感《へいそくかん》を与えている。窓から入り込む少ない光が男の細いシルエットを映し出す。長身の痩《や》せた体。オールバックに伸ばした漆黒の髪。大きく、そして冷たい光が宿るその目は窓の外に広がる暗い森に向けられていた。雨が降り続く灰色の空の下。遠くに見える山々の先まで敷き詰められた深い森林は木々を震わせ、まるで一匹の巨大な生物のようにその表面をぬらりと湿らせる。雨音はなく、己の心音すら騒々しいと感じる程の静寂が館の隅々にまで満たされていた。

もっと降れ。

彼は結んだ唇の奥でそう呟《つぶや》くと、窓から背を向けて館の奥へと足を進める。この館には雨が似合う。この館には静寂が似合う。

この館には、血が似合う。

建物の建築は世界の構築であると、果たしてどれだけの建築家が気付いているだろうか。ただ建てるだけなら、ある程度の知識と技術を身に付けていればそれ程難しいものでもない。子供は石を積み、あるいは紙を切って家を作るし、少し器用な男ならばたった一人でも木を切り出して、庭の隅に納屋の一つも拵《こしら》えるだろう。家屋であろうと塔であろうとその延長線でしかなく、またその延長線でしかないものがほとんどであることを彼は知っていた。

彼は真新しい赤絨毯《じゅうたん》を敷き詰めた廊下を音もなく歩くと、右手に並ぶ部屋の扉の一つを静かに開く。整列した灰色の石壁に四方を取り囲まれた一室。正面の窓からは先程とは違う、しかしほとんど変わらない、雨に沈む森林がどこまでも広がっていた。彼は部屋のほぼ中央に立つと、ゆっくりと顎《あご》を持ち上げる。頭上より少し高い位置に、森の蔦《つた》を束ねて作った輪が天井より垂れ下がっていた。

優れた建築家は、作品に己の『意思』を内包させる。建物を世界と捉《とら》える、神の意思。温かな家庭を求め、遥《はる》か子孫までの豊かな暮らしを望み構築された世界には繁栄を約束された一族が入り、永きに亘《わた》りその世界は受け継がれてゆくだろう。賢人たちが集い、その静かな安らぎと日々の修練の場として構築された世界には、確固たる信念の下、さらに高みを望む明晰《めいせき》な頭脳が入り、やがて新しい世界へと繫《つな》げられてゆくことだろう。

では、この館は。

彼は部屋にあった木製の椅子を引き寄せると、ためらいもなくその上に足を掛ける。椅子の上に立つと、ちょうど顔の正面にその輪はだらりと垂れ下がっていた。森の色よりも鮮やかな緑色をした楕円《だえん》形。彼はそこにゆっくりと頭を通すと、灰色の空と深緑の海を見つめながら、静かに目を閉じた。

準備は整った。

後は、やがて現れるであろうこの館の主《あるじ》が支配し、世界を創り上げる。

その満足感に、思わず口元が緩む。

12

「魔神に、生命を」

彼はそう呟き、椅子を蹴《け》り飛ばした。

魔神館事件

1

白鷹黒彦《しらたかくろひこ》が信州《しんしゅう》奥地の無人駅を出ると、目の前には緑色をした眩《まぶ》しい夏景色が広がっていた。濃い青一色の空。真正面に続く深緑の山々。直射日光に目を細め辺りを見回すが人の姿は見えず、代わりにアブラゼミの大合唱が延々と続いていた。完璧《かんぺき》な、夏。黒彦は駅の日陰に隠れて、所々白いペンキが剝《は》がれた木製のベンチに腰を下ろす。形だけ設けられた駅前広場にはタクシーもなく、バス停の時刻表は信じられないくらいに空白が多い。のんびりとしているのか、必要とされていないのか。広場の向こう側で自動車が一台通り過ぎ、その後には腰を九十度曲げた老婆が、てんてんと杖《つえ》を突きながら右から左へと移動する。こちらへは見向きもしなかった。

黒彦は軽く息をついて、ゆっくりと首を回す。左手の方に、麦わら帽子を被《かぶ》った少女が一人佇んでいるのに気付いた。自分より少し下、中学生くらいだろうか。背は低く、薄い空色のワンピースが風に吹かれて靡《なび》いていた。こちらに背を向けているので顔は見えない。足下には、少女が持つにしてはやや大き過ぎるボストンバッグが置かれている。旅行に来たのだろうか？　こんな山奥に、一人で？　そう思って黒彦は少しおかしくなった。自分の足下にも同じようなバッグを置いていたからだ。

アブラゼミの合唱は終わらず、それ以外にはもう何の音も聞こえない。

迎えの者の姿は、まだどこにも見えなかった。

2

始まりは、それよりちょうど二週間前の午後にまで遡《さかのぼ》る。高校が夏休みに入って間もない土曜日。その日黒彦は、クーラーが効いた天国のような部屋で一人、ぼんやりと雑誌を眺めて過ごしていた。週一で発行されるタウンガイド。今週は夏休み特集として、各地の催し物やお祭りが沢山紹介されている。午前の涼しい内に外出してCDショップと本屋を少しうろつき、後は日が真上に昇る前に家に帰って過ごす。黒彦の夏休みはほとんどこんな具合に、不毛に消化されていった。予定がない訳ではない。昨日は友達と映画館へ行ったし、明後日《あさって》は別の友達と近所のプールに行く約束がある。宿題もこなしていかなければならないし、法事や墓参りなどの為に日を空けておかなければならない。それでも、毎日イベントが発生する程忙しくもない。学校が大好きという訳でもないが、多過ぎる休日にも黒彦は少し退屈していた。

行く宛てのない『夏旅行』の記事を広げて、少しうつらうつらとしていた黒彦の耳に、電話の呼び出し音がけたたましく響いた。目を覚まして黒彦は部屋の隅の電話を見る。家の電話が鳴るのは珍しい。友達や知り合いはほとんど携帯電話の方に掛けてくるはずだった。叔父《おじ》か叔母《おば》だろうか。叔母の、墓参りの日取りが決まったから空けておくようにという連絡か、あるいは叔父の、たまには一局やらないかという将棋の誘いか。いずれにしても放ってはおけないと思い、黒彦は手を伸ばして受話器を取った。

「はい」

「……もしもし、そちら様は白鷹様のお宅でしょうか？」

少し間を空けて聞こえてきたのは、予想にはなかった若い女性の声だった。

「そう、だけど……」

やや戸惑いつつも黒彦は返事をする。

「ああ！　良かったあ」

すると途端に明るくなって女性は答えた。良かった、とは何なのだろう。受話器の向こうで音が少し反響していた。

「いえ、ごめんなさい。こちらで知っているのが随分古い電話番号だったから、もしかしたらもう繋がらないかなって心配してたのよ」

確認がとれると随分馴《な》れ馴《な》れしくなって女性は話す。

「……はあ、それで？」

だが黒彦の方は聞き覚えのない声に困惑させられていた。誰だっけ？　口調や声の質から、クラスの女よりは少し年上の雰囲気が感じられる。

「ああ！　ごめんなさい。ええと、私、西木《さいき》露子《つゆこ》って言います」

「……西木さん？」

初めて聞く名前だ。

「はい！　それで、ええと、白鷹武雄《たけお》様じゃ、ないですよね？」

「……武雄は、親父ですが」

「あ、お父さんなんだ。じゃああなたは、息子さんなんですね？」

露子は当たり前のことを言う。

「お父さんってさ、今、家にいるかな？　ちょっと代わって貰《もら》いたいんだけど」

「親父、ですか？」

黒彦は少し首を傾げる。どうやらこの西木露子という人は、父親に用があって電話を掛けてきたらしい。やっとそこまで分かった。しかしそれは、とても首を傾げる話だった。

「あ、やっぱりこの時間はアトリエとかに入っていたりするのかな？　そうだよね、やっぱりお仕事中だよね。もうちょっと後にした方が良かったのかな？　あ、でも夜型の人ってのもいるよね」

露子は勝手に捲《まく》し立てて、黒彦をさらに戸惑わせる。父親は確かに画家であり、いつも別のアトリエに入って仕事をしていた。西木の言っていることは正しい。しかし、正しくない。

「……あの、その親父なんだけど」

露子の息をつく瞬間を狙って黒彦は口を挟む。

「うん」

「もう、いないんだけど」

「……いない？　もう？」

「はい」

「何で？」

「死んだんですよ」

二人の間に、少し沈黙が流れた。

「え？　ええー!?」

その後露子は受話器のスピーカーが割れる程の大声を出して驚いた。

「そんな、死、ええ!?　いつ？　いつよ！」

「……十一年前に」

黒彦は自分で答えてから、もう十一年も経つんだと改めて感じた。自分はその頃、まだ五歳だった。

「じゅ、十一年!?」

電話の向こう側でへなへなと崩れてゆく露子の姿が見えた。いや露子がどんな人間かは知らないが。

「……すいません」

別に黒彦が謝るものではないが、露子の声を聞いているとそんな気分にさせられる。

「それじゃあ、お母さんは……」

「母も、死にました」

「ええ⁉」

「……二人とも一緒に。その、自動車事故で」

「……マジで？」

「マジで」

黒彦にとってはもう随分昔の話だった。ある朝突然、叔父の口から告げられた。『お父さんと、お母さんは、車の事故で死んじゃったんだよ』と。その言葉の意味が分かるまで三日かかった。

受話器の向こうの露子はしばらく喋《しゃべ》らず、やがて小さく息をつく音だけが聞こえた。

「……君、名前は？」

先程とはうって変わって、静かな口調で露子は尋ねる。

「……白鷹、黒彦だけど」

「黒彦君ね。いくつになったの？」

「十六」

「そっかあ……」

何がそっかあなのか分からない。

「一人で住んでるの？」

「一応。近くに叔父と叔母がいるけど」

「大変だねえ」

「……そうでもないけど」

実際大変でもない。父と母が亡くなった後、黒彦は叔父夫婦に引き取られることになったが、子供のいない彼らからはそれこそ我が子のように育てて貰っていた。詳しくは知らないが結構な額の遺産も引き継いだらしく、養育費にも困ることはなかったようだ。

「あの、西木さん」

「露子でいいよ」

「露子、さん。それで、親父とはどういう関係ですか？」

黒彦は父の姿をあまり知らない。いつも旅行に出かけており、帰ってきてもアトリエに一人で籠《こ》もり家にはほとんど帰ってこなかった。多分、今いきなり生き返って目の前に現れても、『お父さん』とは呼べないだろう。

「いや、知らないのよ、私」

「知らない？」

受話器の向こうで露子が頷《うなず》く。

「うちのご主人様が知り合いらしいのよ」

「ご主人様？」

「東作茂丸《とうさくしげまる》っていうんだけどね」

黒彦には聞き覚えのない名前だった。いや、それよりも『ご主人様』って、何だ？

「その、東作さんはどういう方なんですか？　親父の知人、なんですよね？」

黒彦が尋ねるが露子は答えず、うーんと小さく呻《うな》った。話して良いものかどうか迷っているようだ。

「ところで黒彦君？」

突然調子を変えて露子は尋ねる。

「はあ」

「なに座？」

「はい？」

「星座よ、星座。お父さんは射手座だよね」

「そうなんですか？」

言われてから黒彦は父の誕生日を知らないことに気付く。

「そうなの。で、黒彦君は？」

「……俺も、射手座だけど」

それがこれまでの話と何の関係があるというのだろうか。

「射手座!」

露子はまた声を上げる。

「はあ」

「サジタリアス!」

「サジ……はい?」

「良かったー!」

露子は歓喜の声を上げる。良かった?

「ね、ね、黒彦君」

「はあ」

「再来週ってヒマ? ヒマだよね」

いきなり露子は黒彦にそう誘いかける。黒彦の頭の中は『?』で一杯になっていた。

「ウチに遊びに来ない?」

「え?」

「信州奥地。森と湖と大自然に囲まれた素敵《すてき》なお屋敷だよ。今度そのお屋敷の落成パーティを行うのよ」

「信州?」

「色んな人たちが来るから、絶対楽しいよ。一緒に遊ぼうよ、ね。詳しいことはまた連絡するね！　約束だよ。じゃあね、黒彦君」

　そう言って露子は一方的に電話を切った。受話器を握り締めたまま黒彦は、もう一度首を傾げた。

3

　そういう経緯があって、黒彦は今この駅のベンチに腰掛けていた。分かっていることといえば、自分が父親の代わりに『お屋敷』に招待されたこと。他にも色んな人が招かれていること。そして、もうすぐ迎えの者がここへやって来る予定であることだけだった。東作茂丸という人物が何者なのかも分からない。父親の弟である叔父《おじ》も、その名に覚えはなかった。ちなみに叔父夫婦は今回の黒彦の旅行にも特に気にした風は見せず、反対することもなく勝手に一人で行かせてくれた。そういう人たちだった。

　黒彦は陽炎《かげろう》の見える夏景色を眺めながら、アブラゼミの声にただ耳を傾けていた。父親の知り合い。父親自体にあまり思い出がないのだから、その知人に至ってはまるで見当が付かなかった。同じ画家の仲間なのか。山奥にお屋敷を持っているとなるとかなりの金持ちなのか。それとも偏屈なのか。西木露子に半ば強引に誘われてはみたものの、黒彦は今になって不安を抱き始めていた。森が綺麗《きれい》なのは眼前の風景でも分かる。湖があるならば、それもきっと澄んで輝いていることだろう。しかし、果たして自分が知らない屋敷の落成パーティなどに参加してもいいのだろうか。東作や集まる大人たちに気を遣わなければならないとなると、何やら堅苦しい世界に自ら飛び込もうとしているようにも思えた。断った方が良かったのかも知れない。

「ひゃあ、暑いねー」

ふいに隣から声をかけられ、黒彦は跳び上がる程驚いた。見ると先程の麦わら帽子の少女が黒彦のベンチのすぐ隣にまでやって来ていた。

「山奥っていうからさ、もっと涼しい所かと思ってたんだけど、やっぱり夏はどこも暑いんだねー」

少女はそう言うと黒彦の隣にひょいと腰掛けてこちらを向く。麦わら帽子の下には大きな目が隠れていた。

「うん」

黒彦は短く答えて目を逸《そ》らす。それでも少女の視線は離れなかった。

「君も旅行に来たのー?」

少女は両端の持ち上がった、猫のような口でそう尋ねた。君も、ということはこの少女もそうなのだろうか。黒彦は小さく頷く。すると少女は、何が嬉《うれ》しいのか、ニッと歯を見せて笑った。

「そうかー。一緒だね」

何が一緒なのか分からない。

「僕、ハテナ。君は？」

「ハテナ？」

黒彦は横目で少女を見る。少女は大きく頷く。

「この世の果ての『果』に菜っ葉の『菜』で、果菜《はてな》」

そう言われてから、少女が自分の名前を名乗ったことに気付いた。

「ね、君の名前は？」

「……白鷹」

「しらたか？　しらたか何？」

「白鷹、黒彦」

「へえ！　面白い」

果菜はそう言って目をさらに大きくさせる。

「恰好《かっこう》いいね。なんか、パンダみたいだ」

「パンダ？」

「パンダ」

「……白と黒だから？」

『オセロ』と言われたことはあったが、パンダは初めてだ。

「そ。パンダってね、日本語だと『白黒熊』って言うんだよ。お兄さんが教えてくれた」

「……パンダは、日本語でもパンダじゃないの？」

そういえば、パンダって元は何語なのだろう。

「お兄さんが教えてくれたよ」

果菜は譲らずにそう主張する。中学生くらいに見えるが、話しぶりはもっと下のようにも思えた。

「……大きな、麦わら帽子だな」

話題を変えて黒彦が話しかける。果菜はちょっと得意げに帽子のつばを摘《つま》んだ。

「お兄さんに買って貰《もら》ったんだ。僕は日に弱いからこういうのでガードするよー」

「ふうん。いいお兄さんだな」

黒彦が言うと果菜は嬉しそうにまた笑った。

「今日はそのお兄さんはいないの？」

「いるよ絶対！　いるけど、どっか行った」

なるほど。さすがにこの少女が一人でここまで来た訳ではないのだろう。この少女は、見た目も含めてどうも頼りない。黒彦は改めて周囲を見回すが、『お兄さん』の姿は見えない。先程まで果菜の立っていた所には大きなボストンバッグがぽつんと置き去りにされていた。

「僕たちはねー、これからこの山奥のお屋敷に遊びに行くんだよ。いいでしょー」

果菜は両足をぱたぱたさせながらそう話す。

「お屋敷？」

「そ。『マジンカン』っていう……」

「マジンカン？」

黒彦が聞き返した時、目の前のロータリーに一台のジープが姿を現した。

4

けたたましいエンジン音を立てる黒く大きなジープは、アブラゼミ楽団の演奏を掻《か》き消して黒彦たちの前に到着した。巻き起こした風が果菜のワンピースの裾《すそ》を少し持ち上げ、少女は両手で膝頭《ひざがしら》をぎゅっと摑《つか》む。やがてジープのアイドリング音が止まり、運転席から眼鏡を掛けた女性が姿を現した。

「お待たせいたしました、申し訳ございません」

眼鏡の女性はそう言って深く頭を下げる。だが黒彦はその詫《わ》びの言葉よりも、女性の姿に驚いていた。大きな眼鏡。長い黒髪。そこまではいい。

「……東作の屋敷のメイドを務めております、鶴原《つるはら》三鳥《みどり》と申します」

そう名乗った三鳥の服装は、名乗るまでもなくメイド服だった。黒い長袖《ながそで》のカットソーに大きく広がったスカート。その上から真っ白なエプロンを着け、胸元には大きな赤いリボンをあしらい、頭には白いカチューシャみたいなのを載せていた。田舎の駅前にはそぐわないスタイル。綺麗、というか奇妙な姿の女性。それが無骨な黒いジープに乗ってやって来たのだ。

「白鷹様、でしょうか？」

三鳥は驚いたままの黒彦にやや戸惑いつつ尋ねる。

「え？　あ、そうです。親父、武雄の代わりに来ました」

ようやく我に返って黒彦は答える。多分いくつか年上の三鳥はそれを聞くと眼鏡の奥で少し微笑んだ。

「はじめまして。ようこそおいでくださいました」

「あ、いや、すいません」

黒彦は恐縮して、なぜか謝ってしまう。

「そちらの方は……」

「ハテナです！」

三鳥の姿に動じることなく、果菜は元気に返事をして立ち上がる。

「ハテナ……様？」

「うん。お兄さんと来たよ」

「あ、犬神《いぬがみ》博士の」

三鳥はそう言って微笑む。どうやら果菜も、自分と同じ所からの招待を受けていたようだ。犬神という名字なのか。しかし博士とは？

「……それで、博士は？」

「どっか行ったよ」

「どっか……」

黒彦を含めて三人は辺りを見回す。三鳥は直射日光を避けて果菜の隣に移動した。通り過ぎる瞬間、何か柔らかい香りが黒彦の鼻を掠《かす》めた。

「あ、いたいた！　お兄さんだ！」

果菜が声を上げる。その目の先を見ると、駅の隅から背の高い痩《や》せた男が姿を現していた。

「……あれが、お兄さん？」

黒彦が尋ねるが、果菜は答えず、手を振って背の高い男を呼び続けていた。男は何やら難しい顔をして、早足ですたすたと三人の元までやって来る。

「犬神博士でいらっしゃいますね」

やって来た男に三鳥が声をかける。犬神博士は、のっぺりとした白い顔に切れ長の目をした若い男だった。なぜか黒いシャツの上に裾の長い白衣を纏《まと》っており、頭には山高帽と言ったか、古臭い丸い帽子を被《かぶ》った奇妙な姿をしていた。どういうセンスをしているのだろう。これが果菜の『お兄さん』だった。

「お待たせして申し訳ございませんでした。犬神博士」

「そんなことはいい」

辿《たど》り着くなり犬神は、手をはらって三鳥の言葉を遮った。

「それよりも、大変なものを発見してしまったんだ」

「大変なもの？」

そう繰り返す黒彦を見て犬神は頷《うなず》く。鼻が高い。

「どうしたの？　お兄さん」

果菜も犬神を見上げて尋ねる。

「うん。この駅の裏の溜《た》め池で巨大なカエルを見付けたんだ」

「カエル、ですか？」

あまりに真剣な犬神の表情に、三鳥も少し驚いている。

「そう。カエルだ。あんな大きなカエルは僕は見たことがない。いや、見たことがないと言ったら嘘になるかも知れないが、最近は見た覚えがない。やはり山奥になるとああいう生物が日常的に生息しているんだね。だからハテナもみんなも一度見ておいた方が……って誰だ？　君たちは」

犬神は一気に捲《まく》し立てると、たった今気付いたかのように目を大きくして黒彦と三鳥を見た。何だ、この人は？

「……白鷹です」

「え、ええと、鶴原、です」

「白鷹黒彦君と鶴原三鳥さんだよ。お兄さん」

果菜が誇らしげに二人を紹介する。

「そうか。はじめまして犬神清秀《きよひで》です。犬コロの『犬』に神様の『神』。チータの『清』にギャランドゥの『秀』です。どうぞよろしく」

「はあ」

「ど、どうも」

「よし。じゃあみんなこっちへ来なさい」

訳の分からない自己紹介を終えると犬神は白衣を翻し、さっさと元来た道を戻り始めた。その後に続いて果菜が駆け出す。黒彦と三鳥は、少し見つめ合ったが、結局二人に従って歩き始めた。何だ？　これは。

「……何なんですか？　あの人は」

隣を歩く三鳥に黒彦は声をかける。

「私どもが白鷹様と共にお招きした、犬神博士です」

三鳥の説明は、自分にも言い聞かせているようだった。

「……暑くはないんですか？　その恰好《かっこう》」

「ご心配ありがとうございます。大丈夫です。涼しくはありませんが」

「その、どうして、そんな恰好してるんですか？」

「さあ……。ご主人様の趣味でしょうか」

「クロちゃん！　三鳥ちゃん！　早く！　凄《すご》いよ！」

遠くから果菜が声を上げる。クロちゃん、と呟《つぶや》いて三鳥は小さく笑った。

「ほら！　これ！　ちょっと凄いよ！」

果菜の指差す方を見る。木々に囲まれた溜め池の縁には、茶色をした大きなカエルが、暑さにやられた風に寝そべっていた。

「……これは、大きいな」

「うわあ……凄い、ですね」

黒彦も三鳥も素直に感想を述べる。

「都市部ではもうあまり見かけない。いや、溜め池すらもう少なくなったからね。貴重だよ」

細い顎《あご》に指を掛けた犬神が二人の後ろから覗《のぞ》き込んで言う。長い白衣が妙な説得力を出していた。

「ぐでーってしてるよ、クロちゃん」

「うん」

真夏の下、気味の悪いカエルを見つめる自分と少女、とメイドと博士。ふと我に返り、何をやっているんだろうと黒彦は思った。

「裏側も見てみたいな。ええと黒彦君」

「え？」

「ちょっとこいつを持ち上げてみてくれ」

　唐突に犬神は言った。

「え！　何で俺が」

「嫌かい？」

「嫌ですよ」

「……じゃあ、果菜か三鳥さんにお願いしよう。少女の白い手やメイドさんの綺麗《きれい》な洋服が泥や粘液で汚されるのは心苦しいが、君が断るなら仕方ないな」

　その言葉に、隣にいた三鳥が一歩後ずさる。

「い、いや、自分で持てばいいじゃないですか」

「……できればこんな出会い方はしたくなかったが。これで君は彼女たちから『カエルを持たされた人』として記憶されてしまうだろうね。まあそれでもいいと言うなら僕は……」

「分かったよ！　持つよ」

　黒彦はそう叫ぶと身を屈《かが》め、両手を水に浸《つ》け大きなカエルをゆっくりと引き上げた。予想以上に重く、冷たく、ぶよぶよとして気持ちが悪い。摑《つか》まれた瞬間、カエルは僅《わず》かに足を揺らした。

「……裏は白いよ。お兄さん」

「……なんか、生々しいですね」

「なるほど。興味深い形をしている」

じっと見つめる少女とメイドと博士。カエルは少し恥ずかしそうに身を捩《よじ》る。

「……もう、下ろしていいですか？」

「あと五分」

犬神は黒彦の頼みを許可しない。カエルの体は徐々に乾き始め、それがさらに嫌な手触りに変えていた。

「……犬神博士。そろそろ出発しませんと」

「ああそうか。よし、じゃあ行こう」

犬神はそう言うとすぐに黒彦から背を向けて歩き始めた。黒彦はカエルを慎重に戻し、溜め池の水で手を洗う。三鳥がレースの付いたハンカチを手渡してくれた。

「お疲れ様でした。すいません。私が持たないといけませんでしたのに……」

「いえ……まあ、いいです」

俯《うつむ》いて手を拭《ぬぐ》いながら黒彦は答える。女の人にカエルを摑ませてはいけないくらいの意識は黒彦にもある。誰かとは違って。

「……変な、人ですね」

「そう……ですね」

黒彦はハンカチを返しつつ尋ねる。

「いつもあんな風なんですか？　あの人」

「さあ、実は私も今日初めてお会いしましたから」

「あれ、そうなんですか？」

「お兄さん！　そっちじゃないよ！　こっちこっち」

顔を上げると果菜が、見当違いの方に歩いていく犬神を呼び止めていた。

5

「面白いものが見られた。胴の膨れ具合と手足の長さから見て、あれは『ナンベイタメイケガエル』に違いないな」

「そうなんですか。私、ああいうのは全て『ウシガエル』だと思っていました」

「ウシガエルか。うん。そうかも知れないね」

ようやく発進したジープはしばらく大通りを進んだ後、やがて人気の少ない山道へと入り始めていた。運転手は三鳥。助手席には犬神が座り、後部座席に黒彦と果菜が乗っている。道は徐々に狭まり、周囲の木々は深くなってゆく。緑の景色は眩《まぶ》しく、濃淡を変えてきらきらと輝いていた。隣を窺《うかが》うと、麦わら帽子を膝《ひざ》に置いた果菜と目が合う。

「楽しみだねー。クロちゃん」

果菜は大きな目をくりくりさせてそう言った。ショートボブの髪はエアコンの風を受けて散らばってゆく。よく見ると、黒ではなく少し緑がかった色をしていた。

「……ハテナって、いくつ？」

黒彦は少しぶっきらぼうに尋ねる。『犬神』と呼ぶと前に座っている博士と同じになってしまうので、名前で呼ぶことにした。ちょっと馴《な》れ馴《な》れしい気もするが、果菜は全然気にしていない風に見えた。

「十四！　クロちゃんは？」

「十六」

やはり果菜は中学生らしい。それにしても無邪気だ。自分が中学生の頃は、それも数年前の話だが、もっと大人しかった気がする。

「ねーねー、三鳥ちゃんはー？」

果菜は運転席を摑んで尋ねる。

「え？　私は、十九ですよ」

メイド服の女性はそう答えると、バックミラー越しに微笑んだ。

「そういえば、犬神博士は……」

「ああ！　その博士というのは止めて欲しいな。嫌いなんだ。それに僕はもう博士じゃない」

犬神は前方を見つめたまま、和やかになりつつある会話を止めてそう返す。三鳥は少し肩を震わせた。

「……申し訳ございません」

「お兄さんって呼んでもいいよ！　三鳥ちゃん」

「いえ、それは……」

「……博士じゃなければ、別に何と呼んでくれてもいい。犬神でもあなたでも、お前でも貴様でもムッシュでも構わない」

犬神は前方を凝視したまま話す。

「でも、お兄さんはお兄さんって呼んで貰《もら》いたいんだよねー」

「そうかも知れない。僕はただ全ての人の『お兄さん』であり続けたいのかも知れない」

黒彦は心の中で首を傾げる。何なのだろう、この人は。少なくとも自分の知り合いには、こんな変な大人はいない。

「……犬神様、と呼ばせて頂きます」

少し上擦った声で三鳥は言った。

「結構。それで、ご質問は？」

「ええと、いえ、そんな大した話じゃないんですが……その、お歳を」

「お兄さんは二十・だよね！」

果菜が代わりに答えた。

「二十一歳。うん。そういうことにしている」

犬神はそう言って自分で頷《うなず》く。

「……お若いんですね」

「あなた程じゃない」

「それは、そうですが」

黒彦は山高帽の頭を見つめながら話を聞いている。見れば見る程、話を聞けば聞く程おかしな男だと思った。何を考えているのかさっぱり分からない。妹の果菜とも全然似ていない。本当に兄妹《きょうだい》なのだろうか。そしてこの男が、父親の知り合いである東作という男とどういう関係を持っているのだろうか。

「あの、犬神さん」

黒彦は帽子に向かって声をかける。

「お兄さんと呼んでくれ」

犬神はなぜか黒彦には呼び方を強要した。なぜだ。

「……お、お兄さん」

見ず知らずの男を『お兄さん』と呼ぶのに、若干の抵抗を黒彦は感じる。犬神は満足そうに頷いた。

「……東作さんとは、どういう繋《つな》がりなんですか？」

「うん。それがよく覚えていないんだよ」

「覚えていない？」

「そう。いきなりこちらのお屋敷の落成パーティを行うということで誘いがきて、果菜が行きたいと言うからお受けしたんだが、当の東作さんが誰なのかよく分かっていないんだ。聞き覚えはあるんだが……」

「お兄さんは興味のないことはすぐに忘れるもんね」

果菜がさらりと酷《ひど》いことを言う。

「いやいや、もう見当は付いているんだよ。多分、ラジコンの大会でバッテリーを貸した人なんだ。そこまでは思い出せたんだ」

「ラジコン、ですか」

「こう見えてもダートコースの走りは手慣れたものだよ」

別にどうにも見えていない。

「……ご主人様は、犬神様とはスウェーデンの学会で一度お会いしたと仰《おつしや》ってましたが……」

犬神の見当はすぐに外された。

「スウェーデン？　ふうん……。じゃあ、そうなんだろうね」

本当にこの人は博士なのだろうか。そもそも何の博士なのか。

「クロちゃんは東作さんの知り合いなの－？」

果菜がこちらを向いて尋ねる。その後ろに見える景色には、灰色の雲が少しずつ浮かび始めていた。

「俺じゃないよ。親父が知り合いだったらしい」

「おやじぃ？」

「そう、白鷹武雄っていう……」

「ああそうか。どこかで聞いた名字だと思っていたんだ」

前方から犬神が声を上げた。

「君は白鷹武雄の息子さんか」

「親父を、知っているんですか？」

「直接お会いしたことはないよ」

「画家で、いらっしゃったんですよね？」

三鳥が言う。

「そう、らしいですね。実は俺もあまり知らないんです。親父」

黒彦が持っているのは母親との僅《わず》かな思い出ばかりで、そこに父親の姿はなかった。彼がどのように生き、どんな絵を描いて、何を思いながら死んでいったかも知らない。あえて、避けていたような気もしていた。

「『異端の風景画家』とか呼ばれていた人だね」

犬神は窓の外を向いて話す。

「写実と幻想が入り交じった、面白い絵を描いていた。風景画というものは写真と違って、制作者の目と脳のフィルターを通過させて感情を表現させるものだけど、白鷹武雄のフィルターは目の前の景色とは全く異なる形状と色彩を投影させることができたんだ」

「全く異なる？」

「そう。特に優れていたのは『反転描画法』という、明るい景色を暗く、暗い景色を明るく、植物を無機物に、建物を生物に変えて描く技法だ。お陰で完成図は現実とは大きくかけ離れたものになった」

「写真のネガみたいなものでしょうか？」

三鳥がハンドルを切って尋ねる。

「そうじゃない。『マングローブ林』という題名で墓石を並べた絵を描いたり、『ソファで休む妻』という題名で精密なヘリコプターの設計図を描いたりしていたんだ」

黒彦は犬神の話を黙って聞いていた。妻とヘリコプター。父は自分の母をどんな目で見て、何を感じていたのだろう。

「あまりに突拍子なさ過ぎて作品は常に賛否両論を巻き起こしていたが、僕は優れた芸術家だったと思うよ。その証拠に、彼と同じ技法を扱える画家は未《いま》だに現れていない」

いつも家にいなかった父親。たまに帰ってきてもアトリエに籠《こ》もりきりだった。彼は何を描こうとしたのだろう。

「……亡くなられたね？　確か」

犬神は振り返らず、静かに尋ねる。

「はい、もう随分前に」

黒彦は特に気にすることなく返す。

「残念だね」

「……でも、あまり印象ないですから、俺」

「だったら余計に残念だ」

犬神はそう言って口を閉じる。黒彦は小さく頷いて前方の道を見つめた。景色はもう、完全に山奥だった。

「そういえば、お屋敷って……」

「マジンカン！」

これまで黙っていた果菜がすかさず後に続いた。

「……って名前なんですか？」

「ええ、そうです」

三鳥が答える。

「マジンって？」

「そのまま、悪魔の『魔』に神様の『神』。その館で『魔神館』です」

「……何で、そんな名前に」

どう捉《とら》えてもいい印象は受けない。

「さあ、ご主人様の趣味でしょうか」

三鳥も少し困って答える。

「恰好《かっこう》いいじゃん。ね、お兄さん」

「うん。悪くはない」

「そうかなあ」

「元来、この国の信仰は鬼神崇拝なんだよ。神様へのお祈りはご加護くださいではなく、祟《たた》られない為に執り行われる。だから僕らは荒ぶる山の主《ぬし》や川の主に捧《ささ》げ物をして平伏するんだ。奴らは平気で人間に害を為《な》すからね。しかし自分を大事にしてくれる者には決して手を出さないし、気まぐれで守ってくれたりもする。まあ親分子分の心意気なんだろう。この信仰は慣習や祭事となって今でも根強く残っている。きっと東作さんもそれを思って名付けたんだ。山の主の家というつもりで。この山の木を切って建てたのならその気持ちも分かるというものだ」

犬神はそう言って窓の外に目を向ける。どこまでも続く深い森を見ていると、確かにその奥に何か強大な存在感があるようにも思えた。

「あの、ご主人様は西洋建築家なのですが……」

申し訳なさそうに三鳥は答える。

「あ、そうなんだ」

「はい。建物も西洋風の石造りですし……」

「それじゃあ悪趣味な名前だな。何でそんな名前にしたんだろう。訳が分からない」

犬神はあっさりと前言撤回して、元の質問に戻った。

「きっとドラキュラ城みたいなんだよ！　クロちゃん」

なぜか楽しげに果菜は言う。

「ドラキュラ城ってどんなのだっけ？」

「分かんないけどさ」

「ああ、近いと思います。私も最初はそう思いましたし、それに……」

三鳥の言葉が止まる。

「それに？」

「……いえ、後は屋敷を見て頂ければ分かると思います」

彼女はそれ以上何も言わなかった。

6

『私』は思う。

『館』の中はどこまでも暗く、静かで、冷たい。

そこは夏の日差しも届かず、瑞々《みずみず》しい木々の香りも入り込まない暗黒の空間。

奥深い山の中腹に開いた、真っ黒な穴。

陰湿な空気を吐き出し続ける、底の知れない深み。

館にはそんな雰囲気が漂っていた。

私は、血を含ませたかのような赤絨毯《じゅうたん》を踏みしめて、墓石を並べたかのような灰色の壁に触れる。掌《てのひら》に触れる冷たさとざらつきが神経の一本一本を鋭敏にさせてゆく。

窓の外から自動車のエンジン音が聞こえ、やがて森に囲まれた小道より黒いジープの姿が見えた。使いの者が、最後の訪問者を連れてこの館へと戻ってきたのだろう。

誰もここに呼ばれた本当の目的を知らない。

何の為にここへ来たのか。

これから何が始まるのか。

それを知っているのは私ただ一人。

そして、この館の持つ暗闇ただ一つ。

復讐《ふくしゅう》せよ。

復讐せよ。

復讐せよ。

頭の中で何度も聞こえてくる言葉。この館のように重く、深く、冷たい言葉。

窓にうっすらと、笑みを浮かべた顔が映っている。私のものとは思えない程に残忍で、邪悪な笑顔。目を背けたくなる鋭い眼光も、今は頼もしく思える。

覚悟はもう、できている。

その目的の為に悪意が必要ならば、喜んでこの身を地獄に墜《お》とそう。狂気が必要ならば、ためらいなくこの心を壊そう。

怖いくらいに落ち着いた精神が自分自身を安心させる。吐き気を催す程の緊張感の果てにあったのは、計画の完遂に向けた静かな自信のみだった。大丈夫。全て上手《うま》くいく。

空は次第に灰色の雲に覆われ始め、外の景色は急速に暗みを増してゆく。まるで天も自分の計画に味方してくれているように思える。

「復讐せよ」

声に出してそう呟《つぶや》き、私はゆっくりと目を閉じた。

7

「おお、あれがマジンカンだね！」

果菜はいきなりそう叫ぶと、黒彦を押し退け窓ガラスに顔を張り付かせる。

「ちょっ、近いよハテナ」

「うん、もうすぐそこだよね」

「じゃなくて、お前が」

「ふい？」

首を回し、目の前に果菜の顔が現れる。ほとんど鼻が触れそうな距離で少女は、不思議そうな目でこちらを見つめる。今度は黒彦が窓へと顔を逸《そ》らした。木々の向こうに、何やら巨大な城のようなものが見える。あれが、魔神館なのか。

「天気が悪くなってしまいました」

ハンドルを握る三鳥が残念そうに言う。いつの間にか空は灰色の厚い雲に覆われ、小雨がぱらつき始めていた。

「何だか怖いな」

黒彦は正直に感想を述べる。天気が悪いせいか、石造りの館に重く、暗い印象を抱かされていた。隣では身を乗り出してきた果菜が、楽しげに目を輝かせて館を見つめている。助手席の犬神は窓の向こうに目もくれず、なぜかいまさら信州の観光パンフレットを読み耽《ふけ》っていた。車は大きく旋回し、やがて館の正面に到着する。

「すぐに傘を持ってこさせますので」

館の入り口に車を停めて三鳥は言った。

「僕は別にいいよ！」

果菜はもう辛抱できないといった表情でそう言うと、ドアを開けて外に飛び出した。

「俺もいいですよ。すぐそこみたいだし」

黒彦もそう言ってドアを開ける。

「犬神様は……」

「帽子があるから構わない。春雨だ、濡《ぬ》れてマイロード」

「夏ですが……」

「クロちゃん早く！　凄《すご》いよ！」

果菜に急《せ》かされて車を降りる。そこには西欧風の巨大な館が森に囲まれそびえ立っていた。魔神館。雨に濡れる石造りの壁面は黒に近い灰色をしており、所々蔦《つた》の葉を絡ませて左右に伸びている。高さも相当なもので、顔を上げると高い位置にぽつぽつと窓らしきものは見えるが、下からでは屋根の形も分からない。そして正面には、開けるのも一苦労しそうな程大きな、両開きの扉が構えていた。

「凄いな……」

黒彦も思わず呟く。これが信州の山奥だと知らなければ、きっと自分は西欧のどこかに連れて来られたものと勘違いするだろう。よく見れば、壁面にも細かい装飾が施されており、扉の上には人間とも動物ともとれない、角の生えた悪魔のような石像が埋め込まれていた。灰色の、光のない目が黒彦をじっと見下ろしている。

「ほらー、やっぱり僕の言った通りドラキュラ城だったよ、クロちゃん」

気味悪い建物を爛々《らんらん》とした目で見上げて果菜が言う。

「ドラキュラ城って、こんなのだっけ？」

「分かんないけどさ」

しかし『これがドラキュラ城です』と紹介されれば、多分信じただろうなと黒彦も思った。

「随分汚いお屋敷だね」

後ろから来た犬神は、館を見上げようともせずにそう言う。

「古い物なんじゃないですか？」

「何でだい？」

「何でって言われても」

「僕らはこのお屋敷の落成パーティに呼ばれたんじゃなかったのかい？」

「……そういえば、そうですね」

落成というからには、この館の完成を祝って行うはずだ。しかしどう見てもこれが昨日今日、いや五年前十年前に建てられたものには見えなかった。

「まあ色々事情があるんだろうね」

石の壁に手を触れながら犬神は言う。身長だけでなく指も長い。

「どんな事情が？」

「落成式をやり忘れたドラキュラ伯爵が、さっき目覚めたばかりとか」

笑えない冗談を犬神は真顔で放った。

「中に入ってください！　雨に濡れてしまいます！」

ジープをガレージに停めて降りた三鳥が、スカートを弾ませながら駆け寄りそう叫んだ。大きな眼鏡を濡らさないように、左手で白い額に庇《ひさし》を作っている。

「ハテナ。こっちだ」

犬神は、館の壁面に沿って随分遠くにまで行った果菜に声をかけると、三鳥に従って館内へと消える。果菜は何か返事をすると、重そうなボストンバッグを抱えてこちらへと戻り始める。犬神は両手をズボンのポケットに入れたままもう振り返ろうともしない。仕方なく、黒彦は果菜を助けに向かった。

「持つよ」

黒彦はそう言うと果菜の返事を聞かずにボストンバッグを引ったくる。大荷物ではないが、果菜一人が持つには楽ではないだろう。

「わあ。ありがとー」

果菜は顔を突き出して微笑む。

「お兄さん、持ってくれないのか？」

犬神は手ぶらだし、果菜の荷物は明らかに二人分だ。

「いつもはそうでもないよ。大体はお兄さんが何でも持ってくれる」

黒彦の前で後ろ歩きをしながら果菜は答える。

「じゃあ、何で今は？」

「んー。多分、クロちゃんが持ってくれるから」

果菜はそう言って歯を見せる。黒彦はしばらくその笑顔を見つめた後、何も言わずに歩を進めた。自分は、こんなに巻き込まれやすいタチだったろうかと考えていた。

8

黒彦と果菜が戻ってくるのを待って、三鳥は館の扉をゆっくりと開き二人を通した。冷えた空気が黒彦の頬を撫《な》でる。扉の先は、真っ赤な絨毯《じゅうたん》が敷き詰められた広大な玄関ホールとなっていた。照明が少ないせいか薄暗く、雨が降っているせいか少し湿っぽい匂いが感じられる。太い柱がいくつも伸びており、正面の奥には何やら石のオブジェのようなものが沢山並んでいるのが見えた。

「ただいま戻りましたぁ」

三鳥は声を響かせると、黒彦たちを残して館の右手へと消えて行く。あのメイド姿も、この館ならば違和感なく見えるから不思議だ。黒彦は辺りを見回す。壁面から柱の一本一本にまで精緻《せいち》な装飾が造り込まれ、館全体が異様な雰囲気、ちょうど博物館のような静けさと緊張感に包まれている気がした。頭を持ち上げると、吹き抜けの天井が遥《はる》か遠くに見える。それでもなぜか、開放感よりも押し潰《つぶ》されるような閉塞感《へいそくかん》が漂っていた。

館は二階建てだった。

「クロちゃーん。こっちこっちー」

石のオブジェの前で果菜が麦わら帽子を振って呼んでいる。また何か面白い物でも見付けたのか、少女のテンションは相変わらず高いままだ。黒彦は赤絨毯を踏みしめて館を進む。その内に、少しずつ、館の発する緊張感が強くなっていく気がした。何だろう。顔を上げて前方を見据える。やがて柱の陰に隠れた石のオブジェたちの姿が鮮明になり、明かりに照らされてその姿を現す。黒彦は足を止めた。

「……何だよ、これ」

「魔神だよ魔神！」

館のちょうど中心。そこにあったのは巨大な石の怪物だった。

「魔神……」

大きい。黒彦を見下ろすその頭部には、天井に届く程長く、山羊《やぎ》のようにねじれた二本の角を持っており、その下には鬼のような形相で、牙《きば》の生えた顔があった。肩からは丸太のような四本の腕が生え、背中からはコウモリのような羽が四枚広げられている。筋肉の隆起した肉体は、鳩尾《みぞおち》辺りから濃い体毛に覆われており、そのまま下半身は台座へと繋《つな》がっていた。台座の周囲には、まるで魔神を崇《あが》めるか、あるいは守護するかのように牛や羊といった動物の像が取り囲んでいる。

「カッコイイね！　クロちゃん！」

果菜は楽しげに見上げている。だが黒彦は不気味さしか感じられなかった。とてつもない大きさが、圧倒的な存在感を放出している。かっと開かれた目、かぎ爪の生えた太い指、棘《とげ》のような体毛。それらは石像とは思えない程のリアリティをもって黒彦に向けられている。この館を満たしている得体の知れない重苦しさは、この岩石の塊から発せられていた。そして黒彦が覚えた緊張感は、間違いなくこの魔神の視線によるものだった。なぜこんな禍々《まがまが》しい怪物を生み出したのか。そしてなぜこんなものを収める館を建てたのか。その疑問はそのまま、まだ見ぬ館の主《あるじ》、東作茂丸の想像図へと投影されていった。まともではない。

「あ、これは羊さんだよー」

果菜は魔神像の下の、動物の石像を指差して言った。魔神像をぐるりと取り囲む灰色の動物たち。一番正面にはふさふさの体毛に覆われた羊が置かれていた。これも細かい部分までよく造り込まれており、大きさも、本物の羊とそう変わらないように見えた。果菜は手を伸ばして羊の額を撫でている。羊は生気のないつぶらな瞳《ひとみ》で果菜をじっと見上げていた。一体何の意味があるのだろう。羊の右側には、二匹の魚が、柱に支えられて宙を泳いでいる。左側には肉付きのいい牛が立ち上がっていた。

「こっちは牛だよ。ハテナ」

「ほんとだー」

黒彦が呼びかけると、果菜も羊から離れて、今度は牛の頭をつるつると撫でる。その後にもまだまだ石像は続く。牛の隣には二人の子供の像が立っていた。

「こっちは、子供かな？」

「子供じゃないよ、双子だよ」

果菜も後に続き、二人の子の頭をそれぞれ撫でる。確かに無表情な子供たちの姿は、背丈から手足の長さまでそっくりだ。

「僕は、これだよ」

双子の片方に自分の麦わら帽子を被《かぶ》せて果菜は言う。

「これって、何が？」

「双子座！」

「あ、星座か」

果菜の言葉を聞いて、これらの石像が十二星座を表していることに黒彦は気付いた。先の羊は牡羊座《おひつじざ》、その隣の牛は牡牛座《おうしざ》だったのだ。そして双子座の隣には大きな蟹《かに》の像があった。

「ハテナは双子座か」

「六月一日生まれだよ」

「ふうん」

「ちなみにその日は、『電波の日』でもある」

背後からいきなり声をかけられ黒彦は体を震わせる。振り向くと犬神の冷めた顔があった。

「電波の日？」

「そう。一九五〇年に電波三法が施行されたことにちなんで、後に当時の郵政省によって制定されたんだよ」

「へえ」

「あと『ねじの日』でもあるね。一九七六年に『ねじ商工連盟』が制定した。ハテナにはぴったりだよ」

何がぴったりなのか分からない。

「……詳しいんですね」

「詳しいよ。他にも『写真の日』『麦茶の日』『チューインガムの日』もそうだったかな」

「……もういいです」

「クロちゃんはなに座ー？」

巨大な蟹の鋏《はさみ》をぎゅっと握りながら果菜は尋ねる。

「射手座。十二月十日生まれ」

そう答えて黒彦は、軽いデジャブを覚えていた。前にもこんな会話があった気がする。

「十二月十日。『アロエヨーグルトの日』だね」

隣で犬神が言う。この人は記念日の博士なのだろうか。蟹座の隣には力強いライオンが無音で咆哮《ほうこう》し、そのさらに隣にはギリシャ彫刻のように肉付きの良い、美しい女性の像があった。乙女座なのだろう。波打つ豊かな髪に整った顔。均斉のとれた肢体をしている。果菜は手を伸ばすが像の頭には届かず、仕方なく剝《む》き出しになった片方の乳房をぺちぺちと叩《たた》いていた。

「ちっくしょう。僕も負けないからなあ。クロちゃん見ててね」

石像に妙な対抗心を燃やして果菜は振り返る。黒彦は言葉に詰まってわざと目を逸《そ》らした。何を見ておけと言うんだ。目を逸らした先、天秤座《てんびんざ》の前に一人の男の姿が見えた。

「こんにちは」

男は黒彦に挨拶《あいさつ》する。黒彦も小さく会釈を返す。小柄で人当たりの良さそうな顔をした、若い男だった。

「こんにちは！」

初対面の人間にも全く物怖《ものお》じしない果菜が挨拶する。男はにっこりと微笑みを返した。

「はじめまして、館に招待された姫草泰道《ひめくさやすみち》と言います。長野で医師をしております」

姫草は犬神にそう言って頭を下げる。

「犬神です。こっちは妹のハテナです」

犬神は頭を下げずにそう返した。この人は記念日に詳しいかも知れないが、礼儀は知らないんじゃないかと黒彦は思った。

「白鷹武雄の息子で、黒彦と言います」

黒彦はちゃんと頭を下げる。これから人と会う度にこんな挨拶をしなければならないのかと思うと少し億劫《おっくう》になった。姫草は僅《わず》かに頷《うなず》いて返す。

「露子さんが言っていた賑《にぎ》やかな人って、君たちのことだったんだな」

姫草は果菜と黒彦を見て言う。

「あ！　そうだ。露子ちゃんだ」

果菜が思い出したように声を上げる。

「露子さんを知っているの？　ハテナ」

「もちろんだよ！　露子ちゃんが誘ってくれたんだよ」

なるほど。犬神の所にも電話を掛けたのは露子だったのか。

「ねえ姫草先生。露子ちゃんはどこ？」

「どこだろうね。なにしろ広い屋敷だからなあ」

黒彦は側《そば》にある天秤座の像を眺め、その奥の魔神像の背中を見上げた。やはり大きい。山のように盛り上がった筋肉と、不自然に生えた四枚の羽。そして腰の下から生えた尾は、その途中より鱗《うろこ》が現れ、先端は牙《きば》をむいた大蛇へと変化していた。

「びっくりしたろう。いきなりこんな化け物に出迎えられて」

姫草が溜《た》め息をついてそう言った。彫刻はよく知らないが、これだけ大きな石像は黒彦も見たことがなかった。取り囲む十二星座の像も精緻《せいち》を極め、今にも動き出しそうな気配すら感じられる。傑作。だがそう呼ぶにはあまりにも気味の悪い作品だった。

「……これは一体、何ですか？」

「魔神、なんだろうね。しかしこれじゃまるでキメラだ」

「キメラ？」

「ギリシャ神話の怪獣だよ」

後ろから犬神が話に加わる。姫草がそれに小さく頷いた。

「ライオンの頭に山羊《やぎ》の体、蛇の尾を持つ合成生物だ。口から火も吐くらしい」

「じゃあ、この像はキメラではないんですね」

「生物学上においては、二個以上の異なる遺伝子型を持つ生命体をキメラと呼んでいる。れっきとした学術用語だよ」

「学術用語？　こんな怪物が造れるんですか？」

「現状では無理だね。せいぜいニワトリとウズラを合成させる程度が精一杯だ。それにたとえ合成できたとしても、こんな動物を生み出す必要性がない」

黒彦はもう一度魔神像を見つめる。犬神の言う通り、神話や空想の世界でならともかく、現実世界にこんな奴を造り出す理由などないだろう。目を下ろすと、蠍座《さそりざ》の尻尾《しっぽ》を握る果菜の姿が見えた。

「……失礼ですが、犬神さんは何かご研究をされている方なのですか？」

姫草が犬神に向かってそう尋ねる。

「どうして？」

少し目を大きくさせて犬神は聞き返す。

「いえ、白衣を着ていらっしゃるので。研究者か、医師なのかなと」

そういう姫草はもちろん白衣を着ていない。

「ああ、これはただのファッションだよ。僕は思いっきり無職だ」

犬神は白衣の袖《そで》を摑《つか》んでそう答えた。

9

「いらっしゃいませ」

館の奥から背の低い黒スーツの中年男と、三鳥とは別の若いメイドが現れ黒彦たちに頭を下げた。

「お待たせいたしましたことをお詫《わ》び申し上げます。私《わたくし》、当魔神館の執事を任されております、妻木《つまぎ》と申します」

背の低い中年の男、妻木は低い声でそう名乗り深く頭を下げた。頑固そうな太眉《ふとまゆ》の下に細く鋭い目が光っている。物腰は丁寧だが、どこかよそよそしい雰囲気も感じられた。

「同じく、メイドを任されております、西木露子と申します」

傍らのメイドも頭を下げた。短く捌《さば》いたブラウンの髪が僅かに零《こぼ》れる。目が大きく睫《まつ》毛《げ》が長い。外見からは、三鳥よりは活発で頼もしい印象を受けた。

「露子ちゃん！」

果菜がそう言って跳びはねる。

「はじめまして、ハテナちゃんだね」

露子も笑顔で応《こた》えた。

「うっわー！　露子ちゃんだー。露子ちゃんだよお兄さん！」

「今聞いたよ」

犬神は冷静に答える。果菜は露子の両手を掴んでぶんぶん振り回していた。

「僕、露子ちゃんに会いにここまで来たんだよ！」

「ありがと。後で一杯遊ぼうねー」

露子はもう電話と同じような口振りになっていた。隣の妻木が冷たい目でその様子を見つめている。

「で、君が黒彦君ね」

顔を上げて、露子がこちらを見る。

「……はじめまして」

露子に見つめられて黒彦は小さく答えた。

「楽しんでいってね。ここじゃ君たちがお客様なんだからさ」

「ありがとうございます。でも、良かったんでしょうか？」

「何が？」

「親父が招待されたのに、俺なんかが来ちゃって」

「あー。いいのいいの、全然オッケー」

露子はそう言うと親指と人差し指で輪を作りウィンクする。妙に様になっていた。

「存じあげなかったとはいえ、失礼なご案内をしてしまいお詫びいたします」

と言って妻木が頭を下げる。

「主《あるじ》も、白鷹様のご子息なら歓迎すると申しております。どうぞ気になさらずにおくつろぎください」

「いや、はあ……」

黒彦は何も答えられずにお辞儀する。ご子息などと呼ばれるのは生まれて初めてのことだった。

「僕は言われなくても楽しむからねん」

果菜は露子の手を離して妻木に言う。妻木はぎこちない笑みで返した。

「お初にお目にかかります。犬神博士」

妻木は犬神を見上げてそう挨拶《あいさつ》する。犬神は無表情のまま背の低い執事を見下ろしている。

「突然の呼びかけながら快くお受け頂き感謝いたします」

「まあ、夏休みだからね」

犬神は冗談かどうかも分かりにくい返事をする。妻木は表情を変えずに聞き流す。

「ご高名な博士にお会いできることを主も楽しみにしております」

「それは良かった。でもできればその博士と呼ぶのは止めて欲しいな」

犬神は三鳥に言ったことを繰り返す。妻木は初めて、少し戸惑った表情を見せた。

「失礼しました。……それでは、何と」

「何でもいいよ。犬と呼んで頂いても構わない」

「犬！」

果菜が犬神を指差して言う。と、同時に犬神は右手で果菜の頭をはらった。果菜はそのままぐらつき、黒彦の方に倒れかかる。

「いったー。お兄さん酷《ひど》いよ。酷いよお兄さん」

「ハテナには言ってないよ。言ってないよハテナには」

犬神は果菜を見ずに言う。露子が小さく笑い声を上げた。

「……犬神様と呼ばせて頂きます」

妻木が話を戻した。

「なにぶん山奥ゆえ、ご滞在中ご不便を感じられることもあるかと思います。私どもが皆様にお仕えいたしますので何なりとお申し付けくださ い」

二人はもう一度深く頭を下げた。

「では、お荷物をお預かりいたします」

妻木は黒彦と犬神兄妹《きょうだい》の荷物をそれぞれ両肩に掛けると、一礼して下がっていった。

小柄な見た目によらず頑丈そうだ。

「それでは、私が応援ホールにご案内いたします。もう皆さんもお見えになっています」

露子が笑みを作って案内する。

「硬いよー。露子ちゃん」

果菜が不平を漏らす。露子はちょっと困った表情をした。

「えー、だってハテナちゃんはお客様なんだし、それに」

と言って露子は犬神をちらりと見る。

「ああ、気にしないで。僕は礼儀作法とかしないから、人に強要しないんだ。普通でいいよ。その方がハテナも黒彦君もいいだろう」

犬神は軽く手を振ってそう返す。彼は礼儀作法を知らないのではなく、しないそうだ。

「あら、そうですか？　じゃあ皆さん、こっちです。レッツゴー！」

「ゴー！」

露子と果菜が右手を上げて歩き出す。その後に続いて犬神も、なぜか右手を上げて続いた。

「……変わった、人だね」

ずっと黙っていた姫草が犬神の背中を見て呟《つぶや》く。黒彦は深く頷《うなず》いた。

「それで、一体何の博士なんだい？　あの方は」

姫草が小声で尋ねる。黒彦は黙って首を曲げた。

10

露子は館の右手にある広い応接ホールへと四人を案内した。魔神像のあった玄関ホールとは違い、ここでは天井から下げられた大きなシャンデリアが煌々《こうこう》とした明かりを放っている。中央には幅の広いテーブルと、ソファが見える。壁にはいくつかの絵画が掲げられ、少し離れて大きく古い振り子時計が立っていた。入り口より左の隅にはバーカウンターと数脚のチェアまである。壁面に沿って隣の部屋に続くドア、露子によるとその先には食堂があるらしい。正面の窓からはガレージが見え、その先には暗く鬱蒼《うっそう》とした森が雨に濡《ぬ》れてどこまでも広がっていた。

応接ホールには男女が二人ソファに腰掛けていたが、黒彦たちの姿に気付くと立ち上がって声をかけた。

「こんにちは。どうぞ」

その一人、若い女性が微笑んで黒彦たちを招く。息を呑《の》む程の美人だった。大きくカールした髪の下に、意志の強そうな眉と目を持ち、高く通った鼻の下には赤い唇が濡れて光っていた。ぴんと背筋を伸ばし、大きく胸元の開いた真っ赤なドレスを身に纏《まと》っている。隣の果菜が珍しく少し身を引いて黙っていた。

「こんにちは。随分赤いですね」

犬神は感心した風に女性の衣装を見て言う。

「ありがとう。あなたも素敵《すてき》な……白衣？」

「ええ。素敵な白衣です」

犬神は真顔で返した。

「犬神です。こっちはハテナです」

「紅岩《あかいわ》瑠美《るみ》です。はじめまして」

女性、紅岩はそう言うと果菜ににこりと微笑みかける。少し低い声がより大人の雰囲気を醸し出していた。

「……瑠美さん？」

「ん？」

「絵描きの瑠美さんですか？」

果菜は顔を突き出して尋ねる。どうやら名前を知っているようだ。

「うちに何冊か画集があるよ。この人は絵が好きだからね」

犬神が果菜の頭を摑《つか》んで言った。

「あら！　ありがとう。そうよ。絵描きの瑠美さんよ」

紅岩がそう言って微笑む。

「えー！　すげー！　本物だ！　本物の瑠美さんなんだ！　ほらほらクロちゃん、瑠美さんだよ！」

果菜は大興奮しながら黒彦を見る。黒彦もつられて少し驚いてみせるが、本当は画家のことは何も分からなかった。

「僕、瑠美さんの絵大好きだよ！　瑠美さんの絵は何でも知ってるよ！」

瞳《ひとみ》をきらきらさせて果菜が言う。その表情に紅岩も目を細めた。

「へえ。嬉《うれ》しいわ」

「なんかね、瑠美さんの絵ってぴちぴちしてるんだ」

「ぴちぴち？　ふうん。品がないってよく言われるけどね」

「そんなことないよ全然。そう、僕あれが好き。『イタリアントマト』！」

「ホントよく知ってるのね。うん、あれはアタシも好きよ」

二人の弾《はじ》けた声がホールに響く。どうやら果菜には、誰とでも仲良くなれる才能のようなものがあるのかも知れない、と黒彦は思った。

「……『イタリアントマト』ってどんな絵ですか？」

黒彦は小声で犬神に尋ねる。犬神は目線だけを動かしてこちらを見た。

「全身真っ赤にした裸婦の油絵だよ。暗い部屋のベッドに横たわって、背後の窓からはフィレンツェの街並が見える。まるでトマトのようなツヤとキメの細かさが女性に若さと瑞々《みずみず》しさを与えている。紅岩瑠美の隠れた名作さ」

黒彦はその絵を想像する。全身真っ赤というのが、随分きわどいもののように感じられた。

「品がないっていうのは？」

「若き天才に遭遇した、老人たちの常套句《じょうとうく》だよ」

「あなたは、ハテナちゃんのお兄さん？」

紅岩は黒彦に向いて尋ねる。髪から少し甘い匂いがした。

「お兄さんは僕です」

犬神が言う。

「あら、ごめんなさい」

「白鷹です」

変な緊張感を抱きつつ、黒彦は名乗った。

「白鷹？」

「白鷹武雄様の息子さんですよ。黒彦君は」

傍らの露子が代わって答えた。

「まあ！　あなたが白鷹先生の！」

紅岩はそう言うと黒彦にぐっと近付いた。

「へえー。そうなんだあ。黒彦君っていうの？」

「はあ」

黒彦は少し仰《の》け反って返答する。

「……うん。口元はちょっと似ているね。目は、お父さん程輝いてないかな。でも君の方が綺麗《きれい》ね」

紅岩は黒彦の顔をまじまじと見つめながらそう言う。

「……親父を、知っているんですか？」

「もちろん。とっても素晴らしい絵を描かれていたし、それに最初に私の絵を認めてくれた先生だもの」

自分の妻をヘリコプターに変える男の何が素晴らしいのかは知らないが、紅岩は随分と尊敬してくれているようだ。

「絵は？　やってるの？」

「いいえ。俺はてんで駄目です」

「そうなの？　もったいないね」

「才能ないですから」

黒彦はあっさりと自分をそう評価した。五教科の成績も悪くなく、体育も音楽もそつなくこなすことはできるが、絵だけはどうしても上手《うま》くなれなかった。それが父親のせいかどうかは分からない。

「まあ絵描きの子に必ずしも絵の才能が宿るとも限らないだろうね」

これまで黙っていた、もう一人の若い男がそう話しかけてきた。

「そういうことです」

「はじめまして、久佐川《くさかわ》です」

男、久佐川はそう名乗って笑いかけた。やや長めの癖毛で眼鏡を掛けている。目を細めた笑顔は韓国人俳優のような爽《さわ》やかさだった。

「はじめまして、白鷹です」

黒彦も少し真似て微笑んでみる。隣の果菜が少し不思議そうにそれを見ていた。

「犬神さんもはじめまして。まさかお会いできるとは思いもよりませんでした」

久佐川は同じ笑顔で犬神に挨拶《あいさつ》する。

「そうですか。僕もまさかお会いできるとは思いませんでしたよ」

「え？　俺を知ってるんですか？」

「いえ、全然知りません」

犬神は同じ調子で答える。からかっているのではない。この人はこれが通常なのだと、黒彦はこれまでのやりとりから気付き始めていた。

「……一応、東京でコンピュータ・ネットワーク関係の仕事をしています。数年前、京都の大学で犬神さんの講演会を聴かせて貰《もら》ったんですよ」

「そんなことをしましたか、僕は」

「はい。人間の脳と人工知能の進歩についてお話しされてました。俺は学生だったんですが、自分といくらも違わない歳の方なのに素晴らしい理論を確立されていて、ひどく感銘を受けたのを覚えています。俺がコンピュータに興味を持ったのも犬神さんのお陰です」

久佐川は少し興奮気味に話す。犬神は喜ぶようなこともなく、ふうんとだけ呟《つぶや》いた。まだ自分のしたことに半信半疑のようだ。黒彦も、久佐川の言う『犬神さん』がこの男のこととは思えなかった。

「クロちゃん！」

離れた所より果菜の声が聞こえる。見ると、壁に掲げられた大きな絵の前で果菜と紅岩がこちらを見ていた。

「何？」

話を続ける久佐川と犬神から離れて黒彦は尋ねる。

「ほらほら、この絵！」

果菜は目の前の絵を黒彦に示す。そこにはビルの建ち並ぶ都市の中央に座す、巨大な怪物の姿が油絵で描かれていた。この館の魔神像にも似ているが、そうではないらしい。全身が毛むくじゃらで、背中には六枚の羽が大きく天に向かって開かれている。こぶのような角を持つ顔は、老人のように皺《しわ》が多く、それでも力強さの感じられる獣の表情をしていた。

「何ですか？　これ」

全体から発する強烈な威圧感を受けつつ、黒彦は紅岩に尋ねた。

「屋久島《やくしま》よ。九州の南の島」

紅岩はいつも、少し冷たい笑みを浮かべている。

「屋久島？」

黒彦は改めて絵を見る。怪物の周囲に広がっているのは近代的な灰色の街並だ。

「屋久島って、こんな風景なんですか？」

「まさか。あそこは山と森の大自然よ。このビル群はそのイメージなのよ」

「このバケモノは？」

「もちろん、樹齢何千年とかいう屋久島の縄文杉でしょうね」

紅岩は軽く笑って答えた。屋久島の縄文杉は以前テレビで観た覚えがある。とてつもなく大きく、古く、しかし天に伸びる枝には未《いま》だ青々とした葉を繁らせている杉の巨木だ。紅岩はこの怪物がそのイメージだという。

「……変わった、絵ですね」

黒彦は素直に感想を述べた。やはり絵のことはサッパリ分からない。しかし、それでもこの油絵の持つ力は鳥肌となって感じられていた。

「何言ってんのよ。君のお父さんの絵じゃない」

「親父の？」

「ここだよクロちゃん」

果菜が絵の右下を指差す。そこには確かに『TAKEO.S』と作者のサインが残されていた。白鷹武雄。ぼんやりと記憶に残る表情と、遺影として固められた姿。『あの人』は、こんな絵を描いていたのか。黒彦はサインから目を離し、もう一度全体を眺める。犬神から聞いた『反転描画法』とやらにより、大自然に囲まれた巨木がビル群に鎮座する怪物へと変化している。父親は、何を観ていたのだろうか。

「……俺にはやっぱり、絵は分からないみたいです」

黒彦は自嘲《じちょう》気味に呟いた。こんな絵を描く人の思考なんて、分かる訳がない。それがたとえ、自分の父親だとしても。

「それは、人生の楽しみの半分を捨てているわよ」

紅岩が楽しげに答える。

「いいですよ。残りの半分で二倍楽しみますから」

「あら、随分エッチなのね。黒彦君は」

そう返して紅岩は小さく笑い声を上げる。黒彦は、美人でも苦手な人がいることを知った。

「ご夕食の準備が整いましたー」

食堂のドアを開け放ち、メイドの三鳥が皆にそう呼びかける。その背後にはコックの衣装を纏《まと》った、長身の女性が立っていた。

11

「こちらが、皆様のご滞在中のお食事をお任せしております、蒲生聖《がもうひじり》様です」

三鳥はそう言って女性を紹介する。敬語を使っている所からすると、どうやら館の人間ではないらしい。

「蒲生です。一応フランスで料理をしていました。三日前からこちらで食事を担当しております。何かご不満な点がありましたら遠慮なくお申し付けください」

蒲生はそう言って頭を下げる。少し赤く染めた髪を後ろで束ねている。凛《りん》とした表情と、伸びた背筋にプロ意識が感じられた。

「……蒲生シェフだ」

隣で久佐川がぽつりと呟く。

「有名な人なんですか？」

「パリの何とかっていう三つ星レストランの料理人だよ。国際コンクールの日本代表にも選ばれていた、業界の超有名人だ。俺らはひょっとすると凄《すご》くラッキーな場にいるのかもね」

食堂も先の応接ホールとほぼ同じ造りになっており、部屋の中央に置かれた広いテーブルを囲むように硬そうな椅子が並べられていた。食堂のさらに奥が厨房《ちゅうぼう》となっているらしい。黒彦たちは二人のメイドに勧められて着席する。天井から下がるシャンデリアの光を受けて、銀色の食器がキラキラと輝いている。床は赤絨毯《じゅうたん》。傍らにはメイドと高いコック帽を被《かぶ》ったシェフ。黒彦は妙に緊張させられてしまい、何も口にしない内から胃に重いものを感じていた。他の者を窺《うかが》うと、同じように顔を強張《こわば》らせた姫草と目が合い、軽く微笑みかけられた。紅岩はまるで当然のように椅子にゆったりと腰掛け、側に立つ蒲生に何事か話をしている。恐縮とは程遠い果菜はスプーンを手に取り、何か自分の顔を映しているような素振りを見せていた。その隣では犬神も、なぜか同じようにスプーンの首の部分を指先で摘んでいるが、その目はどこか遠くをぼんやり見つめていた。スプーンの側にあるフォークは、他のものに比べて首が少し曲がっていた。

「東作さんって、どんな方なんですか？」

黒彦は隣に座る久佐川に尋ねる。久佐川はテーブルに頰杖《ほおづえ》をついたまま、ちらりとこちらを見た。

「知らないのかい？」

「親父の代わりですから、俺」

「……大変な資産家だよ。一族は建材や設備機器関係のグループ企業のトップだし、歴史ある家系かなんかで全国各地に土地だか物件だかを所有しているらしい」

「西洋建築家って聞きましたけど？」

「ご本人はね。一応そう呼ばれている。金持ちの道楽って噂もあるけどね」

と言って久佐川は爽《さわ》やかに笑う。

「そんな人がどうして、こんな館に？」

「そうだよな。何もこんな館に住むこともない。偏屈なのか、理由があるのか、いずれにしても下々《しもじも》の者にその気持ちは分からないよ」

お金持ちでも建築家でもない黒彦にも、もちろん分からない。それだけ恵まれているのなら、もっと楽しい家に住めばいいのにと単純に考えるだけだった。

「久佐川さんは、ここのみんなとは知り合いなんですか？」

父親の代理として、全員が初対面の黒彦が尋ねると、久佐川は肩を竦《すく》めて首を振った。

「誰一人、存じ上げていないね」

「え、そうなんですか？　親父も知らないんですか？」

「名前は知っているよ。白鷹画伯。紅岩画伯も蒲生シェフも。しかし直《じか》に会うのは初めてだね。犬神さんにしても俺が一方的に知っていただけさ」

黒彦は少し呆気《あっけ》にとられ、そしてようやくこの食堂が異様に静まり返っている理由に気付いた。全員が、初対面なのだ。犬神も父親に会ったことはないと言っていた。魔神像の側では姫草に『白鷹武雄の息子』だと名乗ったが、彼はノーリアクションだった。紅岩はある程度交流を持っていたようだが、久佐川は名前しか知らない。その程度の集まりでしかないということだ。黒彦は目線だけを動かし、全員の表情をもう一度見る。果菜がこちらに向かってニッと笑い右手をぱたぱたさせる。その背後で露子が少し笑っていた。これは、何の集まりなのだろう。本当に落成パーティなのだろうか。

「じゃあ久佐川さんも、露子さんから突然連絡を受けたんですか？」

「ん？　いや、俺は東作さんから直接誘われたよ。初めは何とかっていう有名な陶芸家を招くつもりだったけど、予定が合わずに断られたから代わりにどうだ、みたいな」

久佐川は軽い調子で答える。

「ああ、当然東作さんとはお知り合いですよね」

「まあね」

「……友達、ですか？」

「まさか」

久佐川はそう答えると、こちらに顔を向けて薄い笑みを浮かべた。

「大切な、金ヅルさ」

その数分後、玄関ホール側のドアが開け放たれ妻木と共に一人の紳士が姿を現した。長髪をオールバックにした、痩《や》せた黒スーツの中年男。一瞬、部屋にいる皆が息を呑《の》むのを黒彦は感じた。姫草と久佐川が僅《わず》かに腰を浮かせる。

「どうぞ、そのままで」

男は低い声で応《こた》えると、大きな目で食堂の一同をぐるりと見渡した。

東作茂丸。

黒彦は一目で男が、この魔神館の主人であると気付いていた。その身に漂わせている雰囲気が他の者とは明らかに違う。黒く重みのある空気。それはまさしくこの館の匂いにそっくりだった。四十代、あるいはもっと上だろうか。広い額に鈍い色で光る大きな目。瘦《こ》けた頰。大きな鼻の下には黒い口髭《くちひげ》を蓄えている。さらにその下にある薄い唇は微《かす》かに持ち上がり、油断ならない微笑みを見せていた。

「お待たせしました。東作です。急な仕事が発生して、思った以上に長引いてしまった」

魔神館の主《あるじ》はそう言うと、空いている席の一つに腰掛けた。全員が、彼の一挙手一投足、次の発言を待っている。この館の主人だから、というだけではない。この男だけが、この場にいる者たちを結ぶ唯一の接点なのだ。

「お久しぶりです。東作さん」

久佐川は東作の方に体を向けると、先程黒彦に見せたものとは全く違う、誠実な笑顔で挨拶《あいさつ》した。それに続けて姫草や紅岩も声をかける。黒彦は戸惑いつつ無言で会釈したが、それが東作に見えたかどうかまでは分からなかった。果菜は口を半開きにしてその様子を見つめている。犬神は真剣な目つきで東作の顔をじっと見つめ、やがて人知れず小さく首を傾けた。

「色々、ご説明しなければならないこともあるが……」

皆の挨拶を受けた後、東作は口を開く。その痩せた体のどこから生み出されるのかと思う程、深みのある声だった。

「まずは夕食にしよう。折角の蒲生さんの料理が冷めてしまってはいけない」

場の空気は、完全にこの男に支配されていた。

12

パーティとは程遠い、重苦しい雰囲気の中で始まった夕食会。しかし並べられた料理はどれも驚く程鮮やかな色彩を放っており、白いテーブルが一気に華やかなものへと変化していた。芳《かぐわ》しい湯気を立たせるスープ、花のようにあしらわれたサラダ、白いクリームがたっぷりかけられた肉料理。単品でも充分完成した皿たちが、並べられるごとにより広大で深みのある世界を生み出していた。

「堅苦しいお作法は抜きにして、一度に並べることにしましょう」

立ち上がった蒲生は皆にそう話し、執事とメイドたちを指揮した。

「……これは、凄い」

姫草が目を丸くして感心している。隣の紅岩も素直に頷《うなず》いて見せていた。

「これ全て、蒲生さんが？」

「盛り付けは三鳥さんに手伝って貰《もら》いましたよ」

「いえ！　私はただ言われた通りにしただけで、そんな、お手伝いと呼べるようなことは」

黒彦の隣で配膳《はいぜん》していた三鳥が慌てて頭を振る。いずれにしても一人二人でこれだけの料理を揃えるのは大したものだ。と、フランス料理も何も分からない黒彦も感心させられ、途端に空腹感を覚えてしまった。

「黒彦君はワインでいいの？」

料理に見とれていた黒彦に向かって露子が声をかける。

「いや、一応未成年だから」

「あ、そうだったよね。じゃあ、ちょっとだけにしようか」

「ちょっととかじゃなくて……」

黒彦は露子の対応に、法事の時にしか姿を見せない親戚《しんせき》の強引な姿を思い浮かべた。

「……水で、いいです」

「そう？」

「露子さん、少年にあまり悪の道を勧めちゃいけない」

隣の席の久佐川がそう言ってフォローに入る。露子の頬が少し膨れる。

「じゃあ久佐川さんもお水でよろしいということでしょうか？」

顎《あご》を持ち上げて露子は尋ねる。

「なに、俺はもう充分悪者だからいいんだよ」

久佐川はさらりとかわしてグラスを露子に渡した。そういう返し方ができるのが多分、大人なのだろうなと黒彦は何げなく感じていた。見回すと、自分と果菜と犬神のグラスにはミネラルウォーターが、その他の者には濃い色の赤ワインが注がれていた。

「犬神博士はワインを飲まれませんか？」

それに気付いていて、東作が話しかける。大きな目に何やら暗い力を感じるのは、元からそういう表情の人なのだろう。

「ええ。アルコールは酔うから嫌いなんです。あと博士と呼ぶのも止めてください」

犬神の冷めた言葉に再び部屋の会話が停止する。この人は場の空気や自分の立場などに気付かない人なのだと黒彦は再確認した。

「おや、博士と呼ばれるのはお嫌いで？」

東作は動じることなく返す。

「好き嫌いではなく、もう博士ではないからですよ」

「……研究はもうされていないと？」

「今の所は」

「それは残念だ」

「そうでしょうか？」

「しかし続けておられたら、こんな山奥にまでお越し頂けなかったでしょうな」

「ああ、そうかも知れません。その時はむしろ僕の家に皆さんを呼んで頂いた方が助かります」

「なるほど。しかしそれでは意味がない」

東作はそう答えて笑みを見せ、場の雰囲気は元の状態へと戻った。皆空々しく笑って誤魔化《ごまか》す。黒彦もなぜか口元を歪《ゆが》めて、自分自身が少し嫌になった。確かに、館の落成パーティを他人の家でやっても意味がない。冗談にしてもその発想が普通ではないと思った。

「さて、それでは皆さん」

料理が出揃った後、東作は皆にそう声をかけてワイングラスを持ち上げた。それに合わせて皆もそれぞれの杯を持つ。

「当魔神館の完成を祝い、また皆さんとの永続的な繋《つな》がりを祈って、乾杯」

東作の深みのある声が部屋に響く。『永続的な繋がり』とは、一体どういう意味なのだろう。単に『これからも仲良くしましょう』と捉《とら》えていいのだろうか。黒彦はそんなことを考えながら、杯を掲げた。外壁に取り付けられた窓が一瞬光り、少し間を空けて雷鳴が地鳴りのように響き渡る。館の外は本格的に嵐となっていた。

13

「うわっ、おいしー！」

食事を始めて最初に声を出したのは、やはり果菜だった。少女は真っ先にメインディッシュの肉料理に手を付けていた。

「ちょっ、ちょっと何これ！　何よこれ聖さん！」

果菜は感動のあまり興奮して蒲生シェフに声を掛ける。

「それは鶏《とり》だね」

「フランス鳥！」

「いや、ただのニワトリだよ」

「へえ。やっぱりフランスのニワトリさんは違うんだねー」

「日本のニワトリだよ、それは」

「そんな！　じゃあフランスは？」

「フランスは味付け」

「そっか。聖さんのフランスパワーが凄《すご》いんだね！」

「そうかもね」

なぜかは分からないが、果菜は『フランス』だから美味《おい》しいのだと結論付けたいらしい。姫草は二人のやり取りを楽しそうに見つめ、紅岩は白い手を口元に当てて少し笑いを堪《こら》えていた。

「うん。凄いよ聖さん。聖さん凄いよ。ほら、クロちゃんもちょっと食ってみ、早く！」

と言ってなぜか果菜は黒彦を指名し、お陰で黒彦は皆の注目を集めながら食べなければならなくなった。くだんのフランス鳥はナイフを使うまでもない柔らかさで、ホワイトソースに絡めて口に運ぶと鶏の臭みもなく、とろけるような味と舌触りが感じられた。確かにこれなら果菜が興奮するのも分かる。しかし一緒にはしゃぐ訳にもいかず、蒲生に向かって無言で頷いておいた。蒲生は満足げに頷き返す。その隣では犬神が、驚きも感動もなくぱくぱくと皿を平らげていた。

「どうやら姫様はいたくお気に召されたようだ」

落ち着いた声で東作が言う。果菜はきょとんとした表情でそれを見つめる。黒彦は、こんな料理を毎日食べている東作を羨《うらや》ましく感じていた。

「しつもんっ！」

不意にフォークを置いて果菜は東作に手を挙げた。東作は大きな目を瞬《まばた》かせる。

「どうして、このお屋敷はボロっちいんですか？」

全員、あるいは黒彦と犬神が抱いていた疑問を果菜は東作に直球で投げ付けた。しかし犬神もそうだが、この兄妹《きょうだい》は怖い者知らずなのだろうか。いや怖がることはないのだろうが、もう少し言い方があるのではないだろうか。それとも自分が気にし過ぎているのか？　見ると東作は口角を持ち上げ、いかにもよくぞ聞いてくれたと言わんばかりの笑みを漏らしていた。

「まさか姫様から最初に尋ねられると思わなかったが」

東作はそう答えて皆の顔を見回す。

「では、ここを訪れて恐らく皆さんが気になっている二つの疑問について説明しよう。つまり『なぜこの館は古いのか』、そして『なぜ自分が呼ばれたのか』を」

その言葉に全員の手が止まった。そう、黒彦は今当然のようにここで食事をしているが、そもそも二週間前に突然、十一年も前に亡くなった父親の知人という人物から招待されたことしか分かっていないのだ。

「まずこの館についてだが……」

魔神館の主《あるじ》は、そう言ってワインを一口含む。

「この館は、私が建てたものではない」

「……違うんですか？　俺はてっきり」

と答えたのは久佐川だ。

「内装は全て造り直した。だが建物自体は以前よりこの地にあったものだ」

「なるほど、それで外観は古いのですか」

「あの巨大な魔神像は？」

と姫草が言う。

紅岩が尋ねる。

「魔神像や、それを取り囲む十二星座像も初めからあった」

「一体誰があんな悪趣味な、……」

と言うと久佐川は口を噤《つぐ》み、小声で失礼と呟《つぶや》いた。だが全員が感じていたことだろう。

「この館とあの像を造ったのは、香具土深良《かぐつちふから》という男だ」

東作は皆に、それこそメイドの露子や三鳥にも向かってそう言った。香具土深良。黒彦には一切覚えのない名前だ。

「……どういう方なのかしら？」

紅岩が黒彦に代わって尋ねる。

「どなたかご存じの方はおられるかな？」

東作は答える代わりに皆に問いかける。誰も何も答えられず、それが黒彦を少し安心させた。

「黒彦君どうかね？　学校では教えていないかも知れないが」

東作にいきなり名を呼ばれ、黒彦は肩を震わせた。どこか澱《よど》んだ二つの目がこちらにじっと向けられる。

「いや、あの……聞いたこともありません」

その視線を避けて黒彦は答える。正直、学校で習った建築家の名前も定かではない。

「がんばれクロちゃん！」

果菜の声援が飛ぶ。だが頑張ってどうなるものでもない。

「犬神さんは？」

東作は早々に黒彦を解放し、今度は犬神に尋ねる。犬神は黒彦が避けた視線を平然と受け止めて固まっていた。

「……ご存じありませんか？」

「何が？」

どうやら何も聞いていなかったらしい。

「お兄さん！　カグツチフカラだよ」

「カグツチ？　香具土？　……って建築家のかい？」

「ほう、さすが知っておられるか」

東作の言葉に、今度は犬神も頷《うなず》く。

「そんなに詳しくはないですが。確か、明治・大正時代の西洋建築家でしたね。鬼才と謳《うた》われ、西洋の石造建築に独自の工法を取り入れて相当な数の作品を残した。そのどれもが当時では奇抜かつ特殊なものばかりだったとか」

すらすらと犬神は答える。どうやら建築にも知識があるらしい。

「そう。当時の建築界に間違いなく一石を投じた男だ」

東作は満足げに返す。

「そんなに有能な人なのに、どうしてあまり知られていないんですか？」

久佐川は犬神に尋ねる。

「さあ。活動期間が短かったからかも知れない。もうあまり作品は残っていないと聞いてるけど？」

今度は犬神が東作に尋ねる。

「彼の作品のほとんどは天災と人災によって破壊されてしまった。ある夜にいきなり原因不明の出火によって焼け落ちたり、戦時中は彼の作品の真上から爆弾を投下されたこともあった。他にも沢山の建築物があるというのにね。まあいい目印になったせいかも知れないが」

「呪い？」

東作の言葉を受けて果菜が言う。彼女はいつも皆の気持ちを声にしてくれるが、率直過ぎる。

「きっと、きっと良くない呪いがかかっているんだよ！」

「ハテナ、今僕らはその人の建てた館にいるんだよ」

犬神がそう言うと果菜は衝撃を受けた風に口を開けて固まった。

「ま、二十一世紀にもなって呪いはないでしょ。むしろ百年近くも前の人の作品がこうして残っているんだから、祝福されている方だと思うね」

久佐川はそう言うが、黒彦にはどうしてもこの館が祝福を受けている風には思えなかった。巨大な魔神像。暗い照明。夏だというのにどこか冷たく湿った空気、は外の雨のせいかも知れないが。

「呪いというのは違うが……」

東作が静かに呟く。

「彼の作品にある種の『力』が働いているのは間違いない」

「力？」

思わず黒彦は尋ねる。東作は重く頷く。

「力って？　魔法とか？」

紅岩が楽しげに目を細めて尋ねる。

「そう」

「え？」

東作に皆の注目が集まる。

「西洋建築家、香具土深良は魔術師でもあったのだよ」

14

「魔術師……」

と誰かが呟いた。

「……まさか手品が得意だった、とかではないですよね？」

と久佐川が言う。

「香具土は十代の頃に西洋諸国を巡る旅に出ている」

東作は久佐川の言葉を無視して話を続けた。

「旅に出た経緯《いきさつ》は不明だが、初めは貿易商を営んでいた父親に従ってイギリスへ渡ったようだ。一般人の海外旅行などほとんど行われていない、もちろんテレビだって存在しなかった時代の話だ」

情報量の乏しかった社会の中、初めて訪れた異国の地。人種も文化も全く異なる世界が存在することを知った深良少年の衝撃は、現代とは比べものにならないものだったろう。

「当初は父親の仕事を覚える為に、また見聞を広めることを目的としていたようだが、その後も渡欧を繰り返す内に彼の興味は次第に別のものへと移っていった。つまり建築と魔術だ。これまで見たこともなかった頑丈で壮美な石造りの建築物。そして触れたこともなかった神秘的な魔術の力。この二つに彼は、強烈な魅力を感じたのだ」

「……その魔術というのは、例えば魔女の魔法とかそういう類《たぐい》のものなのでしょうか？黒魔術とかいう」

フランスでシェフをしていた蒲生は漠然としたイメージで尋ねる。

「それに近いものだろうな。当時の西洋は産業革命を終え近代社会の旗手として盛り上がりを見せていたが、一方では追いやられた古い伝統や魔術が森の奥で凝り固まってずっと存在し続けていた。香具土は二十歳の秋にドイツで洗礼を受け、何らかの秘術を授かったという記録が残っているが、少なくともそれはキリスト教ではなかったようだ」

黒彦にはそれがどんなものかは分からない。だがその結果完成したのがこの館であり、あの巨大な魔神像であるならば、幸福や祝福とは対極をなす力であることは間違いないだろう。決して少年が魔法の学校で習うようなものではない。

「数年間の修業により建築と魔術を身に付けた香具土は、帰国して西洋建築家として活動を始めた。先程人神さんも仰《おっしゃ》ったが、その作品は西洋建築の観を呈しているが、かなり独自の工法を取り入れ、そして彼自身の世界観を内包させていた」

「世界観？」

と蒲生が言う。

「魔術的、と言ってもいいだろう」

東作が答える。

「それが、あの魔神像という訳？」

紅岩が玄関ホールを軽く指差す。

「魔神像と、それを取り囲む十二星座の像だ。あれらは間違いなく、香具土の魔術によって生み出されたものだ」

東作が冷たい笑みと共に答えた。

「……この館は、あの魔神像を崇《あが》める為に建てられたのだよ」

「崇める？」

姫草が返す。

「先程久佐川君が、百年近くも前に建てられたこの館が残っているのは祝福だとか言っていたが、そうではない」

「じゃあ、やっぱり呪いなんですか？」

久佐川が改めて尋ねるが、東作は首を振った。

「根本的に、意味が違う」

「と、言いますと？」

「百年近くも前に建てられたのではなく、百年近く完成していなかったんだよ。完成していないから、壊れることもなかったんだ」

東作はややこしいことを言った。

「よく分かりませんね。それではいつ完成するんですか？」

蒲生は後ろで束ねていた髪を解いて尋ねる。

「今日だ」

「へ？」

「正確には、皆さんがこの館に足を踏み入れた時、魔神館はついに完成したのだ」

黒彦はもう話に付いていけなくなっていた。大昔に建てられたこの館が今日完成したから、落成パーティが催された。しかしそれはパーティに呼ばれた皆が来たから完成した。どういうことだ？

「つまり、僕らのお陰だって寸法だね！」

果菜が東作を指差し自信満々にそう叫ぶ。東作は口の端を上げてそれに応《こた》えた。

「そこで二つ目の疑問、『なぜ自分が呼ばれたのか』に繋《つな》がる訳だ」

東作はそう言うと、再びワインを口に運んだ。

「恐らく急にこんな山奥に呼び出されて、戸惑われた方もおられるだろう。姫草先生や久佐川君はまだしも、紅岩画伯や犬神さんに至っては私とほとんど付き合いがなかった」

東作の言葉に犬神は素直に頷《うなず》く。この人は迎えの車の中で三鳥から聞くまで東作茂丸をラジコン友達と勘違いしていたのだ。

「一番びっくりしたのは黒彦君だろうな。そう親しくもなかった父上の知人に呼び出されたのだから。来て頂いたことに感謝する」

東作に言われ、黒彦は小さく、いえとだけ答えた。予想していた程堅苦しくもなく、おまけにこれだけの料理でもてなされたのだから、むしろこっちがお礼を言いたいくらいだった。言えなかったが。

「参加者は、ある条件を基に選出させて頂いた」

東作は全員を一瞥《いちべつ》してそう言った。

「ある条件？」

紅岩が片方の眉《まゆ》を上げる。東作はなぜか、不敵な笑みを浮かべていた。

「星座だよ」

15

東作の言葉を黒彦はある程度予測していた。電話口で星座を尋ねた露子。魔神像を囲む十二星座像。皆が集められた理由には、やはり星座が関係していたのだ。

「この機会に、簡単ではあるが皆さんの紹介もさせて頂こう。まず、この館のメイドとして働いて貰《もら》っている、白羊宮《はくようきゅう》の西木露子」

東作がそう言って露子を示す。既に事情を知っているらしい彼女は皆の視線を受けて静かに頭を下げた。

「同じく、金牛宮《きんぎゅうきゅう》の鶴原三鳥」

もう一人のメイド。黒彦たちをジープで迎えに来た三鳥も露子の隣で深く頭を下げる。

「次に、犬神さんの妹で元気な姫様。双児宮《そうじきゅう》の犬神果菜さん」

「よろしくー！」

姫様・果菜はVサインを出してニッと笑う。

「次に、新進気鋭の女流画家、巨蟹宮《きょかいきゅう》の紅岩瑠美画伯」

「こんばんは。お招き頂いて光栄ですわ」

紅岩は貴婦人のような口調で応える。身に纏《まと》うドレスも名前も星座の蟹《かに》も、彼女は何もかも赤色だ。

「そして私が、処女宮《しょじょきゅう》の東作茂丸」

東作は自分の胸に手を添えて言う。

「次に、我が東園会《とうえんかい》病院で医師をされている、天秤宮《てんびんきゅう》の姫草泰道先生」

「姫草です。こういう場にはあまり慣れておりませんが」

姫草は落ち着いた笑顔と共に応える。黒彦は東作が『我が病院』と言ったことが気になっていた。彼は病院まで持っているのだろうか。

「次に、今夜この素晴らしい料理を作って頂いた、天蝎宮《てんかつきゅう》の蒲生聖シェフ」

「よろしく」

蒲生は短く答える。

「次に、残念ながら既にこの世を去られた画家、白鷹武雄画伯のご子息で、幸運にも同じ星座を持つ少年。人馬宮《じんばきゅう》の白鷹黒彦君」

「……はじめまして。親父の代わりで来ました」

黒彦はそう応えて頭を下げた。気楽な場とはいえ、画家に医者に一流料理人が揃っていると思うと妙に緊張させられた。

「次にこの館の執事で、長年私に仕えてくれている男。磨羯宮《まかつきゅう》の妻木悟《さとる》」

東作の言葉を受けて、妻木は無言で頭を下げた。頑固そうな顔に冷たい目を持っている。

「次に、もう研究はされていないということだが、かつては『世界最高の知性』と讃《たた》えられた偉大なる博士。宝瓶宮《ほうへいきゅう》の犬神清秀さん」

東作の説明に黒彦は少し驚かされる。果菜の『姫様』はともかく、こちらは冗談のつもりではなさそうだった。『世界最高の知性』とは、なんだ?

「犬神です。好きな文房具は『ロケット鉛筆』です。どうぞよろしく」

犬神は真顔でそう挨拶《あいさつ》した。

「最後に、東京でコンピュータ関係の会社を持っておられる、技術者でもある実業家、双魚宮《そうぎょきゅう》の久佐川欄平《らんぺい》君」

「久佐川です。会社といっても数人でやっている程度のものです。東作さんにお招き頂き、皆さんにお会いできたことを嬉《うれ》しく思っております」

久佐川は例の爽《さわ》やかな笑顔と共にそう応える。『営業スマイル』という奴かも知れないと黒彦は思った。

「以上。この館にちなんで皆さんの星座を基にご招待申し上げた訳です」

東作はそう言って話を締めた。なるほど、そういうことだったのかと黒彦は思う。十二星座像を基に十二人の者を集めることで魔神館は完成する。東作はそう考えているようだった。

「あれ?」

そこでふと疑問に気付き黒彦は思わず声に出した。皆の顔がこちらを向く。

「……一人、足りなくないですか?」

露子、三鳥、果菜、紅岩、東作、姫草、蒲生、自分、妻木、犬神、久佐川。やはり十一人しかいない。

「あ！　ライオンがいないよ」

黒彦の言葉を受けて果菜が声を上げる。そう、先の紹介には獅子座の人物はいなかった。

「その通り。今この場には獅子宮《しきゅう》の人間はいない」

東作は既にその疑問が投げかけられることを予想していたようだ。

「しかし決して忘れた訳でも、適当な人間が見付からなかった訳でもない」

「では、なぜ？」

姫草が尋ねる。

「お分かりになりませんか？　姫草先生」

東作が逆に尋ねる。彼はどうやら、そういう話し方が好きなようだ。姫草は無言のまま首を傾げる。

「犬神さんは？」

「もちろん」

今度はしっかりと話を聞いていた犬神が即座に答える。

「……つまり、ライオンは我々の心の中にあるということです。人は生まれながらにして、その精神に眠れる獅子を一匹ずつ飼っている。才能と言ってもいいかも知れません。

東作さんは建築の獅子を、姫草先生は医術の獅子を、そして僕には動物王国を追われ、見たこともないアフリカの大地を一人夢想する痩《や》せた獅子が……」

「面白い話ですが違います」

犬神の演説はすっぱりと切られた。

「黒彦君は？」

そして東作は再び黒彦に質問を投げかけた。黒彦は首を捻《ひね》る。消えた獅子座。東作が自分に質問をしたということは、これまでの説明で解答が得られるということなのだろう。長い東作の話の中で、この場にいない人物となれば、

「……香具土深良、ですか？」

「そう」

黒彦の言葉に東作はしっかりと頷いた。

「なるほど、香具土は獅子座なのですか。この場にいなくて、この館に関係している人物」

久佐川がそれに続いて言う。

「そう。しかもそれが、彼の願いでもあるからだ」

東作が久佐川の方を向いて答える。

「願い？」

「彼はやがて来る落成の日を、この館で待ち続けていたのだ」

「それは一体……」

紅岩が呟《つぶや》く。東作は紅岩を少し見つめてから皆に向かって口を開いた。

「香具土深良はこの館で死んだ。この館にある『獅子宮』で一人、首を吊《つ》って自殺したのだ」

16

自殺。

魔術師でもある西洋建築家の死が、この館で。

それがどういう意味を持つのか、恐らくこの場にいる者は誰も理解できなかっただろう。ただ一人、東作茂丸を除いては。

「私は彼を、敬愛している」

東作はアルコールで顔を少し赤くして、呟くようにそう言った。

「西洋建築家、香具土深良の業績はこの国に西洋建築法を広めただけではない。木材に代わって石材による建築を進めようとしたことだ」

「石材？」

誰かが反応する。

「かつてこの国の家屋のほとんどは木材で組み立てられていた。丈夫でしなやかで、何しろ手に入りやすかったことが大きな理由だ。人々は木々を伐採し自分たちの住み処《すか》を建築する。それが自然の流れであり、これまでも森はその行為を寛容に受け止めるだけの余裕を持っていた。しかし、今はどうだ？」

自身も西洋建築家の東作は、そう言って皆を見回す。

「増え続ける人口を収める為に、森は次々と削られている。また生活の為に焼き払われ、畑へと姿を変えられ続けている。世界の森林は加速度的に失われつつあるのだ。それなのに、未《いま》だにこの国では木造家屋がもてはやされている。なぜだ？　古き伝統か？　木のぬくもりか？　そんなくだらない理由で自然を破壊し続けるのか？」

「自虐が好きなんだろうね」

突然犬神が答え、皆の注目を集めた。

「温かみのある木の家でロッキングチェアに身を沈め、失われゆく自然をテーマとしたテレビ番組を心配そうに見つめる。座っている椅子や住んでいる建物が木材で造られていることを知り、人間は、自分たちはなんと愚かなのだろうと知る。そんな気分に浸りたいんだよ。この国の人は自虐を生きる証《あかし》の一つと信じているんだ」

「……やはり犬神さんは私に賛成して頂けますか」

硬い顔を崩して東作が言う。

「やっと思い出した。以前にもそんな話をされていましたね」

「昔スウェーデンの学会でも同じ話をした。手を叩《たた》いてくれたのはあなただけでした」

「そうでしたか？　他にもいたでしょう」

「あれは、あなたが拍手したからですよ」

「ふうん」

どうやら東作と犬神の繋《つな》がりは、三鳥の話した通りのようだった。

「自虐か。それなら世界一の輸入木材量を誇らずに、自分の土地を削ればいい」

東作は忌ま忌ましそうにそう言う。低く重みのある声、ギラギラとした二つの目、目まぐるしく変わる表情と身振り。この人の話にはどこか引き込まれるものがあると黒彦は感じていた。

「……香具土はいち早くその危機意識を持っていた。このままではいずれ世界の森は食い尽くされてしまう。だからこそ石材による建築法をこの国に広める必要があったのだ」

「しかし、力が及ばなかった？」

紅岩が尋ねる。

「抑制にはなったが、成功には至らなかったことはこの現代社会を見て明らかだ。一つはコストの面で、もう一つは現代以上に激しかった木造建築至上主義に阻まれ、香具土はその牙城《がじょう》を切り崩すことはできなかった」

黒彦が木造家屋として思い浮かべるのは、以前一度だけ訪れたことのある、田舎に住む親戚《しんせき》の家だった。その親戚は若い内より都会でのサラリーマン生活に別れを告げ、山野と田園に囲まれた美しい土地に木の家を建てた。空の青さと水の清らかさ、そして木の家が持つどこか懐かしい雰囲気に感動したのを覚えている。だが考えてみれば、あの家とて木を切り倒して建てられたものであるのは間違いない。そしてその木材は、少なくともあの田舎にあった山の木ではないのだ。

「それで、香具土は失意の内に自殺した、という訳ですか」

姫草が腕を組んで言う。

「いや」

しかし東作は否定する。

「魔術師はそんな理由で死にはしない」

「ほう？」

「通念と目先の利益にとらわれ、変化を嫌った建築業界の前に敗れた香具土は、建築を捨ててより魔術へと傾倒していった。そして生まれたのがこの魔神館だった」

「この館が？」

「魔術の館ですか。確かに、一般受けはしにくい造りかも知れませんが」

久佐川がそう言って天井を仰ぐ。

「魔術師は決して無意味な自殺などしない。必要だからこそ自らの命を絶つのだ。『死を与えた』と言ってもいい」

数多くの作品が失われた中、まるで時が止められたように信州奥地で残された魔神館。

東作はそれを香具土の魔術によるものと信じている。では、それ程の力を持っていた人物が自らの命を手放した理由とは。

「一体何の為に？」

気が付けば黒彦は自分でその疑問を東作に投げかけていた。

「魔神に生命を吹き込む為に」

「え？」

「香具土深良は己の能力を知らしめる為にこの魔神館を生み出し、自らの命をあの魔神像に捧《ささ》げたのだ」

東作はそう言って暗い笑みを浮かべる。目の奥が、ぞっとするような光を帯びていた。

17

長い食事が終わると場は一旦《いったん》解散となった。黒彦は早々に席を立つと応接ホールへと戻り、中央のソファに一人身を沈めた。外が深い森に囲まれているせいか、都会にはない包み込むような静寂が肌に感じられる。かちりかちりと、振り子時計の時を刻む音が微《かす》かに聞こえる。窓の向こう側では雨粒が、シャンデリアの光を受けてチラチラと瞬いていた。黒彦は目を閉じる。頭の中では魔術だの自殺だのと黒い言葉が飛び交い、今日突然知り合った多くの人の顔が思い浮かび、最後にあの、この世の全てを憎んでいるような魔神像の顔と姿に埋め尽くされた。昨日までの日常はどこへ行ってしまったのだろう。どうやら自分は、随分とおかしな世界へと運ばれてしまったようだ。そんなことを考えていた。

「いやはや、参ったね」

久佐川の声が聞こえて黒彦は目を開ける。彼はのらりくらりと近寄るとそのまま黒彦の隣にどすんと腰を落とした。少し酔っているらしく、口振りに彼本来のものであろう気安さが強く表れていた。

「訳の分からない持説に付き合わされて、折角の料理の味も忘れちまったね」

確かに、建築やら魔術やらと言われても困るのが正直な意見だ。

「……東作さんって、ああいう人なんですか？」

黒彦は久佐川の方を見ずに尋ねる。

「うーん、前はそうでもなかったんだけどなあ。仕事辞めてからおかしくなったのかもなあ」

「あ、もう仕事はしていないんですか？」

「うん。何年か前に、急にね。そのまま一切音信不通になってて、で、久しぶりに会ったらあんな風になってた。ゲージッ家は分からんね」

久佐川はそう言って笑う。

「どうしたんでしょうね」

「さっきの、香具土って人のせいじゃないか？　随分思い入れがあるみたいだし。同じ西洋建築家らしいし」

　香具土深良。この魔神館を設計し、何らかの魔術を施した怪人。彼は何ゆえこの館を造り、首を吊《つ》ったのだろうか。そして東作は、彼の何に惹《ひ》かれたのだろう。

「案外、東作さんも魔術にやられちゃったのかもな」

　久佐川は眼鏡を持ち上げ食堂の方をちらりと窺《うかが》う。黒彦も目を向けると、東作と蒲生が残って何やら話し込んでいるのが見える。後は応接ホールの窓際では姫草と犬神が立ち話をしており、果菜がその隣で暗い外の景色をじっと見つめているのも目に入った。

「そういえば、姫草先生の病院って」

　黒彦が思い出して久佐川に尋ねる。

「ん？　東園会病院かい？」

「それも、東作さんのものなんですか？」

「ああ、うん。オーナーはあの人だったと思うよ。院長は別だけど、それも確か一族だったはずだ」

　なるほど、それなら姫草は東作の誘いを断れなかったはずだ。

「凄《すご》いんですね、東作さんって」

「その辺の凄さは一族の方だろうね。あの人自身はビジネスには興味なさそうだし」

「久佐川さんは、どういう関係なんですか？」

「昔、東作さんにパソコンを教えたことがあるんだよ。学生時代にパソコンスクールの講師をしていたからね、俺。いい仕事があるって誘われて、三ヶ月程家庭教師をしたんだ」

「この館で？」

「いや、その頃は東京にあの人の会社があったんだ。建築家もパソコンができないといけない時代だとかなんとか言ってた」

久佐川は遠くを見つめて答える。

「へえ、上達しましたか？」

「凄《すさ》まじい程にね」

そう言うと横目でこちらを見る。

「集中力が半端じゃないんだよ、あの人。基礎を教えたらあっと言う間にマスターしたよ」

「ふうん」

今の東作は、その集中力が香具土と魔術へと向かってしまったのだろうか。

「まあそういう繋がりがあってさ、俺が会社を作る時にも一口乗ってくれたんだよ」

「一口？」

「こっちの面で」

久佐川はそう言うと、右手を広げて親指と人差し指で輪を作った。

「ああ、金ヅル、とか言ってましたね」

「東作家にしたら大した額じゃないだろうけどね。未《いま》だに返せていない。だから俺は逆らえない。コンビニもない山奥にだって、来いと言われたら行くしかないんだよ」

久佐川はそう言うとまた笑う。どうやらここへはあまり来たくはなかったようだ。

「あら、随分仲良しになったのね」

食堂から紅岩が現れると、黒彦の正面のソファにゆったりと腰掛けた。微かに香水の匂いが感じられる。

「まあね。あなたとも仲良しになれればいいですね」

「でもお金は貸さないわよ」

「酷《ひど》いな。聞いてたんだ」

久佐川は頭を掻《か》く真似をする。

「でも紅岩画伯まで東作さんと繋《つな》がりがあるとは思わなかった」

「あら、繋がりなんてないわよ」

紅岩はさらりと答えると、片手で髪を撫《な》で付けた。動作の全てが様になっている。

「前に個展を開いた時に来て頂いたのよ。私の作品を凄く気に入ってくれて。こんな人だとは思わなかったけど」

「大切なお客様じゃないか。お金持ちだし」

「まあ、そうなんだけどねえ」

と言って紅岩は食堂の方に目を向ける。

「ちょっと、トンデモさんなのよねえ」

「トンデモさん?」

黒彦が尋ねる。

「何見ても自分のいい風に解釈しちゃうのよ。この構図は何とかっていう魔方陣に酷似しているとか、黒い裸婦画は、何とかっていう黒人のマリアを意識しているとか。違うって言っても聞いてくれない。誰が描いたと思ってんのかしらねえ」

紅岩はそう言って疲れた笑みを浮かべた。きっと迷惑なのだろう。

「やっぱり、芸術家だからこだわるんじゃないですか。東作さんも」

「まさか。芸術家気取りだからタチが悪いのよ」

「芸術家気取り?」

「あの人が建築家として有名なのはお家《うち》のお陰、一族の後ろ盾があってこそなのよ。彼自身の作品はほとんど評価に値しないわ。でも周りが誉めるから自分でも優れた芸術家だと思い込んでいるの。だから本当の一流建築家たちからも、その他大勢の三流建築家たちからも嫌われているのよ」

紅岩はホールをぐるりと見回しながらすっぱりと言った。この魔神館も、造ったのは東作ではない。

「今の話はナイショね」

紅岩は立てた人差し指を唇に当てる。言われなくても語るつもりはない。しかし、食堂での東作の姿を思い出しても、彼がそんな芸術家気取りの人間には見えなかった。もっと深く、暗い部分での思想が感じられていた。才能のない有名建築家。あるいは彼自身も気付いているのではないだろうか。

「それじゃ、紅岩さんはどうしてここへ来たんですか？　あまり東作さんのことも好きじゃなさそうなのに」

「さっきの久佐川さんの言葉よ。大人の事情って奴？　個人で絵を買ってくれる人ってそんなに多くもないのよ」

紅岩は怪しい笑みを浮かべたまま返す。見た目は派手だが行動は堅実のようだ。

「それに、白鷹先生の息子さんが来るって聞いていたし」

「俺、ですか？」

「興味あるじゃない」

「はあ」

紅岩の視線に黒彦は戸惑う。

「で、紅岩画伯の評価は？」

隣で久佐川が楽しそうに尋ねる。

「うーん、綺麗《きれい》な顔してるんだけどねえ」

「だけど？」

「目に力がない」

そんな評価を受けても困る。

「また難しいことを言われたね、黒彦君」

「さっきもそんなこと言ってましたよね、紅岩さん」

黒彦は紅岩の目を見て尋ねる。目の力。それは紅岩のように、どこかそわそわさせられる力のことか、あるいは東作のように相手を萎縮《いしゅく》させる力だろうか。果菜のようにいつも爛々《らんらん》とした目もある。犬神のように、何の光も感じられない視線もある。そう考えると、黒彦は自分の目が平凡であるように思えた。

「そうねー。やっぱりお父さんと比べちゃうからかな」

紅岩は楽しそうに黒彦の目を見つめて答える。

「……親父はどんな目を？」

自分の父親の目を他人に尋ねる。それ程黒彦の記憶に存在する父親の姿は希薄だった。

紅岩は細い指を顎《あご》に付け、少し考えてから口を開いた。

「一言で言えば、何でも見透かされるような目だったかしら？」

「……見透かされる？」

「そう。対象物の表面だけじゃなくて、その奥にある何かまでも見られている感じがしたわよ。あんな目で見られたら女はたまったもんじゃないわよ」

紅岩はそう答えて笑う。何だか分からない。どうたまったもんじゃないのかも黒彦には分からなかった。何でも見透かす目。それが屋久島の杉を悪魔に変え、妻をヘリコプターに変えたのだ。

「ま、先生なら生きておられてもこんな所へは来なかったでしょうけどね」

紅岩はソファに頭を預けて天井を見上げる。

「なぜ？」

「あの人も嫌っていたのよ、東作さんを。しつこいから一枚あげて追い返したって」

そう言って、ホールの壁に掲げられている屋久島の絵を指差した。

「そんなことしてるから儲《もう》からなかったのよねえ。恰好《かっこう》良かったけどさ」

「……何でそんなに嫌っていたんですか？」

黒彦は父親の性格を知らない。

「うーん、何ででしょうねえ」

紅岩は思案する風な素振りを見せる。

「言えないことですか？」

「そんなこともないけどね」

「何ですか？」

いまさら父親の事情など聞いても仕方ないが、この館にいる以上は知っておくべき内容だと黒彦は思った。

「……しつこく、付きまとわれていたらしいわよ」

紅岩は小声でそう言う。

「付きまとわれる？　東作さんに？　父が？」

「いいえ」

紅岩はさらに身を乗り出して耳打ちする。

「あなたのお母さんがよ」

「へ？」

「コーヒーでもいかがでしょうか」

トレイを持った三鳥がそう言って三人の元にやって来た。

18

「ありがとう。頂くわ」

紅岩が答え、三鳥は三人の前に高そうなカップと小さなクッキーを並べた皿を置く。

東作と父母との話はそこで終わってしまった。

「どう？　三鳥さんもちょっとお話ししない？」

「え？　あ、いいえ、私は……」

紅岩の勧めに三鳥は戸惑う。

「まあいいじゃないか。おうい、妻木さん。ちょっと三鳥ちゃん借りるねー」

久佐川もそう言うと、部屋の隅で何か仕事をしている妻木に呼びかけた。妻木は無言のまま小さく頷《うなず》く。

「すいません、それじゃ」

恐縮しながら三鳥は紅岩の隣に座る。紅岩はコーヒーカップを口に運びながらその様子をじっと見つめていた。

「……三鳥さんって」

「はい？」

「まだここへ来て間もないのかしら？」

「え？　あ、すいません。私、何かしてしまいましたでしょうか？」

慌てて三鳥は居住まいを正す。

「ううん。違うの。ただちょっと慣れてないかなって気がしただけよ。あなたはしっかりやってくれてるわ」

紅岩がすぐに返す。

「あ、そうですか。良かった……」

三鳥は胸に手を添えてほっと息をつく。大人しいのにリアクションだけは派手な人だ。

「で、どうなの？」

「はい。実は私、三週間前からここでお世話になっています」

「へえ、随分最近だね」

久佐川がそう言って眉《まゆ》を上げる。

「はい。露子さんもそうです」

「露子さんの方が年上か」

「はい。三つ上です」

「何か、こういう仕事をしていたのかしら？」

「いいえ、私は図書館で職員のアルバイトをしていました。露子さんはバーのウェイトレス、だったかな？」

「あら、全然違うのね」

しかし二人の性格にあった仕事だと黒彦は何となく思った。

「そこで、妻木さんと知り合って、ちょうどメイドを探しているんだが来ないかと」

「それはまた突然ね」

「はい。でも、夏の間だけでいいと言われましたし。その、お給料も凄《すご》く良かったので」

「露子さんも？」

「はい、露子さんはご主人様にスカウトされたそうです」

「でもどうしてあなたたちだったんでしょうね」

「さあ……」

「星座じゃないですか？」

黒彦が言う。

「あ、星座は聞かれました」

「なるほどね。でも何なのかしら、星座って」

集められた者はそれぞれ九の星座に分かれている。東作がそうまでして集めた理由は、何なのだろう。

「妻木さんは昔からいたのかしら？」

「あの人は前から東作さんに仕えていたね」

東作の以前を知る久佐川が答える。物静かな姿に実直さと忠実さが感じられる執事。彼は東作とどういう関係なのだろう。

「アタシたちだけじゃなくて、三鳥さんもこの館には慣れていない訳か。しかし色んな人を集めたものね。東作さんも」

紅岩の呟《つぶや》きに三鳥は微かに頷く。

「色んな人と言えば……」

紅岩は続けて、窓際の方に目を向ける。

「あの、犬神さんって方、何者なのかしら？」

窓際では犬神と姫草がまだ話を続けている。果菜はいつの間にかいなくなっていた。

「久佐川さんは知っているんですよね？」

黒彦が言うと、久佐川はふむと頷いた。

「東作さんが、『世界最高の知性』とか言ってましたけど?」

「その言葉も、あながち誇張でもないんだよ。あの人の場合は」

「学者の方、ですか?」

三鳥の言葉に久佐川は少し笑った。

「ただの学者じゃない。犬神清秀と言えば物理学や工学、医学、薬学、遺伝子工学、情報工学などあらゆる学問に精通した天才だよ。特に欧米では凄い評価を受けている人だ」

「そういえばどこかで聞いたことあったわね、そんな名前の人。……へえ、あの人がそうなんだ」

紅岩は視線を行ったり来たりさせながら言う。

「本当に?」

黒彦は思わず声を上げる。

「うん。俺にしてみれば、こんな所で会えること自体驚きなんだよ。様々な分野において多大な功績を残している賢人。『世界最高の知性』と呼んだのもどこかの学者だし、他にも『未来の頭脳』とか『逸脱者《いつだつしゃ》』とか呼ばれていたよ」

「逸脱者?」

「相当変わり者らしいよ」

その意見にはひどく納得させられた。

「そんな凄い人がどうしてこちらに？　あ、博士はもう辞めたとか仰《おっしゃ》ってましたが」

三鳥が尋ねる。

「俺の知る限りでは、数年前に長く在籍していたアメリカの遺伝子研究グループから除名されたらしいね」

「除名？」

黒彦の言葉に久佐川は頷く。

「理由は知らない。何か、『とんでもない研究』を行ったのが原因と言われているが、詳細は誰も知らないんだ。ただ彼は除名され、しかも学界全体から追放されたと聞いている」

学界から追放される程の研究とは何なのだろう。あの風変わりな『お兄さん』は何をしてしまったのだろう。

「それ以降、彼は全ての研究を止めてしまい、帰国してからも隠者のような牛活を送っているそうだ。何度となく復帰を求める声も上がっていたが全て断っているらしい。聞けばもっと詳しく教えてくれるかも知れないが」

久佐川は犬神の白い背を見てそう言った。

「何で、追放されたんだろう」

黒彦が呟く。

「神の玉座に座ったらしい」

久佐川が顔を向けて答える。

「え？」

「追放された後、一回だけ海外の学術雑誌にあの人のインタビュー記事が掲載されていたんだ。そこであの人は『僕は神の玉座に着いたから、みんなに引きずり下ろされたんだ』と答えていたよ」

「どういう意味なんでしょう？」

「分からない。多分、説明されても俺たちには理解できないんじゃないかな」

その結果、彼は白衣を着た変人になってしまい、今は妹を連れて奇妙な館にいる。

「まあ今では伝説の人なんだろうね。たまに名前が挙がるけど、もう知らない人も多い」

久佐川はそう言ってコーヒーを口に運んだ。

「……面白い人ね。妹さんはあんなに可愛いのに」

紅岩は素直な感想を述べる。

「不思議な人だ」

黒彦も犬神の背を見て、初対面から思い続けている言葉を口に出した。

「……でも、素敵《すてき》な方ですね」

そう答えた三鳥に全員が振り向いた。

「あ、いえ……」

「何？　三鳥さんはああいう人がいいの？」

紅岩がいやらしく尋ねる。

「いえ！　そうじゃなくて……」

三鳥は否定するが、眼鏡の奥の目が泳いでいた。

「やっぱり図書館職員さんってそうなのかな？」

久佐川も続けて言う。

「まあ背も高いし、見ようによっては世間に擦れていない美男子かも知れないな。ずば抜けて頭が良いのは間違いないし」

「……私は、ただ、その……」

「でも苦労しそうよ」

紅岩は真っ赤になった三鳥に追い打ちをかける。黒彦は、軽くショックを受けている自分に気付いた。

「クロちゃん！」

そんな中、突然背後から声が聞こえ両肩に重みが掛けられた。黒彦は落としそうになるコーヒーカップを慌ててテーブルに戻す。

「何？　ハテナか？」

聞くまでもない。果菜は黒彦の肩に両手を掛けて体を持ち上げ、『つばめ』のポーズをとった。何だ、こいつは。

「あらハテナちゃん、いらっしゃい」

正面の紅岩が平然と声をかける。

「やっふー！」

果菜の声が黒彦の頭上から響く。

「クロちゃん、館を探検しようぜ！」

「……そんなの、犬神さんと行けよ」

「だってお兄さん、姫草先生と難しい話してて、黒彦君と行きなさいって言うんだもん」

「あの人は……」

「行こうよー。こんな機会滅多《めった》にないよー。チャンス到来だよ！」

「行ってやれよ。黒彦君」

久佐川の声が笑い声と共に聞こえる。

「とりあえず、離れろよ！」

「一緒に行くならねー」

そう言って果菜はますます黒彦に体重を掛ける。重くはないが、首が伸びそうだ。

「行くから！」

「よし！」

果菜はパッと離れると玄関ホールの方に駆け出した。

「……ちょっと、行ってきます」

黒彦は皆にそう言うと力なく立ち上がる。あの少女には滞在期間中ずっと振り回されそうな予感がしていた。

「あ、館の中は暗い所も多いですから、お気を付けてください」

三鳥の言葉に黒彦は片手を上げて応《こた》える。

「暗いからってあの子に変なことしちゃ駄目よ、黒彦君」

紅岩の言葉には何も応えず部屋から立ち去った。

19

黒彦は果菜と共に応接ホールを出た。暗みが増した吹き抜けの玄関ホールには巨大な魔神像がそびえ立ち、その周りを十二体の星座像が囲んでいる。

魔神に生命を吹き込む為に。

東作の言葉が耳の奥に甦《よみがえ》った。怪人がその命を捨ててまで施した魔術。二十一世紀も慣れてしまったこの現代に、一体何の意味があるというのだろうか。黒彦はなるべく魔神像の方には向かずに足を進めた。

魔神館の左手側には等間隔に並んだ四枚のドアと、その奥に狭い間隔で一枚。合計五つの部屋に分かれているようだった。それぞれのドアにも細かい装飾が施されている。

「ほらほらクロちゃん、このマーク」

果菜がドアの上部を指差して言う。そこにはYの字の上部を噴水状に丸めたような記号が銀色のプレートに彫り込まれていた。

「何だっけ？　これ」

「これはねー、白羊宮のマークだよ」

少し得意げになって果菜は答える。白羊宮、牡羊座《おひつじざ》。そういえば黒彦も雑誌などの占いページで見た覚えがあった。

「牡羊座の部屋ってことかな？」

「つまり露子ちゃんの部屋だね」

星座によって部屋を決めているならば、そういうことだろう。ドアの脇に置かれた木のテーブルには、場違いなFAX付き電話機が備え付けられている。露子はここから電話を掛けてきたのだろう。

「こっちが金牛宮でー、こっちが磨羯宮。あ、これは僕の部屋だ！」

果菜はそれぞれのドアを示して答え、僕の部屋と言った双児宮のドアをとんとんと軽くノックする。部屋からは何の反応もなかった。

「獅子座ってどんなマークだった？」

香具土深良は獅子宮で首を吊《つ》った、と東作が言っていたのを黒彦は思い出した。

「なんかね、ポニーテールにした女の子の横顔みたいなマークだよ」

両手で自分の髪を軽く持ち上げて果菜は答える。黒彦は首を傾げた。

「あ、階段があるよ。二階へ行けるよ」

果菜は髪を下ろすと、階段の方に足を進める。

「……ハテナのお兄さんってさあ」

まるで体重がないかのようにふわふわと階段を上る果菜に向かって黒彦は言う。

「んー？」

「凄《すご》い人なんだってな」

黒彦がそう言うと、果菜は足を止めてこちらを振り向いた。

「うん。凄いよ。凄過ぎだよ」

「頭いい人なんだろ？」

「賢いよー。四百は確実に超えてるね、お兄さんは」

果菜はちょっと誇らしげに言う。数字の基準は分からない。

「僕にいつも勉強教えてくれるしね」

「何で、博士を辞めちゃったんだ？」

果菜の側《そば》にまで追い付いて黒彦が尋ねる。果菜は顎《あご》を持ち上げて、んーっと呻《うな》った。

「知らない」

「何も聞いていないのか？」

「聞いたけど、知らないことになってるの」

　果菜はそう答えると黒彦に笑いかけ、再びふわふわと階段を上り始める。聞いたけど知らない。犬神から口止めを受けているのだろうかと黒彦は考えていた。

　階段を上りきった正面には大きな窓が設けられ、森林の広がる外の景色が一望できた。空は暗く、濃いグレーの雲が低い位置で世界を覆い、大粒の雨が延々と降り注いでいる。台風でも来ているのだろうか。この分なら明日は館から出られないかも知れない、と黒彦は考えていた。

「クロちゃんの部屋はここだよ！　いいなー、二階だよ」

　果菜の声が聞こえる。二階は左右四つずつの部屋と、それぞれ一つずつの物置らしき部屋に分かれていた。正面を向いて左手の一番手前の部屋が人馬宮らしい。プレートには矢印に横線を引いた弓矢のマークが描かれていた。果菜は廊下をさらに進んで、それぞれの部屋のマークを確かめている。二階からは魔神像の巨大な顔と、長く伸びた二本の角が見えた。髪の毛の一本、皺《しわ》の一筋に至るまで精巧に造られている。彫刻を知らない黒彦は、一体どうすればこんな高い位置の石を削り出せるのだろうかと思い、その技術に感心させられた。

「おー、反対側もあるよー」

物珍しいのか、やけにテンションを上げて果菜は黒彦の脇を通り抜ける。薄暗い廊下を駆ける少女の後ろ姿は、まるで幽霊のような幻想感があった。

「あ、獅子宮だよクロちゃん」

右手の部屋の奥から二つ目のドアの前で果菜は振り返る。そこには微《かす》かに見覚えのある獅子座の記号が掲げられていた。果菜の言う通り、髪をアップにした女性の横顔にも見える。むしろ『うなだれた蛇』のようだと黒彦は思った。

「さっきの東作さんの話だと、ここで香具土は首を吊《つ》ったのかな？」

黒彦は呟《つぶや》く。

「きっと、そうだよ」

果菜もなぜか小声で答える。黒彦はゆっくりと、鈍く光る金色のドアノブに手を掛ける。と、いきなり果菜がその手をぺちりと叩《たた》いた。

「わっ」

「何してんだよ！　クロちゃん！」

果菜がそう言って黒彦を睨《にら》む。

「何って、開くかなって」

「バカッ！　クロちゃんのバカッ！　フカラさんがぶらーんってなってたらどうするんだよ！」

大真面目に果菜は言う。

「そんな訳ないだろ。何十年も前の話だぞ」

「じゃ、じゃあ、ホネがぶらーんって」

「だから何でそのままにしてんだよ」

黒彦は気にせずドアノブを捻《ひね》る。しかし鍵《かぎ》が掛けられているらしくノブが回りきらず、ドアは開かなかった。

「ほらね。やっぱり鍵が掛かってる。死体がぶらーんってなっているのを隠しているんだよ絶対」

「……隠す前に片付けろよ」

20

黒彦と果菜は一階に下り魔神像まで戻る。背後から見る魔神像もやはり大きく、巨獣の持つ暴力的な圧迫感を強く放っていた。取り囲む十二星座像をぐるりと巡ると射手座の像に黒彦は目を留める。弓矢を構えた人馬一体の姿、ケンタウロスといっただろうか。盛り上がった筋肉と見えない獲物に目を据えた精悍《せいかん》な横顔に、力強さと躍動感がよく表れていた。黒彦は射手座を通り過ぎ、そのままぐるりと半周する。ちょうど対称の位置にある双子座の像。双子の片方にはまだ果菜の帽子が被《かぶ》せられていた。

「あれれ？」

前を行く果菜がふいに変な声を上げた。

「どうした？」

「ほらほら、クロちゃん。これ見てみ」

果菜は獅子座の像の前でしゃがみ込み、下から獅子を見上げている。

「ライオンの口の所ー」

果菜の指差す所を黒彦も屈《かが》んで覗《のぞ》き込む。大きく開かれた獅子の口。その並んだ歯列の一部に欠けた跡が見られた。

「あ、歯が折れてる？」

「うん。キバがないよね」

百獣の王の象徴ともいうべき上下四本の牙《きば》が根元からポキリと欠け落ちていた。古い物だから細かい所での損傷はあるのかも知れない。しかし四本全てなくなっているのは不思議に思えた。

「東作さんは知っているのかな？」

あれだけ思い入れのある石像たちなのだから、知らないはずはないだろう。では知りつつもそのままにしているのだろうか。

「これだとトムソンガゼルも食べられないよねー」

果菜は黒彦の手首を摑《つか》んで腰を上げると、そのまま手を引いて先へと進み始める。

「今度はどこ？」

「双児宮の奥の部屋ー。あそこだけ何か狭いんだよ。気になるじゃん」

黒彦が視線に気付いて見回すと、食堂の入り口でこちらを見ている蒲生と目が合った。彼女は軽く笑って黒彦に手を振る。黒彦は、果菜と繋《つな》がれていない方の手を軽く上げて返し、気恥ずかしさを覚えた。

双児宮の奥の部屋には鍵は掛けられておらず、中は無数の本棚が立ち並ぶ書庫になっていた。玄関ホールより一層暗い部屋には古い紙の匂いが充満しており、いささか埃《ほこり》っぽい。装丁の豪華な分厚い本が沢山並び、そのほとんどに英語のタイトルが付けられていた。

「おおー。凄いねー。古本屋さんみたいだ！」

果菜は黒彦から手を離すと手当たり次第に本を引っ張り出して開いた。黒彦も傍らの一冊を取り出して開く。乾燥しきった古い紙は捲《めく》る度にバリバリと音を立てる。これは香具土の時代からの持ち物だろうか。それとも東作が持ち込んだ物なのか。中身は細かい英単語がびっしりと並んでいる。直線が複雑に交差した挿絵を見るに、建築関係の書物のようだ。

「クロちゃん！　持ち上げて！」

奥から果菜がそう呼びかける。どうやら棚の高い場所にある本が気になるらしく、手が届かないので体を持ち上げてくれということらしい。黒彦は言われるままに果菜の腰に手を掛け、やっぱり離して本棚に手を伸ばした。自分が背伸びをすれば何とかなりそうだった。

「どれ？　この黒いのか？」

「あ、うん。違う。隣の青いのー」

一際大きな一冊を抜き取ると果菜に手渡す。果菜はその重みによろめきつつも楽しそうに中を開いた。やはり英文で、今度の挿絵は何やら怪しげな悪魔の姿が描かれていた。

「あ、星座だー」

果菜が挿絵の一つを指で示す。そこには先程部屋のドアに掲げられていた十二宮の記号が並んでいた。解説のようなものも書かれているが、接続詞以外は見たこともない英単語だった。

「読めるの？　ハテナ」

「うん。僕はこれっぽっちも読めないね。お兄さんなら分かるかもー」

それでも果菜は面白そうにページを繰っている。兄と同じく知的好奇心は旺盛《おうせい》なのだろうか。それにしても、長身でのっぺりとした顔に冷たい眼差《まなざ》しを湛《たた》えている犬神と、背が低く、きらきらとした笑顔を見せる果菜の二人は全く似ていない。本当に兄妹《きょうだい》なのだろうか。あるいは父親か母親が違うとか、そういうことだろうか。

「ハテナは本が好きなのか？」

「すきー。なんかさー、色んなことが書いてて面白いよねー」

言葉の意味が分からないのに何が面白いのだろう。眺めているのが好きなのかも知れない。

「クロちゃんは嫌いー？」

果菜がこちらを見上げて尋ねる。

「あんま好きじゃないな。教科書だけで充分だ」

それすらも満足に読めていない。

「教科書も面白いよね」

「そうか？」

「うん。前に近所の子に見せて貰《もら》ったよ」

「……見せて貰った？　自分のは？」

「自分の？　ないよ」

果菜は不思議そうに瞬《まばた》きする。

「何でだよ」

「学校行ってないもん」

「……中学に行ってないの？」

「小学校にも行ってないよ、僕」

「ええ？」

この少女には色々と驚かされるが、この発言が一番衝撃的だった。

「何で？　勉強は？」

「お兄さんが教えてくれるよ」

果菜は平然と答える。

「あ、いや、そうかも知れないけど」

一体どういうことなのだろう。いくら犬神が『世界最高の知性』を持つ不世出の天才だとしても、妹の義務教育が免除されることはないだろう。それとも、それでいいのか？

「でも学校は行かないと駄目なんじゃないのか？　何でそんなことになってるんだ？」

黒彦が疑問を投げかける。果菜は閉じた本を黒彦に返すと、顎《あご》に指を付けて少し呻《うな》った。

「うーん。色々難しいんだよね。その辺は」

「……何か、理由があるのか？」

それはそうだろう。しかし一体どんな理由が？

「何て言ったらいいのかなー」

「あ、嫌だったら言わなくていいぞ」

果菜の真剣な表情を見て黒彦が言う。果菜はそれを聞いて柔らかく微笑んだ。

「やっぱり優しいねー。クロちゃんは」

「そうじゃなくて」

「じゃあねえ、クロちゃんにだけ、特別に教えてあげるよ」

果菜は小声でそう言って歯を見せる。黒彦の背に緊張が走った。

「……実は僕、ロボットなんだよ」

ほんの一瞬、黒彦の時が止まった。

21

黒彦は黙って本を棚に戻すと、そのまま真っ直ぐに書庫を出た。

「ホントだってば！　怒んないでよクロちゃんー」

果菜は黒彦の背中に向かってそう言うと、そのまま慌てて後を追いかけてきた。黒彦は振り返らずに先を行く。別に怒っている訳ではない。むしろ、一瞬でも真剣に捉《とら》えてしまった自分が恥ずかしかった。

「そりゃあロケットパンチとかは出ないけどさー」

何なんだろう、この少女は。無人駅で初めて出会った時は、夏の風景のせいもあって、もっと純真で透明な子のようにも思えたが、知るにつれてどうもその性格が『歪《ゆが》んでいる』ような気がし始めていた。

「……お前のどこがロボットなんだよ」

追い付いてきた果菜に向かって言う。

「だって見える所は変わらないよ。カクカクしてたら怖いじゃない。クロちゃんも泣いてしまうよ」

果菜は柔らかそうな頰を膨らませて答える。

「じゃあ見えない所はカクカクしてるのかよ」

「……クロちゃんのエッチ」

「何でそうなるんだよ」

性格が歪んでいるといっても、悪いという訳ではない。彼女の場合は、純粋に歪んでしまっているように見えた。

「あ、お兄さんだ！」

果菜が一際大きな声を上げる。黒彦の目の前には、恐らく彼女を『歪めたであろう原因』が、魔神像をじっと見上げて佇《たたず》んでいた。

「何してるんです？」

黒彦はぶっきらぼうに声をかける。犬神はこちらを見ずに、ふむと答えた。

「見てごらん、あの魔神像を。髪の毛や顔の皺《しわ》までとても細かく制作されているよ。凄《すご》いね。どうやってあんな高い所の石を削ったんだろう」

ぼんやりとした口調で犬神は続ける。この人は本当に天才なのだろうか。何だか、何もかも騙《だま》されているような気がする。

「……犬神さん、聞いてもいいですか？」

「ん？　なんだい改まって」

ようやく犬神はこちらに目を向けた。相変わらず、何を考えているのかが全く窺《うかが》い知れない目をしている。

「……ハテナって、ロボットなんですか？」

「うん」

「え？」

あまりの即答に黒彦の方が戸惑ってしまう。

「ええ？　いや、本当に？」

「うん。僕が拵《こしら》えた」

犬神は真顔で返答する。

「……どうやって？」

「造り方かい？」

犬神が尋ねる。果菜はまるで他人事《ひとごと》のように、兄の左手を摑《つか》んで振り回していた。

「あ、はあ。造り方というか……」

「本当に、知りたいのかい？」

「え？」

「それを知らないと、黒彦君はハテナと付き合えないというのなら教えてもいいけど」

犬神は急に真面目な話を始める。

「いや、そんなことはないけど」

「その先にどんな悲劇的な結末が待っていようとも、君はそれを聞き真実をその手中に得なければ決して納得はできないというのなら、僕も決して教えてやらないという訳でもないが、しかしだね……」

「今、言い訳考えてませんか？」

「さて、何のことやら」

この人に何かを聞こうとした自分が間違いだったと黒彦は感じ、溜《た》め息をついた。ロボットだか何だか知らないが、犬神は間違いなく果菜の性格に悪影響を及ぼしている。

「……犬神さんって、凄い人だそうですね」

黒彦は少し嫌な風に言う。

「今度は何だい？」

「伝説の学者みたいなことを聞きましたよ」

「ああ、そう言われたこともあったかな」

犬神は興味なさそうに返すと、これまでずっと被《かぶ》り続けていた山高帽子を取り、双子座の像の片方に載せた。無表情な双子はちぐはぐな帽子を被り、仲良く手を繋《つな》いでいる。

「頭、良いんですね」

「頭が良ければこんな所にいないさ。それより僕は頭が痛い」

犬神はそう答えると、自分の頭の右側に軽く手を当てた。

「頭が痛いの？　お兄さん」

果菜は心配そうに見上げる。

「平気だよ。ただ財布の中に一円玉が十枚入っているみたいに、どうもすっきりしないんだ」

よく分からない説明をする。

「旅行で疲れているんじゃないですか？」

「そうかも知れないな」

犬神は素直に返し数回頭を振った。

「あ、三鳥ちゃんだ」

果菜が声を上げる。見ると応接ホールから姿を現した三鳥が三人の前を通りかかった。紅茶を淹《い》れた二つのカップを載せたトレイを運んでいる。

「あら、お話ですか？　ホールを使われたらいいのに」

三鳥はそう言って微笑む。肌の白さが暗い館に映えていた。

「三鳥ちゃんはどこ行くのー」

「私は露子さんにお茶を運ぶ所ですよ」

「てことは、あっちの白羊宮だね！」

「ええ。よくご存じで」

「僕も行くー」

好奇心旺盛《おうせい》な果菜は手を挙げてそう言う。

「え？　別に何もない所ですよ」

「露子ちゃんにも会いたいしさー。ね、お兄さん」

「ハテナ、彼女たちは休憩タイムなんだよ。邪魔をしちゃいけないな」

頭が痛いせいか、妙に分別ある言葉を犬神は使う。

「あ、いえ。お気を遣われずに」

思わず恐縮して三鳥が答える。

「ああそう。じゃあ見学に行こう」

「レッツゴー！」

そう言うと兄妹《きょうだい》はずんずんと歩を進めた。

「え、そんな、ちょっとお待ちになって！　片付けもしてませんので……」

三鳥はトレイを揺らしながら慌てて二人の後を追った。

22

白羊宮には電卓を片手にノートを書く露子の姿があった。

「露子さん、お茶をお持ちしました」

「うー、ありがとー。って、あれ？」

「やっふー」

果菜が両手を伸ばして挨拶《あいさつ》する。それに続いて犬神と黒彦がぞろぞろと部屋に上がり込んだ。

「何？　どうしたの三鳥」

「ごめんなさい。犬神様たちが部屋に行ってみたいと仰《おつしや》いまして」

露子のテーブルに紅茶カップを置いて答える。

「別に良いけど……何もありませんよ？」

犬神を見て露子が答える。

「構わない。あなたに会いたかっただけだから」

「へ？」

「ハテナが」

「ああ、そうですか……」

きょとんとした表情で露子が答える。三鳥が素早く目を走らせたのに黒彦は気付いていた。部屋は四方を石壁に囲まれた、古臭いが広く清潔な所だった。背の高いクローゼットと年代物のタンスが二つ。奥には幅の広いベッドがある。

「おー、お風呂《ふろ》広いねー！」

木製のドアを挟んだ奥から果菜の声が反響する。

「こらー、そんなとこ行っちゃ駄目！」

露子がドアに向かって叫ぶ。

「何をしているんだい？」

犬神は露子のテーブルを覗《のぞ》き込んで尋ねる。テーブルにはノートと電卓と、伝票やレシートが山のように積まれていた。

「色んな伝票や請求書の集計です。ご主人様より任されているんですよ」

「露子さんは計算が得意ですから」

部屋にある椅子に腰掛けて三鳥が言う。

「計算っていうか、お金の勘定だね」

露子が笑う。そういえばこの館に来る前はバーのウェイトレスをしていたと黒彦は聞いていた。

「ふうん。それは大変だ」

「まあ、のんびりやってますから。間違えちゃったら大変だし。ご主人様って凄《すご》く細かいんですよ。私が来るまで何ヶ月も放ったらかしにしてた癖にね」

露子はそう言って歯を見せる。

「でも、この数字とこの数字は間違えているね。こっちは十三万六千四百二円で、こっちは七十一万九千七百五十九円だ」

「ありゃ？　ホントに？」

「うん」

犬神はそう言ってテーブルを離れる。露子は電卓を打って言われた項目の計算をやり直す。最後にイコールのキーを押すと、犬神に訂正されたのと同じ数字が液晶に表示された。

「……え、何よ、あの人」

電卓を見つめて露子が戸惑っていた。

「こんな山奥なのに、ちゃんと電気も通っているんですね」

黒彦は露子の邪魔をしないように三鳥に話しかける。三鳥は部屋の窓から外の景色を眺めていた。

「はい。ご主人様が電線を引かせたみたいですよ」

三鳥は外を指差して答える。そこには灰色の電柱が木々に同化して高く伸びていた。

「ごめんね黒彦君。折角来てくれたのにこんな大雨になっちゃって」

露子が席を立って声をかける。

「別に露子さんのせいじゃないですよ」

残念だが、天気に文句を言っても仕方がない。

「まあそうだけどさー。晴れの日はいつも綺麗《きれい》な景色が見えるんだよ。青い空と緑の森がどこまでも広がってさ。近くの湖も凄く澄んでるのよ。ね、三鳥」

「はい」

　黒彦の隣で二人のメイドが微笑む。

「明日も、駄目かも知れないですね」

　黒彦は窓の外を見つめて言う。今は激しく雨の降りしきる暗い森しか見えなかった。

「そんな感じだね。まあ別に明後日《あさって》でも明々後日《しあさって》でも、いつか晴れたら行こうよ。色々いい所も案内したげるよ」

「そうですね」

　黒彦はそう答えて、メイド服の露子と二人で森を歩く姿を想像した。そよ風、木漏れ日、鳥の声。何だか全然実感が湧かない。

「……ほう、浴室も広いね」

「……凄いよねー、お兄さん」

「ちょっと！　犬神さん止めてください！」

　二人の声を聞いて、慌てて露子は浴室へと向かった。

「騒々しい人たちだな」

　黒彦は露子の背を見て呟《つぶや》く。

「でも賑《にぎ》やかで楽しいですね。露子さんもちょっとはしゃいでいるみたいです」

　三鳥が微笑んで答える。黒彦たちが来るまで、この館には東作、妻木、露子、三鳥の四人しかいなかったのだ。露子にとっては息苦しい環境だったのかも知れない。

「それにこのお屋敷、ちょっと怖いですし……」

黒彦にしてみれば、ちょっとどころではない。

「……東作さんの話、どう思いますか？」

「ご主人様の？　先程のお話ですか？」

三鳥は眼鏡の奥の目を瞬《しばたた》かせる。

「知っていたんですか？」

今日、ここに呼ばれた者たちの理由。魔術師・香具土深良のこと。そして東作自身のことを彼女たちはどこまで聞いていたのだろうか。

「ある程度、私も含めてそれぞれ違う星座のお客様をお迎えすることとか、このお屋敷を建てたのが香具土という方であることとかは存じておりました。でもそれは、玄関ホールに十二星座の像があるのにちなんだくらいのものだと思っていたのですが」

三鳥は眉尻《まゆじり》を下げ、少し不安げな表情で答える。

「それ以上、何かあると思いますか？」

「……私には、分かりかねます」

東作は『この館にちなんで皆さんの星座を基にご招待申し上げた』と言っていたが、果たして本当にそれだけの理由なのだろうか。他に何か、しかし何があるというのか。

「ただご主人様と妻木さんは、あの香具土深良という方とその魔術には、何か単なる興味以上の感情を持たれているように思います」

「と、言うと」

「尊敬、いえ、崇拝と呼べるような……」

その時、部屋のドアがコンコンと数回ノックされ、二人は跳び上がった。三鳥は思わず黒彦の肩を掴《つか》む。

「は、はい？」

「……妻木だが」

ドアの向こうから低い声が聞こえる。三鳥が駆け寄ってドアを開けると、執事の妻木が静かに佇《たたず》んでいた。今の話を聞かれたとは思えないが、分からない。

「そろそろ皆様に部屋の鍵《かぎ》をお渡ししようと思っている」

妻木はそう言って鋭い目で部屋を見渡し、黒彦に目を向ける。

「承知しました」

三鳥はいつもの落ち着きを取り戻して答えた。

「白鷹様もこちらへ」

「あ、はい」

黒彦は思わず背筋を伸ばす。暗く、感情の見えない瞳《ひとみ》。犬神の瞳からは何もない真っ白な空間を抱かせられるが、妻木の瞳からは何もかもを塗りつぶした真っ黒な穴を想像させられる。

「西木君は……」

「露子さんは犬神様とハテナ様と浴室に」

「浴室？」

「あ、いえ、犬神様が見学したいと……」

三鳥が言うと共に浴室のドアが開き、果菜がひょっこりと顔を出した。

「あ、妻木さんだー」

ぶんぶんと手を振る果菜に妻木は軽く手を上げる。

「ハテナ様もこちらに」

「ぬ、何かくれんの？」

果菜は目を輝かせて駆け寄る。妻木は口を歪《ゆが》める。

「はい。お部屋の鍵を」

「おー。でも妻木さんってノリ悪いよねー」

「……そう、でしょうか」

少し戸惑いつつ妻木は答える。

「いつもムスーってしちゃってさ。疲れない？」

「いや、そんなこともないが……」

「でもそんな人の方が結構モテたりするんだよねー」

「……どうだろうね」

そう言って妻木はふっと翳《かげ》を落とす。果菜はにっと笑う。

「嫌いじゃないよ、僕も」

「……ああ、ありがとう」

話しながら二人は部屋を出る。黒彦と三鳥はドアがゆっくりと閉まるまで見つめていた。

「なんて愉快な二人だ」

いつの間にか背後にいた犬神が言った。

23

玄関ホールには既に全員が集まり黒彦たちを待っていた。久佐川と蒲生が笑顔で語り合い、紅岩に何事か言われ姫草は頭を掻《か》いている。

「では、皆さんの部屋の鍵をお渡ししよう。滞在中は部屋の物を自由に使用して頂いて構わない」

魔神像を背に東作がそう言うと、それぞれに部屋の鍵が手渡された。鍵には星座の記号が刻まれたキーホルダーが取り付けられている。黒彦はやはり二階にあった射手座の部屋だった。

「館の部屋はそれぞれ星座によって分けられている為、勝手ながら皆さんの星座に割り当てさせて貰《もら》った。部屋の差はない。全て同じ造りにしている」

「天秤宮か」

隣にいた姫草が呟く。

「二階の、俺の隣の部屋ですよ」

既に全ての部屋を把握している黒彦が伝えた。

「東作さん。僕、お部屋いらないよ。お兄さんと一緒でいい」

果菜はそう言うと、双児宮の鍵を東作に返す。

「ああ……なるほど、それは気が付かなかった」

東作は鍵を受け取ると、双児宮にあるらしい果菜の荷物を移すよう妻木に指示した。

「それと、一応皆さんには今夜一泊の予定をお伝えしたが、滞在期間は好きに決めて頂いて構わない。二日でも三日でも、一週間いても結構だ」

「え！　ずっといてもいいの？」

果菜が東作に向かって手を挙げる。

「ああ、いいとも」

東作は寛容に微笑む。

「やった！　お兄さん！　クロちゃん！　もうこうなったらここに住もうよ！」

だから、なぜ自分を誘うのだと黒彦は思った。

「僕は構わないよ。テレビもコンビニもない環境でも平気だとハテナが言うならね」

犬神が言う。

「それは困る！」

果菜は即座に答えた。黒彦も、一週間くらいなら楽しいだろうが、それを超えると退屈かも知れないと思っていた。

「姫草先生はどうされるんですか？」

黒彦は隣の姫草に小声で尋ねる。

「病院があるから、折角だけど僕は明日には失礼させて貰うよ」

「雨、大丈夫かしらねえ」

姫草の隣の紅岩が上を向いて見えない天を仰ぐ。随分山奥に来てしまっただけに、帰り道が心配なのだろう。

「紅岩さんも明日までですか？」

「んー？」

紅岩は目線だけを黒彦の方に向け、妖《あや》しく微笑む。東作を前に言葉は濁しているが、やはりこの館からは早々に引き揚げてしまいたいようだ。金ヅルの縁で呼ばれた久佐川もそうだとすると、結局みんな明日には出ることになるのだろうと黒彦は思った。

「さて、他に何かあったかな？」

東作が妻木、露子、三鳥を見て尋ねる。露子が軽く手を挙げて前に出た。

「失礼いたします。明日の朝食は八時を予定しております。あと各お部屋のゴミはその後回収して、館の裏のゴミ置き場に捨てますのでご協力願います」

東作を前にしているせいか、畏《かしこ》まって露子は話した。

「では、これでまた解散しよう。明日も雨は続くかも知れないが、まあのんびりと館を楽しんでいってください」

東作がそう言って話を終えた。

「じゃ、紅岩さん、また飲み直しますか」

「そうね。東作さんもいかがですか？」

久佐川と紅岩は東作を誘って応接ホールへと消えてゆく。三鳥はそれに付き従い、露子は部屋に戻った。蒲生と姫草も一旦《いったん》自分の部屋へと向かうようだ。

「僕も部屋に行こうと思うが、君たちはどうする？」

酒に興味はない犬神が黒彦と果菜に尋ねる。

「僕もお風呂《ふろ》に入りたいから行くー。クロちゃんも後でおいでよ」

「じゃあ、そうしようか」

黒彦も他に用事がある訳もない。

「お兄さん、まだ頭痛いの？」

「少しね。まるでお笑い番組のスーパーインポーズみたいに、煩わしい気分だ」

またよく分からない説明をする。

「頭痛ですか？」

三人の話を聞き付けた姫草が、足を止めて振り返った。

「大したものじゃない」

「なら結構ですが、薬が必要なら言ってください。少しだけなら常備薬を持っていますので」

「ありがとう。でもアスピリンは好きじゃないんだ。ところで、宝瓶宮ってどこだい？」

「二階のあっちの奥だよ。お兄さん」

探検済みの果菜が部屋のある方向を指差す。

「ほう。じゃあ方角でいうと東南だね。これは運がいい。いよいよ僕らの時代が巡ってきたようだ」

犬神はそんなことを言って独り喜んでいる。

「……犬神様のお部屋は北、いや北東に当たりますが」

側にいた妻木がすぐに水を差した。

「え？　そんな馬鹿な」

珍しく犬神が狼狽《ろうばい》する。

「北東は良くない。いや、北東だって？　本当に？」

「はい」

「……不思議だ」

犬神は顎《あご》に指を添えて呟《つぶや》く。それ程部屋の方角が気になるのだろうか。そもそも彼は何を根拠に東南だと決め付けたのだろう。

「……お気に召さなければ、他のお部屋をご用意しますが」

「いや結構。そういう問題じゃない」

「お兄さん、僕の部屋にする？」

果菜が双児宮を指差して言う。

「北東を嫌って南西に移ってどうするんだい」

犬神はそう言うとさっさと階段を上り始めた。


階段を上り、廊下を右手に進んで一つ目が人馬宮だった。黒彦は渡された鍵《かぎ》でドアを開ける。部屋は広さも家具類も露子の部屋で見たものと変わりがなかった。広めの空間にベッドとテーブル。奥には浴室とトイレが備え付けられているのだろう。他の部屋も同じ造りだと東作は言っていたから、この館は十二部屋あるホテルのようなものだ。設計者の香具土にそんなつもりがなかったとすれば、東作は相当大掛かりなリフォームを行ったのだろう。ベッドの脇には妻木が運んでくれた黒彦のバッグが置かれている。灰色の石壁に囲まれた、中世ヨーロッパにあった城のような部屋。ひんやりとしているが機能的には快適そうに見えた。

張り詰めていた緊張感が途切れたせいか、黒彦は緩やかな疲労を感じていた。設けられた窓から外の景色を見る。しかしそこには景色と呼べるものはなく、ただ完全なる暗黒の世界がどこまでも広がっていた。都会に住む黒彦にとっては、明かりの見えない夜の方が珍しい。まるで世界が消失し、この魔神館だけが残され浮かんでいるかのようだった。夏場だというのに、館を流れる大気には底冷えが感じられる。音はなく、時折窓に打ち付ける雨音だけが静かに響いていた。黒彦は得体の知れない不安を感じてカーテンを閉める。独りになると途端に強くなる、視線のような雰囲気。黒彦は東作が語った、香具土深良の魔術を思い出した。彼は何を行ったのか。果たして自分に関係あることなのだろうか。黒彦は昼間の汗と、まとわり付く『嫌な予感』を洗い流す為に浴室へと向かった。

24

「あ、クロちゃんだ！　いらっしゃーい」

宝瓶宮のドアが開き、果菜がひょっこりと顔を出した。少女の無邪気な笑顔に何かしらの安心感を抱いた自分に黒彦は少し驚く。果菜はすぐに引っ込んで黒彦を部屋に招き入れた。通り抜ける時、洗いたての髪の匂いが黒彦の鼻をくすぐった。

「お邪魔します」

「うん」

黒彦の声に、ベッドに腰掛けて本を読んでいた犬神がちらりと顔を上げ返事した。部屋の造りは黒彦のものとは左右対称になっている。大きめのベッドに枕は二つ。一人っ子の黒彦には、男女の兄妹《きょうだい》が同じベッドで眠るという感覚が分からない。しかし『一緒でいい』と言った果菜の自然な発言からすると、多分それ程意識することでもないのだろう。あるいはこの二人なら、家でも同じ布団で寝ていると言われても納得させられそうだった。

「雨、止まんないねー」

果菜は窓の外を見て二人に言う。テレビノイズのような雨音が部屋にまで響き、時折雷鳴もこだましている。

「このままだと明日も雨か、上がっても歩ける状態じゃないかも知れないな」

「えー、何とかしてよクロちゃん」

果菜は振り向いて八の字の眉《まゆ》を見せる。

「無茶《むちゃ》言うな」

「ぬー。何とかしてよ、お兄さん」

「……さすがに、これだけの広範囲は無理だね」

犬神は顔も上げずに、適当にあしらった。範囲が狭ければ何とかできるのだろうか。できるのかも知れない。犬神は持参して来たのだろう、分厚い本のページを繰っている。黒彦が覗《のぞ》き込むと、そこには横書きの英文らしきものが見えた。

「英語、ですか?」

「……いや、ドイツ語だよ」

犬神が目だけで黒彦を見て答える。

「ドイツ語も分かるんですか？」

「え？　ドイツ語なんて、ドイツ人だったら子供でも読めるさ」

「え？ドイツ人なんですか？」

「……もちろん、日本人だよ」

犬神は面倒そうに返した。

「なんかさー、推理小説みたいだね！」

思い付いたように果菜が声を上げる。

「何が？」

「この館が」

「……ハテナはそういう本が好きなんだよ」

犬神が黒彦に説明する。

「山奥の館で起こる連続殺人事件！」

「怖いな」

しかし、そんな雰囲気は多分にある。黒彦自身、この館には『得体の知れない暗さ』を感じ続けている。

「大自然の密室！　外部からの犯人は、あり得ない！」

果菜はうろうろと部屋を歩いて喋《しゃべ》る。

「みんなの不安が募る中、一人、また一人と殺されてゆくんだよ。さあどうするクロちゃん！」

「誰が助けてくれるんだ？」

「もちろん、名探偵だね」

「へえ、誰？」

「僕」

果菜は人差し指で自分の鼻を突く。

「お前かよ」

「じゃあクロちゃん」

その指で黒彦の鼻も突く。

「うーん。犬神さんとかじゃないの？」

特に理由はないが、何となく黒彦はそう思った。推理小説の名探偵と言えば、大抵『頭の良い変人』がイメージされる。犬神は無視して読書に耽《ふけ》っている。

「それはないかなあ」

意外にも果菜は否定した。自身の兄ゆえに、どこか相応《ふさわ》しくない面もあるのかも知れない。

「今はねー、若さとガッツ溢《あふ》れる賢い美少年探偵の方がカッコイイよ。だからクロちゃん」

　どう考えてもそんなキャラクターじゃないと黒彦は自分で思った。

「犯人は？」

「んー？　残虐で冷静な、悪魔みたいな人だね」

「……東作さん？」

「そんな風に見てるんだ」

　顔を上げた犬神がすかさず言う。

「ち、違いますよ。例えばの話で」

「ピッタリだから、ダメだね」

　果菜が答える。

「ピッタリだと駄目なのか？」

「だって、つまんないよ」

「まあ、推理小説としてはな」

　ぎらぎらした目に重みのある声を持った、魔術に傾倒する『魔神館』の主《あるじ》が連続殺人事件の犯人では、簡単に予測が付いてしまい面白くも何ともないだろう。

「もっと意外性のある人がいいんだよ。ね、お兄さんもそう思うでしょ？」

「さて、僕にはよく分からないが」

　犬神は諦《あきら》めたのか、ドイツ語の本を閉じて答えた。

「犬神さんは推理小説を読まないんですか？」

少し意外に思って黒彦は尋ねる。

「そうだね。僕は読まない」

「お兄さんは、もっと難しい本が好きなんだよね」

「そうでもないさ。絵本や童話なら僕も好きだ。でも推理小説だけは嫌いだよ」

犬神ははっきりと答えた。

「なぜ？　人が死ぬ話だからですか？」

世の中には、少年探偵の活躍するアニメ番組にすら投書する人がいる。

「そんなに変わり者じゃない」

「じゃあ、推理が嫌いですか？」

「近いね」

犬神はそう言うと、少し迷ってから改めて口を開いた。

「著者が頭の良さをひけらかそうとするのが気に入らないんだ。理論だとかメタファーだとかよく分からない言葉を並べて、さも複雑な思考をもって書きました。凄《すご》いでしょって言っているみたいで、気持ち悪いんだよ」

「……実際、書いている人は頭良いんじゃないですか？」

「まさかまさか。世間知らずのお坊ちゃんだよ。賢い人はまずあんなものは書かない」

犬神は珍しく笑みを浮かべて返した。

「特に近年の、トリックや謎解きを見せているのには、そういう傾向が強いね。お陰でそれを読む人にまで、自分は頭が良くて高尚な趣味を持っているんだと勘違いさせてしまう。そういう閉鎖的な世界観が嫌いなんだよ」

「うーん、それはそれで良いんじゃないですか？」

　特に味方するつもりは黒彦にもないが、そんなのは好きずきだと感じる。

「駄目だね。それは僕の好き嫌いだけじゃない。閉じられた世界はいずれ自滅を招くんだ」

「じゃあ、どうすれば？」

「そこまでは知らないし、知ったことではない。ただ所詮《しょせん》娯楽なんだから、娯楽らしくするべきなんじゃないかな？　威張れるものじゃないし、威張る必要もない」

　犬神は淡々とそう捲《まく》し立てる。どうやら単に嫌いなのではなく、何やら嫌いな理由もちゃんと持っているようだ。しかし黒彦には、結局よく分からなかった。

「何それ。僕、ダメな人なの？」

　果菜が不服そうに口を尖《とが》らせる。

「君は駄目じゃないよ。ストーリーそっちのけで雰囲気だけを楽しんでいるからね。著者にしてみればたまったもんじゃないだろうが、楽しみ方は自由だ」

　犬神はそう言って果菜の頭を撫《な》でる。果菜は背伸びして犬神の手にぐいぐい頭を押し付けていた。

「ならいいけどー。ねーねー、クロちゃん」

そのままの状態で果菜は顔を向ける。

「ん？」

「僕、喉《のど》が渇いたよ」

「……それは俺に、何か持って来いという意味か？」

「違うよー、クロちゃんはどう？　ってことだよ」

「ああ、うん。そうだな。下に行って何か貰《もら》おうか？」

「じゃあ誰かが取りに行くことにしようよ！」

「……俺が？」

「違うってば、何でクロちゃんそんな『やられキャラ』なのさ」

果菜は笑ってそう言う。そういうつもりはないが、なぜかこの兄妹《きょうだい》といるとそうなってしまう。

「誰かって、誰？」

「ではここは一つ、公平にジャンケンで決めるか。負けた人が他の二人の為にお茶を取りに行く」

犬神はベッドから立ち上がりそう提案した。

「あとお菓子もねん」

「悪くない」

「いいですよ。犬神さんが負けたら行ってくれるんですね」

黒彦が言う。

「ほう。僕に勝つつもりでいるのかい」

犬神は妙な自信を持って黒彦を見下ろした。

「いくら頭が良くたって、ジャンケンに勝つ確率なんてみんな一緒ですからね」

黒彦も顎《あご》を上げて言う。

「はっ、確率か」

犬神は高い鼻で笑う。

「かつて『確率・統計学の怪物』と謳《うた》われた僕に確率を語るか。これは愉快だ」

この人は本当に大才なのだろうか。

「あ、お兄さんの患者モードだ！」

果菜が指を差して楽しそうに言う。本当に面白い兄妹だ。

「難しいことを言ったって、ジャンケンはジャンケンですよ」

「まさか黒彦君、ジャンケンだとどの手を出しても勝てる確率は変わらないと考えているんじゃないだろうね？　どの場においてもグーを出せば三分の一の確率で相手に勝てると思っているんじゃないだろうね？」

犬神はそう言うと不敵な笑みを浮かべ黒彦を脅した。違うのか？　互いに勝ち負けし合う三つの手は、全て同じ確率ではないのか？

「……どういうことですか？」

黒彦は尋ねるが、『悪者モード』の犬神は軽く肩を竦《すく》めるだけだった。

「普通の、ジャンケンですよね？」

「もちろん」

「何回勝負ですか？」

「男の勝負は一回だよ、黒彦君」

「僕、オトコじゃないよー」

「あいこの場合は？　続けて？」

「あり得ない」

「え？」

犬神は僅《わず》かに口角を持ち上げ、薄く笑った。

「予言しよう」

そして犬神は果菜を指差す。

「ハテナは、パーを出す」

「ぬぬっ」

「そして黒彦君もパーを出す」

犬神の指がそのまま黒彦に移る。

「だから僕はチョキを出して勝つ。極めて明快。あいこはあり得ない。二人で仲良く負けるがいいさ」

「なんだとー」

果菜が犬神を睨《にら》み付ける。

「心理作戦ですか。そんなもの通用しませんよ」

しかし、犬神のこの自信はなんだろう。

「君も聞いただろう？　僕は『世界最高の知性』と呼ばれている男だよ。一を聞いて千を知る。千を知って億を掴《つか》む。ぶっちゃけ、君らとはここの性能が違うのだよ、ここのね」

と言って犬神は白分のこめかみを叩《たた》く。

「うわっ、感じわるーい！」

果菜が肩を震わせて怒る。犬神は手で口を押さえてくすくすと笑った。どういうジャンケン勝負なんだ。

「じゃあ、行きますよ」

「ちょ、ちょっと待って！」

勝負を始めようとする黒彦を果菜は制止した。

「何だよ」

「考えさせて、十秒！」

果菜はそう言うと両手で自分の頬を押さえて考え出した。どこまでも真剣だ。

「ちなみに」

犬神はそう言って黒彦を見る。

「過去百三十六回、僕はハテナに負けたことがない。全勝だ」

「……本当に？」

これが、ジャンケンは確率ではないという犬神の自信なのか。そう思うと途端に黒彦は不安を抱き始めた。自分は、果菜と同じパーを出して負けると犬神は予言した。それではパーを避けるべきなのか？　それとも、果菜と同じ手を避けるべきなのか？　果菜は先程と同じ状態で考え込んでいる。彼女は何を出すのだろう？　ロボットという話はどうなったのだろうか。

「よし！」

果菜は顔を上げる。早くも涙目になっていた。

「では始めよう」

犬神は楽しそうに右手を出す。黒彦と果菜も手を出して構えた。

「じゃーん、けーん、ぽんっ！」

オレンジの光の下、三人の手が交差する。

「さて、これで百三十七勝目だ」

果菜はパーを、黒彦もパーを、そして犬神はチョキを出していた。

「えー！　ちょっと待ってよお兄さん！」

果菜が潤んだ瞳《ひとみ》で叫んだ。負けた。しかも予言通りに。

「黒彦君、反論は？」

犬神が優しく尋ねる。

「反論はありません。でも、予言が当たった訳じゃない」

黒彦は自分の手をじっと見つめながら言う。信じられないくらい、悔しかった。

「当たっているじゃないか。みんな僕の予言通りの手を出した。様《ざま》を見ろだ」

「違うんです！」

「そうだろうね」

「僕も、僕も違うんだよ！」

「分かっているよ、ハテナ君」

犬神はそう言って果菜の頭を撫でる。果菜は泣きながら頭をぐいぐい押し付けていた。

「ハテナだってバカじゃない。僕がパーを出すと予言したから、そのままパーを出した訳じゃない」

「そう、そうなの！」

「ハテナは僕の性格をよく知っている。僕は裏をかくのが得意だ。だからこそハテナはあえて予言通りの手を出したんだよね」

「そうなんだよ！　絶対お兄さんはチョキを出さないって思ったんだ」

「出したけどね」

「ふぐー……」

　果菜は床に膝《ひざ》をぺたりと落とした。

「そして黒彦君。君も同じようなことを考えていた」

「……まあ、そうです」

　まさか予言通りに手は出さないだろうし、出すような人とも思えなかった。

「でも、君は手を変えることはできなかった」

「そんなこともないんですが……」

「できないんだよ」

　犬神はぴしゃりと言った。

「だって、ハテナがパーを出したら、自分だけが裏切ることになるからね。僕と同じチョキを出せば、ハテナは一人で負けて、お茶を取りに行かされる。君にそんな真似はできない。ならば正直にパーを出すべきだ。ハテナを裏切らないし、ハテナに裏切られても構わない、と君は考えたんだよ」

　犬神は黒彦を指差して言う。黒彦は何も答えられなかった。そんなつもりはなかったが、否定はできない。そういう思いもあったのかも知れない。

「そして一番の敗因が……」

犬神は腰を屈《かが》めて、黒彦と目を合わせた。

「負けても別にいいかって気持ちがあった」

「……ああ、そうかも知れない」

それは素直に認められ、それがさらに悔しかった。

「じゃ、二人で下に行って来てくれたまえ」

犬神はそう言うと、再びベッドに座り直しドイツ語の本に顔を埋《うず》めた。

「……行こう、クロちゃん」

果菜はのろのろと立ち上がると、黒彦の手を引いてドアに向かう。

「紅茶が良いな。キーマンのストレート。なければダージリンでも許そう。アッサムならミルクティーにして貰《もら》ってくれ」

勝者の注文を黒彦は背中で聞いて部屋を出た。

「優しいんだね、クロちゃんは」

果菜はそう呟《つぶや》くと、涙で濡《ぬ》れた目で微笑みかけた。黒彦は肯定とも否定ともとれない頷《うなず》きを返し、無言で隣を歩く。犬神に、何もかも見透かされているような気分だった。

25

応接ホールでは姫草、紅岩、久佐川の三人がソファに座ってワインを楽しんでいた。もう随分酒が入っているらしく、三人の声は知らずと大きくなっている。東作の姿はなく、隅のカウンターでは妻木と露子が控えている。大きな振り子時計の針は午後十時半を回っていた。

「やあお二人さん。デートかい？」

黒彦と果菜の姿に気付いた久佐川がワイングラスを上げて冷やかす。

「デートだよっ！」

果菜は半ば投げやりに答えると、黒彦の左腕をぎゅっと抱き締めた。ほほーっと、感心とも嘲笑《ちょうしょう》ともとれない声が三人から上がった。

「ふふん。侮れないと思っていたけど、やるね黒彦君」

久佐川はそう言ってワインを飲み干す。

「いや、どうやらお嬢さんの方が積極的みたいだ」

珍しく姫草もからかう。

「ちゃんとお兄さんの許可は取ったのかしら？」

細い煙草をくゆらせながら紅岩が尋ねる。

「そのお兄さんから、紅茶を淹《い》れて来いって言われたんですよ」

ぶっきらぼうに黒彦は答える。どうも皆に子供扱いされているのが気に入らなかった。

「紅茶なら厨房《ちゅうぼう》ね。三鳥を呼ぼうか？」

後ろから露子が声をかける。

「いいです。自分で行きますから」

「それよりも黒彦君、大変だぞ」

チーズかまぼこをムシャムシャと齧《かじ》りながら久佐川が言う。

「どうしたんですか？」

「さっきラジオで聴いたんだが、この雨、どうやら台風が来ているらしいよ」

「えーっ！　じゃあ外出れないじゃん」

果菜が声を上げ、テーブルからチーズかまぼこを一本くすねた。

「明日も雨ですか」

「嵐かも知れないね」

「困ったわねえ。山、下りられるのかしら？」

紅岩は窓の方を向いて煙を吹くが、深刻そうな様子はない。

「まあ俺はこれがあれば何日いてもいいけどね」

久佐川はそう言うとまたグラスに赤ワインを注ぐ。どうやら相当好きなようだ。

「先生は大丈夫なの？」

紅岩が姫草に尋ねる。

「まあ仕方ない。携帯電話が繋《つな》がらないのが心配だが」

「あ、電話も繋がらないんですか？」

黒彦はズボンのポケットから携帯電話を取り出し確認する。叔父《おじ》夫婦や友人たちからメールの一本も届かないのはそういうことだったのか。

「こんな山奥では仕方ないよ。まあ病院で何かあれば館の電話が鳴るだろう」

「まさしく陸の孤島ね。楽しくなってきたじゃない」

紅岩は自分で言って少し笑う。しかし黒彦はその言葉に、どこか嫌な予感を抱いていた。

食堂を抜けて厨房に入ると、明日の食事の準備を行う蒲生と三鳥の姿が見えた。広い厨房には大きなシンクと沢山のコンロが備え付けられ、高そうな食器を収めた棚がいくつも並んでいる。まるでレストランの厨房のようだった。

「あら白鷹様にハテナ様。どうされましたか？」

メイド服にエプロンを着けた三鳥が尋ねる。本当に三週間前までは普通の図書館職員だったのだろうか？　と思える程その姿は様になっていた。

「紅茶を貰いに来ました」

「ああ、じゃあ淹れるよ」

腕まくりをした蒲生が腰に手を当てて答える。

「キーマンのストレート！」

果菜が手を挙げて言った。

「お、銘柄指定か」

「お兄さんに言われたんですよ」

黒彦が代わって答える。

「ああ、犬神さんね」

蒲生はそう言うとシンクの上の棚を開ける。背が高いのは便利だ。

「面白い人だな、あの人も」

蒲生は素直な感想を述べる。黒彦は黙って頷いて返した。何を考えているかさっぱり分からず、経歴とのギャップが激し過ぎる男。知れば知る程混乱させられるが、つまる所、蒲生の言う通り『面白い人』なのだろうと思った。

「ねー、なんかお菓子持ってない？　三鳥ちゃん」

果菜が包丁を持つ三鳥の腕を摑《つか》んで尋ねる。

「危ないですよ。お菓子……ピーナッとかならありますが」

「えー、豆かよー」

「チョコレートもあった、かな？」

「それだ！　どこ？　どこよ！」

果菜はぴょんぴょんと跳びはねると、関係ない戸棚をあちこち開き始める。

「こんな時間から、明日の準備をしているんですか？」

その様子を横目で見つつ、黒彦は蒲生に尋ねる。蒲生は紅茶の湯を沸かしつつ、手際よく野菜を刻んでいた。

「水が使える時間が限られているんだよ。朝早くや夕方頃には水がほとんど出ないんだよ、この館は」

「へえ。どうして？」

「麓《ふもと》から山奥まで強引に水道管を引いているらしい。だからみんなが水を使う時間帯は一時的に水圧が下がって届かなくなるとか」

「ああ、なるほど」

「東作さんはいずれタンクを造らせるとか言っていたけどな」

蒲生は話しながら、ボウルに複数のソースを入れて搔《か》き回す。料理のことはほとんど分からないが、迷いが一切見られない彼女の手の動きを見ているのは楽しい。女性に対して『恰好《かっこう》いい』という感情を抱いたのは初めてかも知れない、と黒彦は思った。

「東作さんとはお知り合いなんですか？」

「まあね」

蒲生は確か、三日前よりこの館に滞在していると言っていた。

「フランスの店を辞めて、しばらくこっちでのんびりしようかと思っていたら連絡があったんだよ。まあ世話になった人だし、断りきれなくてな」

蒲生は沸いた湯をポットに注ぎながら話す。

「ずっとここにいるつもりなんですか？」

「いや、君たちがいる間だけだよ」

「あ、そうなんですか」

「うん」

ボウルをしきりに掻き混ぜながら蒲生は呟く。

「……あんまり、得意じゃないんだよな。あの人」


紅茶が入るまでの間、黒彦は再び応接ホールに戻った。窓の向こうで強い風の音が聞こえる。何だか盛り上がっている三人の脇を通り抜け、壁に掛けられた絵画を見上げた。屋久島の縄文杉を観て描いたという父親の絵。灰色の街にある巨大な怪物。その姿は館の魔神像にも似た、圧倒的な存在感があった。引き込まれるような魅力と、弾《はじ》き飛ばすような力強さ。なぜこんなに恐ろしい形相をしているのだろうか。父親は、白鷹武雄は、どんな思いでこの絵を描いたのだろう。

「気になるかね？　その絵が」

重低音の声が背後から聞こえる。振り返ると東作茂丸が逆光を受けて佇《たたず》んでいた。

「いえ……」

「白鷹武雄の絵は私もそれしか持っていない。一目で気に入ってその場で購入させて頂いた」

悪魔の絵を描く者と、それを気に入って買う者。父親は東作を嫌い、この一枚を与えて追い返したという。

「……凄《すご》い、ですよね」

「つくづく、惜しい画家を亡くしたと思う」

東作は黒彦の隣に立って絵を見上げた。

「父はなぜ、屋久島の風景をこんな絵にしてしまったんでしょう」

「反転描画法のことは？」

東作はこちらを見ずに尋ねる。

「ある程度は聞いています」

黒彦は犬神の言葉を思い出す。明るい景色を暗く、暗い景色を明るく、植物を無機物に、建物を生物に変えて描く技法。未《いま》だ扱える者は現れない、白鷹武雄だけのスタイル。

「彼は絵の解説をほとんどしなかった。モチーフからあまりにもかけ離れた絵は、解説しても意味がない。感じ取って貰《もら》うしかないんだと語っていた」

「……東作さんは、この絵から何を感じ取られましたか？」

黒彦の言葉に東作は目線だけをこちらに向ける。漆黒の瞳《ひとみ》の奥に独特の光が感じられた。

「復讐《ふくしゅう》、だな」

「復讐……」

東作は頷《うなず》く。

東作の眼差《まなざ》しは、まるで黒彦を恨んでいるかのようだった。

「人間への怒り、憎しみ、そして恨みだ」

「人間の横暴。自然破壊と森林伐採に対する、森の長老の怒りだ。無償の慈愛を提供してきた人間たちに裏切られ、冷たいビル群に取り囲まれた巨木は、強大な悪魔へと姿を変えその復讐心を露《あらわ》にした。そこには木の温《ぬく》もりなどは一切ない。一方で同胞が殺され続けているのに、誰がその仇《かたき》を包み込んでやるだろうか。縄文杉は、怒っているのだ」

　東作は吐き捨てるようにそう言う。黒彦は、紅岩が彼を『トンデモさん』と評していたことを思い出していた。何事も自分の良いように解釈し、決め付けてしまう性格。彼にとってみれば、香具土深良の建てたこの魔神館も、父親が描いた屋久島の絵も同じ意味であるのだろう。だが、説明を放棄した父親には、その解釈を否定する権利はない。どのように捉《とら》えられても構わない。あるいは、本当に東作と同じ感情を持って描いたのかも知れない。

「東作さん」

　黒彦が改めて声をかける。東作は目線だけで話を促す。

「母も、ご存じなんですよね？」

東作は母親に付きまとっていた。夕食の後、紅岩からそう聞かされていた。東作はしばらく黒彦の目を見つめた後、再び絵画へと目を移す。

「弓子《ゆみこ》君は大学の後輩だったんだよ」

東作は遠い目で母の名を語る。

「活発で気が強くて、とても素直な人だった。感性も鋭く、建築物だろうと絵画だろうと、彼女が良いといった作品は後々必ず話題になっていた。私ともよく議論を重ねたものだ」

「そうだったんですか」

「君は覚えているのかね？　母親を」

東作は黒彦を見ずに尋ねる。

「……いえ、あまり」

黒彦が知っている母親の姿は、ただ『温かい何か』というものだけだった。生きている時の姿はほとんど覚えておらず、何を話してくれたのかも、もう忘れてしまっている。温かくて、大きくて、安心できる何か。恐らくあれが母親だったのだろう。

「君によく似ていたよ。優しい顔も、知りたがりの性格も」

「そう、ですか」

含みのある東作の言葉に恐縮する。

「美しく、実に聡明《そうめい》な人だったよ。だのに……」

東作は口ごもる。続くのは母の死に対する無念か、それとも。

「だが弓子君のお陰で、私は香具土の力に触れることができたのだよ」

「母が？」

そう繰り返す黒彦に向かって東作は暗い笑みを浮かべる。

「そして今度は君が、香具土の魔術に引かれてこの館にやって来た」

口髭《くちひげ》に隠れた口角が持ち上がる。犬歯が、異様に長い。側には姫草や紅岩、久佐川が談笑しているのに、まるでこの場には二人だけしか存在していないかのように錯覚する。

「……香具土の魔術って何なんですか？」

「……気になるかな？」

「なぜ、俺たちをここへ呼んだのですか？」

信州の山奥にある、築百年近い館。それぞれが十二星座を代表すること以外、ほとんど縁もゆかりもないのに招待された客たち。何かがおかしい。

「それが、香具土の望みだったからだよ」

「望み……」

この館で首を吊《つ》り、その命を魔神に捧《ささ》げたという魔術師。今館にいるのは、彼を除いた十一人。

「私の望みは、彼の期待に応《こた》えることだけだよ。それでさらに、私は彼に近付ける」

東作の目が黒彦を捕らえる。その瞳は精神の奥深くをじっと見据えている。咄嗟《とっさ》に受けた感覚、だがそれを認める気にはなれなかった。雷鳴が一度、館の外で大きく轟《とどろ》く。

「クロちゃーん、紅茶できたよー」

いきなり明るい声が耳に届き、呪縛《じゅばく》を解くように黒彦は振り返る。ホールの出入り口ではトレイを持った果菜がこちらを向いて立っていた。

「……ああ、今行くよ」

黒彦はそう声をかけると、東作に無言で会釈をして背を向けた。東作は何も応えない。ただ去って行く黒彦の背にじっと視線を投げかけ続けていた。彼は何かを画策している。この館と、自分たちに対して。それは決して楽しいものではなかった。黒彦は一度も振り返らずに果菜と共にホールを出た。帰ろう、この雨が上がったら。早くこの暗い館から出なければならない。黒彦はそれだけを思い続けていた。

認める気にはなれない。

26

しかし東作の瞳から受けた感覚は、まさしく『殺意』に他ならなかった。

『夢』を見ていた。

暗い世界に、俺はいた。

視界には何も映らない。完全なる暗黒。しかも身動き一つ取ることができなかった。

何かが壊れる音がする。それは次第に大きくなり、何らかの危機がすぐ側《そば》まで近付いていることが分かった。加えて、とくとくとくという速い心音が感じられた。俺のものではない。俺とは別の心臓がすぐ側で動いていた。

やがて俺は、誰かの胸に抱かれていることに気付いた。誰かの胸に顔を埋《うず》めている。だから視界は真っ暗で、身動きが取れず、別の心臓の音が聞こえていた。誰だろう。温かくて、大きくて、いや、これは俺が小さいのか。小さい俺を誰かが抱き締めているのだ。

何かが破壊される、大きな音がすぐ側でこだました。同時に、聞こえている心音が一気に速度を上げる。この人は、何かを焦っている。抱かれる力が一層強くなり、緊張が俺の体にも伝わった。不安が急速に高まる。動きたくても動けない。誰かが俺を捕まえている。いや、この人は守ろうとしている。

この子は関係ありません！

この子だけは、助けてやってください！

必死に訴える、女性の声が聞こえた。俺を抱いている人の声だ。聞き覚えがある。この子？　この子とは誰だ？　そう考えた瞬間、世界がひっくり返るような衝撃に襲われた。体がぐるりと一回転し、撥《は》ね飛ばされた。何が起こったのだ？　手足をばたつかせ、体を持ち上げる。やがてうっすらと目に光が感じられた。

赤い世界が広がっていた。

床も天井も壁も、何もかもが真っ赤に染まっていた。

そして、側で倒れ込む女性も。

何を見ているのだろう。ここはどこだろう。知っているはずだ。この映像も、この赤色も、この人も。

忘れるはずがない、絶対に。

誰だ？　俺は。


目が覚めると薄暗い天井が広がっていた。一瞬、夢の続きだろうかと感じたが、そうではなく、人馬宮の天井だと気付いた。

何だ？　今のは。

黒彦は体をぐったりとさせたまま、ぼやけた瞳《ひとみ》でじっと天井を見つめていた。まるで眠った気がしない。体はむしろ、眠る前より疲れきっていた。

今の夢は、何だったのだろう。

そう考える頃にはもう、今の夢をほとんど忘れてしまっていた。残されたのは、押し潰《つぶ》されるような恐怖感と、赤い世界。何を恐れていたのだろう。黒彦は混乱した頭を整理しつつ、首をぐるりと回して辺りを見回す。昨夜は宝瓶宮で、犬神と果菜と共に紅茶を飲んで、その後すぐに自分の部屋に帰った。東作の言葉が気になり、しかしすぐに館を出る訳にもいかず、さっさと床に就くことにした。旅の疲れか、ベッドに入るとあっという間に意識がなくなった。

のろのろと腕を伸ばし、傍らのテーブルに置いておいた携帯電話を摑《つか》む。通話圏外の携帯電話など、ただの大きなデジタル時計だ。七時ちょうど。時間の割には暗い部屋だった。朝食は八時だと露子は言っていたから、そろそろ起きなくてはならない。黒彦は寝たままで大きく体を伸ばした。

窓の向こうはやはり大雨になっていた。木々の葉は雨の重みにうなだれて、見下ろした地面には大きな水溜《みずた》まりができている。台風が直撃したのだろうか。この館は周囲より一段高い場所に建てられているので土砂崩れなどの心配はない。だがそれが気になる程の雨量だった。下を見つめていると、やがて視界の右側に傘を差した人の姿が見えた。黒いゴミ袋を携えて、目の前の大きな水溜まりに少し躊躇《ちゅうちょ》した後、大回りして左に向かう。その動きから見て女性、恐らくメイドの露子か三鳥だろう。どうやら黒彦の部屋の真下、一階で見ると厨房《ちゅうぼう》の外にゴミ置き場があるらしい。傘の人物は腕を伸ばすと、コンクリートに囲まれたその部屋の鍵《かぎ》を開け、中にゴミ袋を投げ入れた。

黒彦は窓に背を向け洗面所へと向かう。部屋の外で誰かの声が聞こえた。もう起きている人もいるのだろう。冷水で何度も顔を洗う。目の奥底では昨日の出来事と、先程見た夢の断片が混ざり合って貼り付いており、水で流す程度では剝《は》がれそうにもなかった。今日は何をして過ごそうか。外へ出られる天候でないのは残念だが、また蒲生の料理が食べられるのは素直に嬉《うれ》しかった。あとは昨日と同じように果菜と遊ぶことになるのだろうか。あの少女は多少、いやかなり変わっているが、少なくとも一緒にいて退屈を感じることはない。あるいは、露子や三鳥たちとも何か遊ぶことになるかも知れない。それはそれで楽しいかも、と黒彦は思い、そんな自分に戸惑った。

部屋の外で慌ただしく廊下を走る音が聞こえた。どうしたのだろう。別の足音がドタドタと階段を駆け上る。果菜がはしゃいでいるにしては音が大きい。やがて足音はさらに近付き、黒彦の部屋の前を通り過ぎた。

「姫草先生！　姫草先生！　大変です！」

隣の部屋のドアを激しくノックすると共に、叫び声に近い三鳥の声が聞こえた。ただごとではない。黒彦はタオルで顔を強く拭《ふ》くと、急いで部屋に戻りドアを開けた。

「どうしたんですか、三鳥さん」

「あ、白鷹様！」

三鳥は姫草の部屋の前に立っていた。照明が暗いせいか、異様に青ざめて見える。と、同時に彼女の目の前のドアが開き姫草が顔を出した。

「おはよう。そんなに慌てて、どうしました？」

姫草は三鳥と、顔を出す黒彦を見て、もう一度三鳥の方を向いた。姫草はもう身なりも髪も整えていた。

「あ、あの先生！　ご主人様が、ご主人様が」

「東作さんが？　まあ落ち着いて」

姫草は三鳥の動揺に気付き眉《まゆ》を持ち上げた。

「姫草先生」

黒彦の背後で声が聞こえる。振り返るといつの間にか現れていた妻木が、怒るような表情で佇《たたず》んでいた。

「主《あるじ》の部屋、処女宮に至急ご同行頂きたい」

「……どうしたんですか、妻木さん」

姫草は部屋から出てドアを閉める。妻木は一瞬、その冷たい目だけで黒彦を見た後、口を開いた。

「主、東作様が、部屋で死んでおります」

27

処女宮の前の廊下には久佐川と紅岩が、久佐川は床に座り込み、紅岩は欄干にもたれ掛かり煙草を吹かしていた。

「おはよう」

姫草の挨拶《あいさつ》に久佐川は一瞬険しい目つきになったが、すぐに戻って片手を上げた。紅岩はこちらを見ようともしない。姫草は二人の前を通り処女宮に入る。黒彦もその後に続いた。

「黒彦君」

部屋に入る黒彦を紅岩は呼び止める。彼女は疲れた表情で俯《うつむ》き、白い煙を吹いた。

「見ない方がいいわよ」

一応、といった感じの忠告に黒彦は身を引き締めた。

部屋に入って初めに感じたのは、吐き気を催す程の血の臭いだった。日常感じる魚や肉とは比較にならない生臭さ。精神の奥に宿る、動物としての本能的な危機感を抱かせる刺激だった。黒彦は姫草と共に部屋の奥へと進み、その臭いが一番強く感じられるベッドを目指した。

「……これは酷《ひど》い」

ベッドの上の物体を見下ろして姫草が呟《つぶや》く。黒彦はその背後から顔を出し、姫草の視線の先に目を移した。

頭の左半分が潰れた、血みどろの人間が横たわっていた。


「黒彦君、外に出なさい」

姫草は静かに、しかし厳しい口調で言う。黒彦は外へ出ず、咄嗟《とっさ》に首を曲げて目を逸《そ》らした。だが一度焼き付いてしまった映像からは逃げられない。頭の左側、額から鼻を通って上唇の辺りまでが抉《えぐ》り取られ、血と、何かよく分からない肉の塊が辺りに散らばっていた。何だ、これは。右側の目が大きく見開き、もう片方の目は、恐らく口元から流れ出ていた血溜《だ》まりの中に沈んでいる。異様に長い舌が、その血を舐《な》めるようにだらりと垂れ下がっていた。

「それ……東作さんですか」

ひしゃげる程に鼻を摘《つま》みながら黒彦が尋ねる。

「ああ、多分ね」

「……死んでいるんですか？」

黒彦の言葉に姫草は応《こた》えず、さらに東作に近付き顔を覗《のぞ》き込んでいた。聞くまでもないことだ。東作は死んでいる。魔神館の主。昨日初めて出会い、その目に強烈な殺意を湛《たた》えていた男が。頭を下げると、大量の血を吸い取ったシーツがどす黒い赤色に染め上げられていた。

まるであの日のように。

赤い夢のように。


「何事だい？」

黒彦の思考を遮るように犬神が部屋に入り声をかけた。

「犬神さん……」

「おはよう黒彦君」

「おっはよー！　クロちゃん」

真横に跳ねた寝癖をそのままに果菜が後に続く。この二人だけは、まるで変わらない。

犬神は気にすることなく東作の死体を覗き込む。

「おや、これは大変だ」

「何なにー？」

その背後から果菜がひょっこりと顔を出して言った。

「ハテナ、部屋から出ろ！」

黒彦は思わず声を上げる。果菜がびくっと体を震わせ、黒彦と東作の死体を見比べた。

「え？　何、これ……」

「……ハテナ、これはどうやら緊急事態だ」

犬神は踵《かかと》でくるりと振り返ると、果菜の肩に手を置いた。

「すぐに下の厨房《ちゅうぼう》に行って、蒲生さんのお手伝いをしに行きなさい」

「……ん？　何で？　僕だけ？」

「僕らもこの用事が済んだら行くよ」

「え？　でも、この人って……」

「分からないのかい？　ハテナ」

犬神はそう言って果菜に耳打ちする。

「……黒彦君はね、君の得意な卵焼きが食べたいと言っているんだよ」

「え、そんな！」

果菜は目を大きく開くと、黒彦を見た。

「そうだろう？　黒彦君」

と言って二人は黒彦を見る。姫草も射るような目で見つめていた。

「……ああ、うん、そう。犬神さんが美味《おい》しいって言うから、さ」

しどろもどろになって黒彦は答える。

「うん！　うまいよー。僕、将来卵焼き屋さんになるつもりなんだ！」

果菜は満面の笑みになって、幼稚園児みたいな夢を言う。

「それはぜひ僕も頂きたいな」

姫草も腕を組んで言う。隣には東作の死体がある。

「ホント？　姫草先生。もう眼鏡がずれるくらい美味しいよ！」

「ではどこかで眼鏡を調達してこないとね」

裸眼の姫草が微笑んで返した。

「そういう訳だ。じゃあハテナ、行ってきなさい」

「うん分かった！　楽しみにしててねー」

果菜はそう言うとパタパタと部屋から出て行き、また戻ってきた。

「お兄さん！　何個作ればいいかな？」

「蒲生さんに相談しなさい」

「そっか」

再び果菜は部屋を出る。その足音が完全に消えるまで待ってから姫草は口を開いた。

「……どう思いますか、犬神さん」

「さて、どうしたんだろうね」

犬神は白衣のポケットに手を入れたまま東作の死体を見下ろす。いつもと変わらない、冷めた目をしていた。

「僕は現場経験がないから、姫草先生にお任せするよ」

「僕もこんな現場は経験ありませんよ」

姫草はそう答えると、少し離れて手で口を押さえた。犬神はさらに体を屈《かが》めると、ほとんど鼻が触れそうな程死体に顔を近付けた。

「……瞳孔《どうこう》は、開いている。呼吸音もない。血も固まっている。完全に死んでいるね。頭もこんなに潰《つぶ》れているし、生き返る気配もない」

「……よく、平気ですね」

犬神の態度を見て黒彦は言う。こんな状況で全く平然と、普段の飄々《ひょうひょう》としたままでいる犬神がひどく奇妙に思えた。東作の死体はただの死体ではない。スプラッタ映画など比べ物にならない程醜悪で、生々しく、濃い血の臭いを漂わせている。

「気に入らないかい？」

犬神は黒彦を見て尋ねる。口元にはいつもの薄い笑みが現れていた。

「いえ……」

「平気なんだよ、僕は。人の生死に興味がないんだ」

その言葉には、ぞっとするような冷たさがあった。

「おや、これは？」

姫草はそう言うと、部屋に置かれた丸テーブルの上の紙箱を取り上げた。

「何だい？」

犬神も黒彦からそちらに顔を移す。

「……睡眠薬、だな」

「ふうん、東作さんの常備薬かな。中身は減っているかい？」

「空っぽです」

「たまたま最後の数錠だったのか、それとも一箱全部を飲んだのか。いずれにしても、昨夜使用した可能性が高いね」

「そして眠っている所を襲われ、頭を潰された」

「誰にですか？」

黒彦は姫草を見て尋ねる。姫草はしばらく黒彦の表情を見つめてから、ゆっくりと口を開いた。

「犯人だよ、もちろん」

黒彦はその言葉により、もう一度現実を噛《か》み締めた。

東作茂丸は、殺されたのだ。

28

黒彦たちは東作の死体を残して部屋を出る。廊下には妻木、三鳥、久佐川、紅岩の四人が所在なげに待っていた。蒲生と果菜は厨房だろう。露子の姿はない。

「妻木さん」

姫草が執事に声をかける。犬神は首を傾け、右手の指先でこめかみを押していた。まだ頭痛が続いているのだろうか。

「すぐに警察に連絡してください」

「警察……」

「これは殺人事件です。医者の出る幕じゃない」

姫草の一言に黒彦を含めた全員が息を呑《の》んだ。分かりきっていたことだが、改めて言われると強く意識してしまう。

「現場はこのまま保存しておきます。皆さんもできるだけ動き回らないように。露子さんは？」

「妻木さん！」

姫草が尋ねる側から、階段を駆け上ってきた露子が妻木を呼んだ。

「電話が繋《つな》がりません！」

「電話が。なぜ？」

妻木はあくまで冷静に、淡々と尋ねる。

「分かりません。ウンともプーとも言わなくて……」

「回線が切れたのかも知れないな」

床に座り込んでいた久佐川がそう言って立ち上がる。

「外は大荒れだ。ここの電話線は電柱を伝って引かれているだろうから、その途中で切れたか、機械が故障を起こしたのだろう」

「直りますか？」

姫草が尋ねる。

「無理でしょうね。ここからじゃ故障箇所なんて見付けられないし。電話回線業者に連絡する手段もありませんよ」

「携帯電話も繋がらないし……」

姫草の言葉を聞いて黒彦はポケットから携帯電話を取り出す。やはり通話圏外のままだった。

「しばらくは、動けませんね」

妻木が呟《つぶや》くように言う。

「あたし、車で麓《ふもと》まで行きます」

露子が手を挙げて応えた。

「露子さんが？　危ないわよ」

紅岩が言う。

「大丈夫、道は分かっています。それに妻木さんはここにおられた方がいいでしょうし、三鳥よりは運転得意ですから」

この状況に気を遣ってか、露子はやけに元気に答えた。

「よし、僕も行こう」

姫草が一歩前に出る。

「警察への連絡もいるし、電話が繋がればうちの病院からの応援も要請できる」

「先生まで行かれるとなると……」

妻木が言う。

「残念ですが、東作さんが既に亡くなられている以上、僕がやることはもうありません」

「しかし」

「大丈夫です。死体、東作さんのことは犬神さんにお任せします」

「ん？」

相変わらず他人事《ひとごと》のように話を聞いていた犬神が傾けた首を戻す。

「彼に任せておけば大丈夫です」

「そうなのかい？」

犬神が返す。どうやら姫草は昨夜二人で交わしていた会話で、この男を相当信頼するようになったらしい。

「では行きましょう、露子さん」

「あ、はい！」

姫草はそう言うと露子と共に階下へと駆け下りて行った。初めてとは言っていたが、さすが緊急時の対応には頼もしいものがあると黒彦は感じていた。

「……我々は、どういたしましょうか」

妻木がそう言って犬神を見る。久佐川も紅岩も三鳥も、ついでに黒彦もこの長身白衣の男の指示を仰いだ。

「ふむ。どういたしましょうか」

犬神は真剣な表情で返す。やはり何も考えていなかったようだ。

「とりあえず、その、犯人とかを捜した方がいいのかしら」

紅岩が不安げに言う。

「いや、警察が来るまで待つべきじゃないか」

久佐川が言う。

「その前に済ませておくべきことがあるね」

犬神が五人の目を見て言う。

「何ですか？」

黒彦が尋ねる。

「決まっているじゃないか」

犬神の言葉が終わると同時に、誰かが凄《すご》い勢いで階段を駆け上がってきた。

「みんなできたよ！　朝ゴハンの時間だよ！」

果菜が両手を伸ばして叫んだ。五人の暗い顔がそれに振り返る。

「……犬神様、これは」

「僕らは所詮《しょせん》、運命の糸に操られる傀儡《くぐつ》のようなものだ」

犬神は訳の分からないことを言って黒彦たちの間をすり抜けた。

「ちょっと！　犬神さん」

久佐川が叫ぶ。

「今僕らに必要なのは、みんなで冷静に現状を把握する場だよ」

果菜と犬神はさっさと階段を下り始める。残された五人は互いに顔を見合わせ、やはりその背に従った。黒彦はできるだけ先程の東作の死体を思い出さないように努める。しかし消そうとすればする程、あの真っ赤な肉塊が頭の中を埋め尽くしていった。東作の、館の暗黒を漂わせる雰囲気も、目の奥に光った殺意も、あの死体からは失われていた。果菜の推理小説話が現実になった。しかし黒彦が推測していた犯人が、被害者となってしまった。

「あら？」

先に階段を下りた紅岩がふいに声を上げる。彼女は立ち止まり、十二星座像に目を向けていた。

「どうしたんですか？」

黒彦は小走りに階段を下りる。先を行っていた者たちも引き返してきた。

「ほら、これ。乙女座の像」

紅岩はそう言って乙女座像の頭を指差す。黒彦は見上げて、思わず肩を震わせた。

「……顔が、ない？」

そこには顔を削り取られた乙女座像の頭があった。髪の生え際から顎《あご》の先まで乱暴に、深い目も高い鼻も全て粉砕されていた。

「どういうことだ、これは」

久佐川が少し上擦った声で言う。暗い床にはその残骸《ざんがい》であろう白い破片が一面に広がっていた。

「いつの間に……」

黒彦の背後から妻木が呟く。今朝から何度も通っていた彼だが、館に慣れていたせいで気が付かなかったのだろう。黒彦は他の像もざっと見渡したが、損傷を受けているのはこの乙女座像だけだった。古い物だから自然に崩れたのか？　しかし、それにしてはタイミングが良過ぎる気がした。

顔の剥《は》がれ落ちた乙女座像。

処女宮。東作茂丸の星座。

得体の知れない不安を黒彦は抱いていた。

29

食堂のテーブルには既に人数分の朝食が並べられていた。数種類のパンが並べられたバスケット、取り分けられたサラダ、シロップがかかったフルーツの盛り合わせ。そして恐らく果菜が作ったであろう、場違いな卵焼きもあった。

「パンはまだ沢山あります。コーヒー、紅茶はお代わり自由。それ以外の飲み物はセルフサービスということで、厨房《ちゅうぼう》から取ってきてください」

蒲生が事務的にそう言って席に着く。主《あるじ》のいない食卓。今回は妻木と三鳥も同席していた。皆は黙りこくり、俯《うつむ》き加減でコーヒーを啜《すす》ったり水を含んだりしている。さすがに果菜も雰囲気を察してか、蒲生と共にパンを少しずつちぎっては静かに齧《かじ》っていた。黒彦は鼻の奥に残る濃い血の臭いを洗うように、苦いブラックコーヒーを少しずつ含む。三鳥は青白い顔のまま微動だにしない。妻木も何かを考えているようにじっと止まっている。黒彦たちの前に死体を確認したであろう紅岩と久佐川も皿に手を付けようとはしなかった。犬神だけが変わらずに、ぱくぱくと朝食を片付けていた。

「よく普通に食べられますね」

久佐川が皮肉めいた口調で犬神に言う。

「ん？　何でだい？」

とぼけた風に犬神は返した。

「俺には、こんな状況で食欲の湧く犬神さんの気持ちが分からない」

「ああ、ではこんな状況でも皆の為に食事を用意してくれた蒲生さんの気持ちは分かる訳だ」

犬神はそう答えて卵焼きを口に入れる。誰も言い返せなかった。

「いや、これは私の仕事だから。気にしないで」

蒲生はそう言ったが、皆は恥じるようにゆっくりと皿に手を伸ばし始めた。一旦《いったん》食べ始めるとそこは蒲生シェフの腕だ。頬張る口も次第に大きくなっていった。黒彦も絶妙なドレッシングで和《あ》えられたサラダをバリバリと食べる。ふと視線を感じて顔を上げると、こちらをじっと見つめている果菜と目が合った。

「……何？」

黒彦が尋ねるが果菜は何も答えず、大きな目をこちらに向けている。そこで黒彦は思い出し、まだ手を付けていなかった卵焼きの皿を手元に寄せた。そうだった。自分は果菜の作った卵焼きが食べたかったのだ。厚めの黄色い直方体を裂いて口に運ぶ。ふわりとした食感にほのかに甘さが感じられる、ごく普通の卵焼きだった。恐らく蒲生ならもう一工夫する所だろうが、至って素朴な味だ。目新しさはないが、自分にこれが作れるかとなるとはっきり言って自信がない。総じて、良くできていた。黒彦は顔を上げると、果菜に向かって頷《うなず》きかける。だが果菜は微動だにしない。どうやらこの感想では物足りないらしい。

「……うん、おいしいよ。ハテナ」

少し照れながら、黒彦はちゃんと果菜に伝えた。果菜はパッとテーブルに手をつくと、遠い黒彦に向かって身を乗り出した。

「でしょでしょ！　僕ね、他のお料理はいまいちだけど卵焼きだけは得意なんだよ！だから僕、将来は卵焼き屋さんになるつもりなんだよ！」

「それはさっき聞いたよ」

「あ、これハテナちゃんが作ったんだ」

紅岩はそう言って一口食べる。

「……へえ、いいじゃない」

「いいでしょー」

果菜は目を細める。

「アタシ料理って全然駄目だからねえ。こういうのがパッと作れるといいわよね」

「そう？　じゃあ瑠美さんにも作り方、こっそり教えてあげるよ！」

「ありがとう」

紅岩はそう言ってにっこり微笑む。

「これは、何だか懐かしいな……」

その隣では久佐川も感想を呟《つぶや》く。

「妻木さんは？」

果菜はなぜか妻木にも感想を求める。妻木は少し戸惑いながら、もそもそと口を動かした。

「……ああ、久佐川様の言葉通りですね。懐かしいというか、母親が作ってくれた味に近いかも知れません」

「それって誉めてるの？」

「もちろん」

「ならばよし！」

果菜は親指を立ててそう言った。

「あまり持ち上げないで。また三週間同じメニューが続くから」

淡々とした口調で犬神がぼやいた。

「あ、お兄さん。姫草先生と露子ちゃんは？」

果菜がいまさらながら気付いて尋ねる。

「二人は車で麓《ふもと》まで行ったよ」

「……カケオチ？」

その言葉に紅岩が少し噴いた。

「残念ながらそうじゃない。緊急事態だからだよ」

「あー……やっぱり東作さん、死んじゃったの？」

果菜は何の気遣いもなく尋ねる。

「そう。亡くなられた」

犬神が静かに返した。

「……死んだんじゃなくて、殺されたんだ」

久佐川が冷たく言う。

「久佐川様」

「隠すこともない」

そして半ば睨《にら》むように妻木を見た。

「むー。そっかー」

果菜は仰々しく腕を組んで背筋を伸ばした。事態がよく呑《の》み込めていないのか、『人の生死に興味がない』兄の影響だろうか。少女はさほどショックを受けているようには見えなかった。

「色々気になるけど、とりあえず姫草先生たちの帰りを待った方が良さそうね」

紅岩がそう言うと同時に、館の外から微《かす》かにエンジンの音が聞こえ出した。

「あら、帰ってきたのかしら？」

「……でも、早過ぎます」

三鳥はそう言うと椅子から立ち上がる。

「三鳥ー！」

玄関ホールから騒がしく露子の声が聞こえ、やがて姫草と共に食堂に姿を現した。

「あ、露子さん」

「三鳥、悪いけどタオル二つ頂戴《ちょうだい》！　あと妻木さん、姫草様に代わりの服ってありますか？」

二人は車で出かけたにも拘《かか》わらず、なぜか滴る程の水を被《かぶ》って帰ってきた。姫草に至っては膝《ひざ》より下が泥にまみれている。思わず全員が腰を上げた。

「どうしたんだい？　二人とも」

久佐川が声を上げる。

「それがねー、大雨のせいで途中の道が川みたいになってたのよ。おまけに車も泥濘《ぬかるみ》にはまって抜けなくなっちゃって」

「僕が下から押し上げて、何とか引き出しました。いや実際危なかった」

姫草は三鳥より受け取ったバスタオルに顔を埋めながら話した。

「では、麓まで下りると言うのは」

妻木の言葉に二人は同時に首を振った。

「当分は無理ですね。雨が止んで水が引かないと。土砂崩れの危険もある」

姫草は答える。

「とにかくお着替えください。このままじゃ風邪をひかれてしまいます」

三鳥は二人を連れて食堂を出る。妻木もその後に続いた。

「……さて、困ったね」

犬神が席に座り直して言う。麓へは下りられない。電話は繋《つな》がらない。外は大雨。

「孤立、か……」

黒彦はぽつりと呟いた。

30

「現状を整理しよう」

食堂に戻ってきた姫草が席に着いて皆にそう声をかけた。東作のスーツを借りたらしいその姿は、袖《そで》と裾《すそ》とを折って少し不恰好《ぶかっこう》な姿になっている。だがそれを笑う者は誰もいなかった。

「まず、この台風のせいで僕たちはあらゆる連絡手段と交通手段が断たれてしまった」

皆が頷く。これればかりは、どうしようもない。

「しかしこれはそう悲観することもないだろう。台風が過ぎて雨も止めば道も回復するだろうし、久佐川君の話によると、切れた電話線は電話会社がその内修繕に来てくれるそうだ」

台風が完全に過ぎるのは明日か明後日《あさって》か、長くても三日くらいだろう。それにしても悪いタイミングで招かれたものだと黒彦は思った。

「食事の心配もいらないよ。食材も買い込んであるし、肉も充分冷凍している。まさか一ヶ月も下山できないこともないだろう」

蒲生が言った。

「では、次の問題だが」

姫草はそう言うと一旦言葉を止め、皆の注目が集まるのを待った。

「東作さんが何者かに殺害されました」

皆の息遣いのみが聞こえていた。

「姫草先生」

少し疲れた風に久佐川が手を挙げた。

「東作さんは、その、殺されたんですよね？」

「自殺ではなくて、ということですか？」

「まあ、そうです」

久佐川は自信なげに返す。あの状態で自殺は考えにくいが、そう思いたい気持ちは黒彦にもよく分かった。

「自殺ではないでしょう。恐らく東作さんは、眠っている時に何者かに頭を殴られたのだと思います。しかも相当な力で」

黒彦はその言葉に死体を思い出す。東作の頭はまさしく潰《つぶ》されていた。手や足で叩《たた》いたものとは訳が違う。

「妻木さん」

姫草は続いて妻木を呼ぶ。妻木は暗い目を僅《わず》かに持ち上げた。

「部屋で見付けたのですが、東作さんは睡眠薬を飲む習慣はありましたか？」

「……はい。確かにございました」

執事は変わらぬ口調で答える。

「毎晩ですか？」

「いえ、眠れない時だけです」

「昨夜は？」

「存じ上げませんが、皆さんをお招きしたこともありますゆえ、興奮を抑える為に飲んだ、かも知れません」

「東作さんは、睡眠薬の空き箱を蒐集《しゅうしゅう》する癖はあったかい？」

頰杖《ほおづえ》をついた犬神が尋ねる。

「いえ、そのようなことはございませんでしたが？」

「じゃあ飲んだはずだね。薬の箱は空っぽだったし」

「では近くに人が来ても起きられなかったかも知れないな。部屋の鍵《かぎ》は、いつも掛けていましたか？」

「いえ、主《あるじ》は鍵を掛けません」

妻木はそう言って口を結んだ。

「誰でも入れる状況だったか……」

「何で、襲ったのかしら？」

紅岩が姫草に尋ねる。

「理由ですか？」

「道具のことよ。手じゃないでしょ？」

「素手ではないでしょうね。何か硬い物、ハンマーとか花瓶とか」

黒彦はその状況を想像して寒気が走った。

「そう、凶器が見付かっていないのも重要です。これで東作さんが自殺した可能性もなくなりました」

「凶器を隠した犯人がいるって訳か」

蒲生の呟《つぶや》きに部屋の空気が止められた。孤立した館の中。人間の数は限られている。

「山賊だ！」

突然果菜が叫び、全員が体を震わせた。

「何だよ！　いきなり」

黒彦が果菜に言う。

「えー、だってー、山奥だし」

「だからって！」

「いや、あり得るんじゃないか?」

テーブルに顎《あご》を置いた犬神がぼんやりと言う。

「さ、山賊が?」

「外部から現れた奴が東作さんを襲ったのかも知れないよ」

「……そんなこと、あり得ますか?」

「さあ」

「さあって……」

「でもこの中の人があの残忍な犯行をしたと考えるよりは現実的だと思いたいな」

それは妙に説得力があった。

「……では、一度この館を捜索してみようか」

姫草がそう提案する。

「東作さんの部屋ももう一度調べてみたいし、それに凶器が見付かっていないのも気になる」

「山賊が隠れているかも知れないしね」

果菜が言う。誰からも反対意見は出ない。この場で犯人捜しをするよりはいいと黒彦も思った。

「じゃあ俺たちも動くか」

久佐川が立ち上がる。

「一応、二人一組で行動した方がいいでしょう。僕は妻木さんと処女宮に行きます。いいですね、妻木さん」

姫草の言葉に妻木は静かに頷《うなず》いた。

「あ、じゃあ私は館の外を回ってみます」

露子がそう言って立ち上がる。

「俺も一緒に行こう」

久佐川がそれに応《こた》えた。

「私は三鳥とこの辺り、厨房《ちゅうぼう》とか応接ルームを見ようか。まあ、何もないだろうけど」

蒲生が軽く腕まくりをして言う。主のいなくなった今、もう皆に敬語を使う必要はないと彼女は考えたようだ。

「女性二人で？」

「料理人は肉体労働者だよ。先生」

蒲生は笑って胸を張る。身長なら犬神の次、久佐川と同じくらい背が高かった。

「ではお任せしよう。あとは……」

「ハテナ、僕たちは二階の倉庫を探検しよう」

「ほーい」

犬神は果菜を誘ってそう言った。

「じゃ、残り物同士でその辺をうろつきましょうかしら」

紅岩はそう言って黒彦の肩に手を置いた。

「残り物、ね」

「頼りにしてるわよ、黒彦君」

何と言われても、からかわれているようにしか聞こえない。

「クロちゃん、襲われないようにね」

「誰に？」

黒彦は思わず尋ねてしまった。

31

姫草と妻木、そして犬神と果菜は食堂を出ると二階へと階段を上り始めた。久佐川と露子は雨ガッパを被《かぶ》り外へと出て行く。傘では危険な程風が吹いているのだろう。黒彦は紅岩と共に、とりあえず薄暗い玄関ホールを歩き回っていた。光量が足りないので広間の隅や柱の陰などは真っ暗だ。しかし何者かが隠れているような気配はない。

「何で、こんなことになっちゃったのかしらねえ」

紅岩はあまり動こうとはせず、魔神像の前で佇《たたず》んでいた。すらりとしたシルエットは遠目にも絵になる。

「東作さんも、アタシたちのいない時に亡くなってくれたら良かったのに」

事件に巻き込まれた不運は黒彦も感じていた。殺人事件などテレビの向こう側での話とばかり思っていた。黒彦は広間の周囲を巡り魔神像の元へと戻る。目の前には顔の失われた乙女座像があった。これも、東作を殺した者による仕業なのだろうか。一体何の意味があるのだろうか。

紅岩がこちらを向いて妖《あや》しく微笑む。

「怖いの？　黒彦君」

「……怖いですよ、そりゃ」

「素直ね」

紅岩は静かな足取りでこちらに近付く。

「昨日の、東作さんの話ってどう思いますか？」

「……この館とか、魔術の話？」

「香具土深良が魔神に生命を捧《ささ》げたとか」

「さっぱり分からないわね」

紅岩は素直に答える。

「東作さんは、香具土の期待に応えたいと言っていました」

「何それ？」

「分からないけど」

「ふうん。芸術家気取りの戯言《たわごと》じゃない？」

紅岩はあっさりと切り捨てる。彼女の話によると、東作に芸術の才能はなかったらしい。だから彼は魔術などに取り憑《つ》かれたのだろうか。

「今私たちが気にするのは、山賊の方じゃないの？　黒彦君」

紅岩はそう言うと、ぼんやりと立つ黒彦の肩に自分の顎を載せる。ぞくりとする感覚が黒彦の全身を通り抜けた。

「……何だか楽しそうですね、紅岩さんは」

「瑠美って呼んで」

「呼びませんよ」

黒彦はカニ歩きをして紅岩の顔を離す。

「そうね。こういう雰囲気は好きよ」

「……殺人事件がですか？」

「そう」

黒彦は一階の隅にある書庫が気になり歩き出した。

「俺には分かりません」

振り返らずに黒彦は言う。紅岩は含み笑いを漏らしながら後を追って来る。

「芸術家は貪欲《どんよく》なのよ。常に非日常性を求めている」

それも命あってのことだろうと黒彦は思った。

書庫は相変わらず暗く、湿っぽく、埃《ほこり》っぽい。黒彦は奥へと進み、背の高い本棚の隙間を一つ一つ確認する。

「へえ、こんな所があるんだ」

紅岩は少し感心して本の壁を見上げていた。

「やっぱり何もないな、ここは」

一番奥の棚を覗《のぞ》き込んでから黒彦は言う。まさか賊が本の隙間に隠れている訳もないだろう。

「本が凶器になるってことはないかしら？」

紅岩が珍しく全うな推理を立てた。

「分厚い本で殴った、ということですか」

確かにここにある本なら充分凶器になり得る重量感を持っている。

「でもちょっとナンセンスよね」

「センスなんていらないでしょう」

「だったら、館の外に転がっている岩でもいいじゃない」

「それもそうですね」

そう考えると、凶器なんてどこにでもある。

「俺の見る限りこの部屋は昨日と変わりないですよ。大きな本が動かされた様子もない」

もちろん血の付いた百科事典も見当たらない。

「あ、昨日ここに来たんだ。黒彦君」

「ええ。ハテナに誘われて」

「ふうん、何してたの?」

「……別に、本を読んだり。あいつ、本が好きみたいだから」

その後に『自分はロボットだ』とカミングアウトされた。

「それだけ?」

暗がりの中、綺麗《きれい》な唇を持ち上げて紅岩は尋ねる。

「……どういう意味ですか?」

「別にい」

そのままいやらしく微笑む。

「それだけですよ」

「可愛いよね、ハテナちゃん」

「何ですか、いきなり」

「まんざらでもないでしょ?」

「そんな訳ないでしょう」

「ああいうタイプの子って、強引に攻めるとコロッといっちゃったりするわよ」

「知りませんよ、そんなの」

「でもアタシが見る限り、待ってるわよ。あの子」

紅岩は急に笑いを止めてそう言う。黒彦は紅岩を見つめて言葉に詰まる。待っているとは、何だ？

「ちょっと考えちゃった？　黒彦君」

そう言われて、途端に黒彦は恥ずかしさを覚えた。

「……もう出ますよ。今度は二階へ行ってみましょう」

「ハテナちゃんに会いに？」

「一階はもう全部捜したからだよ」

黒彦はそう言うとさっさと部屋を出た。

階段を上りきると、左手の小部屋からちょうど犬神と果菜が姿を現した。

「あ、クロちゃんと瑠美さんだ」

果菜の声に紅岩は小さく手を振って応える。黒彦はわざと目を逸《そ》らしてしまった。

「一階の様子は？」

犬神が黒彦に尋ねる。

「何も変わったことはありませんでした。その部屋は？」

「ここと反対側の小部屋は倉庫だよ。掃除用具や道具箱が収められていた」

「バールのような物もあったよ！」

「何だよ、『ような物』って」

「あと大きめのハンマーとか、ロープとかもあったよ」

「ハンマーですか」

それなら人の頭を潰《つぶ》す凶器になり得る。

「でも全て最近使われた形跡はなかったよ。薄く埃も積もっていたし」

犬神は自分の白衣を軽く叩《たた》く。照明を受けて白い埃が少し舞った。

「じゃあ、二階にも何もなかったということですか？」

「いや、あと一ヶ所調べたい所がある」

「……東作さんの部屋ですか？」

「それは姫草先生にお任せしているじゃないか」

犬神はそう言うと廊下の先、東作の部屋の隣のドアを指差した。

「獅子宮《ししきゅう》。香具土深良の部屋だよ」

32

処女宮、東作の部屋で姫草と共にいた妻木は、犬神から香具土の部屋を開けるように頼まれると、一瞬訝《いぶか》しげな表情を見せたものの、反対することなく鍵《かぎ》を取りに一階へと下りていった。黒彦は紅岩、果菜と共に獅子宮の前で待つ。あの陰惨な死体が残る処女宮には足を踏み入れる気になれなかった。

「僕、嫌だよ。死体見るなんて……」

獅子宮には香具土深良の首吊《くびつ》り死体がぶら下がっていると思い込んでいる果菜は、不安げな表情で黒彦の右手をぎゅっと摑《つか》む。

「そんなのある訳ないだろ」

「まあ、死んだのが百年近くも前らしいし、死体が残ってるってことはないでしょうね」

紅岩は微笑みながら果菜の頭をわしゃわしゃと掻《か》き撫《な》でた。

「ほんとに？」

「人間の死体なんて、ミイラにでもしないとそんなに長持ちしないものだよ」

処女宮から現れた犬神が言う。

「あるとすれは、天井から下がる首吊り紐《ひも》と、その下に残る白骨の残骸《ざんがい》くらいだ」

犬神の言葉に、黒彦の手を摑む果菜の力が強まった。

「お待たせいたしました」

二階に戻ってきた妻木が四人に向かってそう言うと、右手に持った鍵束の中より一本、獅子宮の記号が彫られた鍵を使ってドアを開いた。

「この部屋は普段は誰も使っていないのかい？」

「はい。主《あるじ》がたまに入る以外は、ずっと鍵を掛けております」

妻木はそう答えると一歩退き、四人の入室を促した。自分は入らないつもりらしい。

「では、お邪魔しようか」

犬神はためらうことなく部屋に入る。黒彦は右手を果菜に、左手を紅岩に摑まれて、二人に先を勧められた。果菜はともかく、紅岩は絶対に遊んでいる。何か言おうと思ったが、結局無言でドアをくぐった。

「残念だハテナ。どうやら死体は既に片付けられている」

予想通り、部屋には首吊りの紐も白骨の香具土も残されてはいない。黒彦が意外に感じたのは部屋の間取りが魔神館の他の部屋とは異なっていることだった。浴室やトイレはなく、相当な年代物のベッドと書き物机が置かれ、古い書物を収めた本棚が、壁をぐるりと取り囲むように立ち並んでいた。

「ここが、香具土深良の部屋なのね」

紅岩は興味深げにベッドの装飾を観察している。どうやらこの部屋だけは東作のリフォームからは対象外とされたようだ。魔神館が内包する、百年前の真の姿。天井には照明設備もなく、埃《ほこり》とカビの臭いが充満する空間に黒彦は時代を感じていた。果菜も興味深げに周囲を見回していたが、その左手は黒彦の右手を摑んだままだった。

「……面白いな。『西洋呪術《じゅじゅつ》大全』に『アブラメリン図表』か。『逆十字《さかさじゅうじ》』まである」

犬神は埃にまみれた黄ばんだ本を引き出して呟《つぶや》いた。

「何の本ですか？」

「十八世紀に書かれた海外の魔導書《まどうしょ》だよ。現存するだけでも貴重な超レア本だね。恐らく東作さんじゃなくて、香具土が所有していたものなのだろう。思った通りだ」

「思った通り？」

「香具土深良は魔術師だったらしいからね。きっと素敵《すてき》な本を沢山持っていただろうと思っていたんだ。部屋ごと保存していた東作さんにも感謝しないとね」

珍しく嬉《うれ》しそうな顔をして犬神は言う。

「殺人事件は？」

「ん？」

「事件の手掛かりとか、凶器とか」

「ああ、そんなのはこの部屋にないだろうね」

犬神はこちらを向かずにそう言った。

「お、絵本発見！」

果菜はそう叫ぶと、黒彦の手を離して本棚の前にしゃがみ込む。黒彦は小さく溜《た》め息を漏らして、正面に開かれた窓へと足を運んだ。他の場所を捜索している人たちは進展があっただろうか。窓の外には見渡す限りの森林が広がっている。灰色の空からは濃い緑色の海に向けて、強い雨が延々と降り注いでいた。時折突風が吹き、木々がざあっと波打つ。この館はどの窓から眺めても同じ風景だ。窓の桟に黒く干からびたトカゲの死《し》骸《がい》を見付け、黒彦は少し後ろに下がる。

「あら？　何か書いてあるわよ？」

書き物机に近付いた紅岩が声を上げる。黒彦と果菜が近付くと、木製の机の上に製図用の方眼紙が置かれているのが見えた。

「何ですか？」

方眼紙には細かく引かれた升目に沿って一字ずつ、赤いインクで書かれたアルファベットのような文字が埋められていた。

「英語かな？」

「これはあれだよ。ダイイング・メッセージだよ」

推理小説好きの果菜が言う。

「誰のだよ」

「もちろん、フカラさんの」

「違うだろ」

香具土は自殺している。しかも方眼紙も赤い文字もまだ新しいものだった。

「じゃあ東作さんのでいいよ」

「これはドイツ語ね」

紅岩は赤いマニキュアを塗った指で方眼紙をなぞりながらそう言った。

「読めますか？」

「うーん、これはちょっと難しいかも。ねえ、妻木さん」

紅岩は部屋の外で待つ妻木を呼び付ける。妻木は静かに部屋に入って来た。

「何でしょうか」

「これ、東作さんの文字かしら？」

紅岩は方眼紙を指差して言う。妻木は腰を曲げて方眼紙を見つめ、すぐに頷《うなず》いた。

「はい。これは確かに主の筆跡です」

「妻木さんは読める？」

「さて、私には」

「お兄さんの出番だよ！」

果菜は本棚の前で本を読み耽《ふけ》っている犬神を呼んだ。犬神は顔を上げず、目線だけをこちらに向ける。

「何か文字が書いてあるんだ。読んでよお兄さん」

「文字ならここにも書いてあるさ」

犬神はそう言いつつも皆の前まで足を運ぶ。

「ドイツ語みたいだけど、読めるかしら？　犬神さん」

紅岩はそう言って脇へと退く。犬神は高い背を屈《かが》めて方眼紙をじっと見つめる。

「ああ……うん。あんまり使われない単語が多いね」

「何て、書いてあるんですか？」

黒彦は尋ねる。

「翻訳するのかい？」

「はい」

「本当に、訳していいのかい？」

犬神はそう繰り返す。

「何ですか、それ」

「いいわよ。どうせラブレターでも、恥ずかしがる人もいないんだから」

紅岩が言うと、隣の果菜がひゃあと声を上げる。

「そんなに素敵なものじゃないね、これは」

犬神はそう呟くと、方眼紙の一行目から人差し指でなぞり始めた。

白羊《はくよう》の血は抜かれ
金牛《きんぎゅう》の角は折れ
双児《そうじ》の手は離れ

巨蟹《きよかい》の鋏《はさみ》は砕け
獅子《しし》の牙《きば》は欠け
処女《しよじよ》の面《おもて》は剝《は》がれ
天秤《てんびん》の針は狂い
天蝎《てんかつ》の尾は切られ
人馬《じんば》の胴は外れ
磨羯《まかつ》の脚は潰《つぶ》れ
宝瓶《ほうへい》の縁は割れ
双魚《そうぎよ》の身は乾き

深淵《しんえん》より魔神が召喚される。

犬神はすらすらと最後まで翻訳し、ゆっくりと指を離した。誰も何も言わず、血のように赤い文字をじっと見つめていた。何だ？　今、犬神は何と言った？　東作は何を書き留めていたのだ？

「どうやらこれが、東作さんの言っていた魔術のようだね」

犬神の声が獅子宮に響いた。

33

昼を少し回った頃、応接ホールに姫草と妻木が戻り再び全員が顔を合わせた。皆が無言で姫草を見る。重く、暗い雰囲気が漂っているのは天気のせいだけではないだろう。

「どうでしたか？　東作さんの部屋は」

背を向けてソファに座り込んでいた久佐川が振り返って尋ねる。

「一通りの検視は済ませた。その結果は後で話すことにしよう。皆さんはどうでしたか？」

姫草は全員を見回して尋ねる。

「私たちの所は特に何も、変わった所は見付けられませんでした」

姫草の前にコーヒーカップを運んで三鳥が答える。部屋の壁に背を預けていた蒲生も無言で頷いた。

「外の様子は？」

「色々捜してみたんですが、やっぱり何も変わりはなかったですね」

露子が答える。

「外には何がありますか？」

「ガレージと、お風呂《ふろ》を沸かす為のボイラー室、あとゴミ置き場くらいです」

「雨宿りしてる山賊にも会いませんでしたよ」

同行していた久佐川が言う。

「雨はどうですか？」

「駄目ですね。一向にあがる気配がない」

黒彦は窓の外を見る。先程までの強い風は収まったようだが、雨はまだ静かに降り続いていた。

「一階にも何もなかったわよ」

紅岩が煙草をくゆらせながら呟《つぶや》くように言った。吸う本数は明らかに増えている。

「どうやら成果があったのは僕たちだけみたいだね！」

ソファに埋まっていた果菜がぴょんと立ち上がった。

「何か見付かったのかい？」

正面の久佐川が果菜を見上げる。

「獅子宮。香具土深良の部屋に東作さんの書き置きがあったそうだ」

そう言うと姫草はポケットから例の方眼紙を取り出した。先程見付けた際に犬神が渡しておいたらしい。

「何が書いてあったんですか？」

中身を知らない久佐川、蒲生、露子、三鳥が目を向ける。姫草は皆に見えるように方眼紙を広げ、その詩にも似た内容を訳して伝えた。医師である姫草は犬神から少しの指導を受けただけで読めるようになっていた。

「……何ですか？　それ」

東作の書き置きを聞いた久佐川が、眉《まゆ》を顰《ひそ》めて言った。

「私には判断できないな」

姫草は慎重に答える。

「気味が悪いな」

方眼紙を見つめながら蒲生が呟く。

「……十二の星座がそれぞれ何らかの被害を受けて、魔神が呼び出されるってことですか？」

俯《うつむ》き加減で三鳥が言う。

「被害っていうか、生け贄《にえ》って感じよね」

首を傾げて露子が言う。

「生け贄……」

「そんな非常識なこと、ある訳ないだろ」

蒲生が反対する。

「どうだろうね。生け贄なんてモズだってするよ」

果菜の隣にいた犬神がソファに反り返って言う。

「モズ？」

果菜を挟んで同じソファに腰掛けている黒彦が尋ねる。

「鳥だよ、百舌鳥《もず》」

「『モズの速贄《はやにえ》』という奴か。捕らえた獲物を木の枝に刺して餌をストックしておくという」

蒲生が犬神の方を見て言う。

「餌？　モズが後になってから獲物をちゃんと取りに来ていると思うのかい？」

「ん？　違うのか？」

「食いしん坊の一部を除いては、まず戻ってこないね。そんなもの、動物は理由のある行動しかしないと思い込んでいる人たちの幻想だよ」

「へえ。理由もなくあんな行動をするのか」

「だから生け贄なんだよ。モズは人間以外で唯一、神に供物を捧《ささ》げる動物なのさ」

犬神はなぜか遠い目を天井に向けてそう言う。どこまで信じていいのだろう。

「鳥の神様って、やっぱり鳥なのかなあ」

兄と同じように天井を見上げて果菜が呟く。

「ともかく」

姫草は脱線しそうな話を戻す。

「これは、今回の事件とは関係なさそうでしょう」

「……でも、東作さんはこれに近いことを言ってたんじゃないですか？」

東作の言葉が気になり続けている黒彦が言った。

「しかし、黒彦君」

「俺たちが集まったから、この館は完成したとか。魔術がどうのとか」

「確かに、東作さんの発言には不可解な所もあったが」

姫草はそこで少し言葉を切り、再び口を開く。

「しかし本人が死んでしまって、どうするというんだ」

「書き置きには東作さん自身も死ぬことになっているわよ」

紅岩が横目で姫草を見る。

「処女の面は剝《は》がれ……」

三鳥の呟きに皆が目を開いた。

「……剥がれていたな」

蒲生が玄関ホールを指差して言った。今朝、いつの間にか破壊されていた、乙女座像の顔。

「やっぱり、何かの魔術じゃないかしら」

紅岩が遠くを見て言う。

「まさか……」

黒彦はそう言って考える。一体誰が壊したのだろう。あらかじめ東作の書き置きを知っていたのだろうか。それとも。

「妻木さんは何かご存じですか？」

姫草は皆より一歩退いて控えている妻木に尋ねる。

「主《あるじ》の死は、自ら呼んだものでしょう」

妻木は静かに、確信の籠《こ》もった声で答える。

「自ら？」

「主は全て理解しておられた。この館の存在意義も、香具土深良が獅子宮で自殺した意味も」

黒彦は、香具十の期待に応《こた》えたいと話していた東作の姿を思い出す。その身より漂う暗黒の気配。邪悪な笑みを湛《たた》えた口元。そして、殺意を秘めた狂気の眼差《まなざ》し。

「……魔神を召喚するということですか？」

「香具土深良の望みは、魔術の究極でもある悪魔召喚。そして主の望みはそれを実現させることだったのです」

妻木の暗い目の奥には、東作と同じ光が宿っていた。

「十二宮に導かれた皆様をお招きしたことで、主はこの世での役目を終えられた。そしてその生命を魔神に捧げることで、ついに香具土と同じステージに立たれたのです」

「くだらない」

久佐川がそう応え、パンッと手を叩《たた》いた。

「じゃあ東作さんは、その魔術で死んだって言うのか？　勝手に？」

「東作さんは他殺だよ。明らかに」

姫草は静かに答える。

「もうちょっと現実的に考えた方がいい」

久佐川はそう言うと賛同を求めるように犬神の方を向いた。しかし犬神は微《かす》かに笑って肩を竦《すく》めるだけだった。

「現実的に、か」

蒲生が意志の強い目で皆を見る。

「それじゃあ、この中に東作さんを殺した犯人がいるってことだろうな」

一瞬にして場が凍り付く。数秒間、全員の動作が停止した。

「……警察はいつ来るか分からない。それまで人殺しと一緒にいるなんて俺はごめんだね」

久佐川が吐き捨てるように言う。その左手が微かに震えているのに黒彦は気付いていた。

34

この中に、犯人がいる。

誰もが予感しつつ、しかし誰も口に出せなかった言葉。応接ホールが緊張に包まれるのを黒彦は感じていた。思わず逃げ出したくなる雰囲気。全員がそれぞれの表情を窺《うかが》い合う。魔神だ魔術だと怖がっている場合でもなかった。

「……では、客観的な事実から言おう」

口火を切ったのはやはり姫草だった。主のいない執事とメイド。若いコンピュータ技術者。画家。料理人。マイペースな天才博士とその妹。医者が仕切るのは自然な流れに見えた。もちろん黒彦の役目でもない。

「東作さんの死因は、知っての通り撲殺。鈍器《どんき》というか、何か硬い物で頭部の左側、眉《まゆ》の端あたりを中心にして殴られたことによる脳の損傷と失血により死亡していた。残念ながら、今はそこまでしか分からない」

姫草は自らの頭を指差して話す。

「他は無傷だったのか」

蒲生が尋ねる。

「他に体の損傷は見付からなかった。抵抗した様子もない。だから多分、眠っている所をいきなり襲われたんだろう」

「シャレにならないな」

久佐川が溜《た》め息と共に言う。おちおち寝てもいられないということだ。

「しかし、気になる点もあるんだ」

姫草は話を続ける。

「見た人は覚えているだろうが、東作さんの頭部。あれはほとんど破裂に近い状態になっていた」

「破裂？」

蒲生が眉を上げる。そういえば蒲生は東作の死体を見たのだろうか。

「だから、亡くなったんでしょ？」

紅岩も尋ねる。

「たとえていうなら、交通事故による死者の姿に似ているんだ」

「交通事故？」

「まさか、部屋の中で車に撥《は》ねられた訳でもないだろ」

「つまり、相当な衝撃を受けなければあんな状態にはならないということだ。余程に強い力、あるいはかなり巨大な物を叩き付けなければああけならないだろう。手で殴ったり、ハンマーで打ったりする程度ではない」

「大きくて重い凶器、ね。それも結局見付からなかったな」

久佐川は指先でテーブルを叩きながら呟《つぶや》く。

「外に転がっている岩なんてどうですか？」

黒彦は紅岩と考えた凶器を伝えた。

「まあ、あり得なくもないな。だがそれでもかなり大きい物でないと」

「そんな怪しげなものは見当たりませんでした」

館外担当の露子が言う。

「しかしここまで雨が降っていると、使った痕跡《こんせき》、血や足跡も流れてしまうんじゃないですか？」

黒彦が反論する。

「もしそうだとしたら見付け出すのも面倒だろうな。しかし、岩なんかで殺すだろうか」

久佐川はそう言うと胸の前で腕を組んだ。

「岩なんて一番ポピュラーな凶器じゃないか。人類最初の殺人だって石で行われたらしいし」

犬神はテーブルに肘《ひじ》をつき、その上に顎《あご》を載せただらけた体勢でそう言った。この人は妙な所でばかり絡んでくる。人類最初の殺人って何だろう？　隣の果菜は黒彦にもたれかかり、うつらうつらとしていた。

「じゃあ岩にしても何にしても、その大きくて重い物を持てる人でないと犯行には及べないと」

妻木に勧められた椅子に座って蒲生が言う。

「それは、男だってことか？」

久佐川は少しきつい口調で尋ねる。

「そんなつもりはないよ。私だって結構腕っぷしはあるつもりだ」

少し笑って蒲生は返した。

「それに普通に叩いた程度でないとすれば、何か軽い力で行える方法があるのかも知れませんね。梃子《てこ》の原理とか……分かりませんけど」

露子も続けてそう言う。

「しかし凶器が見付からない以上、この件は一旦《いったん》保留にするしかないな」

姫草は結論を避けて上手《うま》く話を戻した。

「次の話だが」

そう言って一呼吸おく。

「東作さんの、死亡推定時刻が分かった」

死亡推定時刻。刑事もののドラマでよく聞く言葉だと黒彦は思った。ならばその先の展開も予測できる。

「朝の段階に死体の状態を見て、死後八時間くらい。逆算して、死亡したのは昨夜の零時前後。午後十一時から午前一時くらいだと思う」

「午後十一時から、午前一時……」

久佐川が呟く。

「もっと範囲を短くできないのかしら？」

紅岩が尋ねる。

「それは無理だろうね」

犬神が言う。

「外気温や個人の年齢、性別、生活習慣にも影響されるから今はそれが精一杯だよ。一時間ごとに色が変わったり、額に数字が浮き出してきたら分かりやすいのにね」

まるで名案のように不謹慎な冗談を言ったが、姫草は黙って頷《うなず》いた。

「じゃあ、その時間帯に誰かが東作さんを襲ったという訳か」

蒲生が思い出すように斜め右上に目を向ける。

「アリバイだ！」

ぱっと目を覚まして果菜が言う。

「これが噂のアリバイだね！　凄《すご》いよお兄さん、アリバイって何語だい？」

「英語。元はラテン語、『アリウス』と『イビー』の合成語だよ。諸説もあるけどね。ちょっと落ち着きなさい」

犬神はそう言うと片手で果菜の頭を押さえ付けた。何でもよく知っている。しかしやはり何の役にも立たない。

「アリバイ調査か。まあ、ハッキリさせておいた方がいいな」

久佐川が賛成する。誰も反対しない。この状況では反対する訳にもいかないだろう。

「まず被害者の東作さんだが、確か午後十一時くらいに部屋に行かれたと思うのだが」

姫草がそう言って皆を見回す。

「そうね。それくらいの時刻に『先に休ませて貰《もら》う』って言ってここを出たんじゃないかしら」

と紅岩が言う。

「妻木さんも覚えていますか？」

「はい。主《あるじ》はいつも午前零時前には休みますから」

妻木はそう言って露子と三鳥を見る。二人のメイドも頷いて証言した。

「妻木さん自身は、どうしていましたか？」

「午前零時くらい、主が休むまでこの部屋で給仕をしていたのは、皆さんもご存じかと思います」

東作は自ら死を呼んだと考える妻木だが、質問には正直に答えている。姫草、紅岩、久佐川、露子が頷いた。

「その後は部屋、一階の磨羯宮に戻り、午前一時半頃には眠ったかと思います」

つまり午前零時からは一人で過ごしていたという訳だが、誰もまだそれを言葉には出さなかった。

「露子さんは？」

姫草は妻木の隣に控えていた露子に尋ねた。

「私は午前一時くらいまでここに残っていました。その後は白羊宮に戻って、三鳥が来たからしばらく雑談して、寝たのは午前二時半くらいだったかな」

「私が午前二時までいましたから、多分それくらいでしょう」

三鳥が代わって答える。

「三鳥さんの、それ以前は？」

「午後十一時過ぎまで蒲生様のお手伝いをして、その後食堂や玄関ホールをお掃除していました。それから午前一時くらいには露子さんのお部屋に行きました」

「確かに、僕たちに挨拶《あいさつ》してくれたのも午前一時くらいだったね。掃除は一人でしていたのかい？」

「はい」

「じゃあ途中でいなくなっても分からないわね」

紅岩の言葉に三鳥は肩を震わせる。

「そんな、私は……」

「掃除している姿は何度か見かけたよ」

姫草が助け船を出す。

「ずっと見ていた訳じゃないでしょ？」

「それは、そうだが」

姫草はそれ以上言葉が続かない。黒彦は黙って、不安な表情のまま立ち尽くす三鳥を見つめていた。彼女が犯人であるとは考えにくい。性格的にもそう思えるし、外から岩を担いで来て、東作の頭を潰《つぶ》し、また元の場所に戻すような重労働ができるとも思えなかった。

「三鳥が犯人な訳ないだろ」

蒲生はそう言って厳しい目で紅岩を見る。

「あら、なぜそう言いきれるのかしら？」

挑発する風に紅岩は返す。

「三鳥が犯人なら、何もこれだけ大勢の人間がいる前で東作さんを殺すこともない。一昨日《おととい》まで私らしかいなかったんだから」

「でも人数が多い方が犯人は分かりにくくなるんじゃないかしら？」

「馬鹿な。それだけ犯行を見られる可能性も高まるんだぞ」

蒲生はなおも反論する。どちらが正しいかは黒彦にも分からないが、どちらにも機会と危険が付きまとうならば、やはり今行動することもないように思えた。紅岩も一応は納得した風に頷いた。

「……あんたも別に、本気で三鳥が犯人だと考えている訳じゃないだろ？」

「まあね」

紅岩は素直に認めると三鳥に向かって笑いかける。

「ごめんね、三鳥さん。ちょっとふざけてみただけよ」

「いえ……」

三鳥はぽつりと言うと、笑わないまま視線を足下に下げる。男性陣はそのやり取りを黙って見るしかなかった。

「……さて、では蒲生さんはどうでしたか？」

改めて姫草が尋ねた。

「午前零時過ぎまで厨房《ちゅうぼう》にいたかな。午後十一時頃までは三鳥もそこにいた。その後は応接ホールで姫草先生たちと飲んでいたね」

「確か、先に部屋に戻ったね」

「それでも午前三時前だよ」

蒲生は答える。姫草たちは一体いつまでこの場にいたのだろうか。

「だから、三鳥がいなくなった午後十一時から、こっちに来る午前零時くらいまでは私は一人だった。もちろん証明してくれる人もいないよ」

蒲生はアリバイがないことをあっさりと認める。姫草は黙って頷いた。

35

「さて、後は……」

姫草はそう言うと黒彦、果菜、犬神の座るソファに目を向けた。

「先生たちはどうしていたんだい？」

姫草が言い淀《よど》んだ隙をついて、すかさず犬神の方から話しかける。これまでの進行役は戯《おど》けた笑みを見せた。

「私と、久佐川君と紅岩さんはずっとこの部屋にいましたよ」

その言葉に久佐川も紅岩も頷く。

「午前零時頃までは妻木さんもいたし、午前一時までは露子さんがいた。蒲生さんも午前零時過ぎから参加しましたよ」

久佐川が言う。それ以外にも、黒彦が午後十時半頃にやって来た時も三人は揃っていた。

「大体午前四時くらいまではいたわね。それぞれ途中で席を立つこともあったけど、まあ長時間いなくなるってことはなかったわ。二階へも上がっていないわよ」

紅岩は黒彦たちを横目で見ながら答える。これでこの三人には一応、完璧《かんぺき》なアリバイが成立することが分かった。それにしても、午前四時まで酒を飲んでいるとはタフな人たちだ、と黒彦は思った。

「これでよろしいですか？　犬神さん」

「ああ、うん。いいんじゃないかな」

犬神は聞いておきながら気のない返事をした。

「では、犬神さんの方はいかがでしたか？」

姫草は改めて尋ねる。

「さて、どうしていたかな」

犬神はそう言って隣の果菜を見る。

「んー？」

果菜は何か思い出す風な素振りを見せながら、隣の黒彦を見た。

「午後十時半頃に、俺とハテナは一度一階に下りてきました」

仕方なく黒彦が代表して話を始めた。

「ああ、そうだったね」

と久佐川。

「確か、お茶を取りに来たよな」

と蒲生が思い出して言った。

「そうです。その時俺は東作さんにも会っています」

まさかあれが最後の会話になるとは思わなかった。

「その後はまた宝瓶宮、犬神さんの部屋に戻って、しばらく雑談してから俺は自分の部屋に帰ってすぐに寝ました」

「何時くらいか、覚えているかい?」

姫草が尋ねる。

「午前零時過ぎ、だったかと思います」

「正直だねぇ」

久佐川が皮肉めいた笑みを浮かべて言う。午前零時といえば、東作が殺害された時間と完全に被《かぶ》っていた。

「別に、嘘つく必要もないですから」

黒彦は少し投げやりに答える。

「何か音とか声とかは聞かなかったかい?」

なだめるように姫草が言う。

「……特に、何も聞こえませんでした」

黒彦はその時の状況を思い出そうとするが、さすがに聞こえていた音までは再現できなかった。まさか同時刻に、同じ建物内でそんな事件が起きているなど想像もしていなかった。しかし何の記憶も残っていない所を見ると、やはり特に何も聞こえなかったのだろう。

「犬神さんも、今の黒彦君の話で間違いありませんか？」

「大体そんな感じだったね。僕たちも午前零時過ぎには寝たんじゃないかな」

犬神はそう答えて隣を見る。果菜は神妙そうな顔で頷《うなず》いた。

「やはり何も音はしませんでしたか？」

「そうだね。館内よりも外の雨や雷の音が気になって僕はなかなか寝付けなかった。ハテナは余裕で眠っていたけど」

「えー、それってなんか、僕だけ図々《ずうずう》しい人みたいじゃんかー」

果菜が不平を訴える。

「なに、僕が繊細過ぎるだけだよ」

「あ、ずるいずるいー」

「それくらいの方がいいわよ、女は」

紅岩が楽しそうに言う。

「うーん、そっかなー……」

どうやら果菜は紅岩の言葉だと素直に聞くようだ。

「ではこれで、全員の行動が分かった訳だが……」

姫草はそこで言葉を見失い、沈黙がホールに漂った。姫草は警察でも探偵でもない。やむを得ない事態により司会進行の役目を受けていたに過ぎなかった。これ以上は、彼の手にも負えない。

「すっきりしたね。じゃ、蒲生さんはそろそろ食事の準備に取りかかる時間だ」

犬神はいきなり明るい声でそう言うと蒲生の方を見た。

「ああ、もうそんな時間か……って、いいのかい?」

蒲生は少し戸惑い、他の者を見回す。

「まだ話の途中じゃないのか?」

「ん? まだ話すことがあるのかい?」

「だって、東作さんを殺した犯人が、見付かっていないじゃないか」

「見付ける? どうやって?」

犬神は目を見開き、まるで初めて聞いたという表情で返す。果菜を除いた全員が呆気《あっけ》にとられた。

「アリバイをはっきりさせたんだから、後は……」

「でもアリバイがないからといって犯人に結び付けるのは、強引過ぎませんか」

露子が言う。

「でもアリバイのある人は犯人から除外されるわよね」

紅岩が返す。東作の殺された時間、行動がはっきりとしているのは、姫草、久佐川、紅岩、そして露子の四人。それ以外の人間は、第三者が証言することはできない。

「……少し時間を空けた方がいいだろうな。各自で色々推理してみて、何か思い付いたら……」

姫草は呟《つぶや》くように話す。

「ちょっと待ってください。この中に東作さんを殺した犯人がいるかも知れないんですよ。そんな、悠長なことを言ってていいんですか？」

久佐川が声を荒らげる。

「何か方法があるのかい？」

「それは、ありませんが……」

「私にもない。今はね」

「でも」

「ご飯食べたら、さっといいのが思い付くよ」

果菜が猫の口をして提案する。姫草と久佐川はきょとんとした顔で振り向き、二人同時に溜《た》め息をついた。

「姫様は空腹らしい。とりあえず支度するよ」

蒲生はそう言うと少し笑い、腕まくりをする。

「私もお手伝いいたします」

三鳥が大きな眼鏡を上げて言う。

「あ」

その時、露子がいきなり声を上げた。

「どうしたんだい？」

姫草が尋ねる。

「あの、さっきの、昨夜の話なんですけど」

「何か思い出したのかい？」

「……蒲生さん、一度だけ二階に行かれましたよね」

「は？」

食堂へと向かっていた蒲生が足を止めた。

「いつのことだ？」

「昨夜の、午前零時前くらいに」

先程の話では、蒲生は十一時頃まで三鳥と共に厨房《ちゅうぼう》におり、その後一人になり、午前零時過ぎには応接ホールに行った。二階に上がったという話はなかった。

「……行ってないぞ、私は。何を言い出すんだ」

「私見ましたよ。階段を上った所にいる姿を。チラッとですけど」

「本当に私だったのか？」

「はい」

「あの辺は暗いぞ」

「でもお屋敷にはこれだけしか人がいませんし。他の方は応接ホールにおられましたし」

たとえ暗がりの後ろ姿であってもそう間違えることはないだろう。この中には蒲生ほど背の高い女性はいないし、背が近くても男性の久佐川や犬神と見間違えるとも思いにくい。

「それに、ちょっとだけですが横顔も見えましたよ」

露子は思い出すように目線を上に向けたまま頷く。

「そんなはずはない。私はずっと一階にいたぞ」

不穏な空気を感じ取った蒲生は、きっぱりと否定した。

「蒲生さんのお部屋、東作さんのすぐ近くだったわよね」

紅岩は冷たい口調で言う。蒲生の部屋、天蝎宮の隣には無人の獅子宮があり、そのさらに隣に東作の処女宮がある。

「それがどうした。そんなの、東作さんが勝手に決めたことだ」

「なぜ、二階へ上がったことを話してくれなかったんですか？」

姫草が優しく尋ねる。

「だから、行ってないって言ってるだろ！」

蒲生はそう叫び、その後恥じるように空咳《からせき》をした。

「……厨房に行く。何か聞きたいことがあれば呼んでくれ、何でも答えるから」

蒲生はそう呟いて背を向ける。

「俺も見学させて貰《もら》っていいかい？」

久佐川がそう言ってソファを立つ。蒲生はその意味を即座に理解すると、半ば睨《にら》むように皆を見回した。

「勝手にしろ」

36

夕食は淡々と進められ、その後黒彦はまた犬神と果菜のいる宝瓶宮へと足を運んだ。一階では昨夜と同じように姫草、久佐川、紅岩が応接ホールで酒を飲み、妻木と露子が給仕をしており、蒲生と三鳥は厨房で明日の準備に取りかかっている。こんな状況であれば皆と一緒にいるべきなのかも知れないが、思わぬ殺人事件によって初対面の時以上によそよそしさが感じられる彼らと同じ場にいることに、黒彦は少し気が引けていた。

「犬神さん」

「んー？」

黒彦の呼びかけに犬神は生返事をする。今夜の彼は香具土の部屋にあった古い本を読み耽《ふけ》っていた。果菜は窓の外の暗い景色を見つめて、小さな声で何か唄《うた》っている。

「まなつのーよるのとうひこうー」

「東作さんを殺した犯人、誰だと思いますか？」

「さあねえ」

「あなたーとふたりかぜにさーそわれ」

「……何か、考えていることはないんですか？」

「僕に何を期待しているんだい？　黒彦君」

犬神がちらりと顔を上げたので、黒彦は目を逸《そ》らして誤魔化《ごまか》した。果菜は背を向けて体を左右に揺らしている。どうやら窓の外を見ているのではなく、窓に映った自分の姿を見つめているようだ。

「ぎんがのーうみのほとりにーすわり」

「……『世界最高の知性』、じゃないんですか？」

「でもカミサマじゃない、警察でもない」

「神様も警察もいないから、俺たちが考えないといけないんですよ」

「興味ないね。一階の方々がよろしく解決してくれるだろ」

「めておらーいとのあめをふらすのー」

「何の歌だよ」

「ん？　僕の歌」

果菜はそう言うとくるりとこちらを振り返る。白いスカートがふわりと舞った。

「ご機嫌だな、いつも」

「まあねー。僕からゴキゲンを取ったらフキゲンしか残んないよ」

「今の状況を分かってるのか？」

「クロちゃんって、あんまゴキゲンになんないよねー」

果菜はそう言うと、黒彦の前のテーブルに開いたノートとボールペンを置き、犬神の隣に腰掛けた。

「問題を整理するには紙に書いてみるのが一番だよ。ね、お兄さん」

「……そうだね、頭に描ききれない人は」

犬神は本に目を落としたまま適当に答える。

「こうなったら、僕らで犯人を見付けよう！」

果菜はにっと笑ってそう言った。黒彦はノートの白いページをしばらく見つめてから、おもむろにペンを走らせる。昼に聞いたアリバイを整理してみようと思った。

○東作茂丸　被害者　午後十一時から午前一時の間に殺害される。
●妻木悟　×　午前零時以降は一人で磨羯宮にいた。
●西木露子　○　午前一時まで応接ホールにいた。
●鶴原三鳥　×　午後十一時過ぎから午前一時までは、一人で館内の清掃を行っていた。
●姫草泰道　○　午前四時くらいまで応接ホールにいた。
●久佐川欄平　○　午前四時くらいまで応接ホールにいた。
●紅岩瑠美　○　午前四時くらいまで応接ホールにいた。
●蒲生聖　×　午後十一時過ぎから午前零時過ぎまで一人で厨房にいた。その後応接ホールに行くが、午前零時前に一度二階へと上がっていく姿が目撃されている。しかし本人は否定。


黒彦はここまで書いてペンを止める。

「僕たちのことは？」

犬神が本の向こうからノートを見て尋ねた。

「俺たちまで疑うんですか？」

「君なんて結構、犯行に適した状況だったと思うよ」

犬神の言葉にむっとしながらも、黒彦は続けてペンを動かす。

●白鷹黒彦　×　午前零時までは犬神、果菜と共に宝瓶宮に在室。それ以降は一人で人馬宮にいた。

●犬神清秀　×

と書いた所で、犬神の指が黒彦のペンを摘《つま》んだ。

「僕は○だよ」

「犬神さんは俺と一緒じゃないですか、零時以降のアリバイはない」

「ハテナと一緒にいたさ。一人じゃない」

「いたよーん」

「身内の証言なんて、信用できませんよ」

「酷《ひど》いな黒彦君。僕まで疑うなんて」

「犬神さん言ってることバラバラですよ」

●犬神清秀　×　午前零時からは果菜と二人で宝瓶宮にいた。
●犬神果菜　×　午前零時からは犬神と二人で宝瓶宮にいた。

「……つまり、妻木さん、三鳥さん、蒲生さん、俺、犬神さん、そしてハテナにアリバイがないですね」

黒彦はノートを指差して言った。

「……妻木さんって、どう思いますか？」

「侮れない人だろうね」

犬神はそう言うと、本を持ったままベッドに倒れる。

「怪しいってことですか？」

「いや、実は凄《すご》く楽しい人なんじゃないかなって」

どうやら犬神は、本当にこの事件には興味がないらしい。しかし、自分の身が危険にさらされていることに焦りは感じないのだろうか。

「妻木さんはいい人だよー」

果菜が足をぱたぱたさせる。いい人。その根拠はどこにあるのだろう。東作と同じく、この館と魔術師・香具土を崇拝する男。他の者たちとは違って東作との付き合いも長いはずだ。

「なら、今殺すこともないよなあ」

昼間の蒲生と紅岩との会話が思い出される。この館の使用人ならば、何も人が集まっている夜に殺す必要もない。しかしそれは三鳥にも蒲生にも言えることだ。

「三鳥ちゃんもいい人ー」

「あの人は殺人なんてしないだろうな」

「えー、そっかなー。ああいう人程怪しいって気もするよね」

「どっちなんだよ、お前」

「犯人だとは思えないけどー、クロちゃんまですぐに信用するのがちょっとイヤだったの！」

果菜はそっぽ向いて訳の分からないことを言う。三鳥の場合は、先の使用人であることの理由の他にも、東作を殺せる程の力がないように思えた。大きな眼鏡を掛けた色白のメイドに人間の頭を砕く力があるだろうか。

「あとは、蒲生さんか……」

黒彦はノートの文字をボールペンでぺんぺんと叩《たた》きながらそう呟《つぶや》く。今晩も素晴らしい料理を作ってくれた蒲生。だがその表情は終始暗いままだった。

「蒲生さんはいい人だよ！　僕に卵焼きのコツを教えてくれたんだよ。クロちゃんも美味《お》しいって言ってくれたじゃん」

果菜が強く訴える。黒彦も気さくで頼もしい女性の印象を抱いていた。

「でもなんで、二階に行っていないなんて言ったんだろう」

昨夜零時前、露子は二階へと上がる蒲生の姿を目撃している。しかし蒲生はそれを真っ向から否定していた。

「ホントに二階に行っていないからじゃない？　じゃない？」

果菜が言う。

「でも露子さんは見たんだよ」

「見間違えたんだよ、きっと」

「誰と？」

「なんか、ユーレイとか。出そうじゃん、この館」

果菜は真顔でそう言った。

「……別に二階へ行ったなら行ったでいいと思うんだけどなあ。それで犯人だとは誰も決め付けないだろうし」

「むしろ犯人なら、適当な言い訳を考えて答えるだろうね」

ベッドで仰向《あおむ》けになっている犬神が眠たげに言った。確かにそれくらいの準備はしているものだろう。

「じゃあ、行っていないと発言したのは？」

「行っていないからだろうね」

「じゃあ、露子さんが見た人ってのは？」

「何か……幽霊とかじゃないかな」

「あ！　分かった」

果菜はそう言うと勢いよく立ち上がりテーブルに手をついた。

「魔神だよ！　魔神が出たんだ」

「魔神？」

「魔神が東作さんを殺しちゃったんだよ。そんで乙女座像の顔も削ったんだ。間違いないよ！」

「間違いないのか？」

推理小説好きが聞いて呆《あき》れる。果菜は目を輝かせて黒彦を見つめていた。

「で、蒲生さんっぽい人の姿はなんだったんだよ」

「だから、魔神が東作さんの部屋に向かって行く所だったんだよ。露子ちゃんはそれを見たんだよ」

「人の姿だって言ってるだろ。あの巨大な魔神像が動いた訳じゃないんだ」

「小さくなれるんだよ、きっと」

果菜は強引に説明付ける。随分都合のいい魔神だ。

「人の姿に変身した魔神が二階に上がり、その強大な膂力《りょりょく》をもって東作さんの首を絞めて頭部を叩き割る。その後再び玄関ホールに戻り、記念として乙女座像の顔を壊し、石像へと戻った、か……」

犬神は天井に向かってぼそぼそと呟く。黒彦は溜《た》め息をつき、その後はっと気付いて犬神のベッドを振り返った。

「首を絞めて？」

「ん？」

犬神は首を回して黒彦に目を向ける。

「首が絞められていたんですか？　東作さんの」

「おや知らなかったのかい？」

犬神は事もなげに言うが、あの死体はそんなにじっくりと観察できるものじゃない。

「東作さんの首筋には、何やら紐《ひも》のようなもので強く絞めあげた痕《あと》が走っていたよ。頭部を破壊してから首を絞めるのはナンセンスだから、やはり先に首を絞めてから頭を割ったんだろう」

「それ、姫草先生も知らないんじゃ……」

「さすがの先生も他殺体の検視には慣れていないらしい。もっとも、あれだけはっきりと殺害された痕があれば見落としても仕方ないだろうけど」

「何で、早く言わないんですか。そんな重要なこと」

黒彦は呆れと怒りの籠《こ》もった声で言う。

「早く伝えても事態が好転するとは思えないね。黒彦君はこの事実から何か分かったのかい？」

「それは……」

首を絞められようが、頭を割られようが東作が殺害されたことには変わりはない。

「……念押し、でしょうか？　首を絞めただけでは満足できなくて、確実に殺しておく為に頭を潰《つぶ》したという……」

「そんな理由で、あんな派手な行動を？」

首を戻して背を向けた犬神に言われ黒彦は黙ってしまう。未《いま》だ方法が分からない、あの残酷な殺害が『念の為』に行われたとは思いにくい。では、何の為に？

「よっぽど慎重な魔神なんだよね」

果菜が難しい顔をして言う。ないがしろにされるのが嫌らしい。

「まだ魔神だって言うのかよ」

「あれ？　その話じゃなかったの」

「大体、魔神がなんで東作さんを殺すんだよ。この館の主《あるじ》なのに」

「そこは例の、東作さんの書き置きだね。十二星座を生け贄《にえ》にして完・全・復・活を遂げる！」

果菜は自信満々の顔で黒彦を指差した。

「完全復活して、どうするんだよ」

「分かんないけどさ！」

「……じゃあ俺たちも殺されるのか？」

「あ、嘘、そんな……」

果菜は途端におろおろする。

「お兄さんどうしよう、僕たちも殺されちゃうよ」

だが犬神はもう寝息を立てていた。

「ああ！　お兄さん、なんて姿に」

「俺も部屋に戻るよ」

黒彦は疲れた表情で立ち上がった。

「そんな！　クロちゃんまでいなくなったら、僕はどうしたらいいんだい」

「寝ろよ」

「あ、うん。おやすみなさい」

「部屋の鍵《かぎ》、掛けておけよ。念の為に」

「はーい」

果菜は素直に返事した。

黒彦は人馬宮に戻るとそのままベッドに倒れ込んだ。今日は色々なことがあり過ぎて、もう考える気力は一切失われていた。電気を消すと部屋は完全に闇に落ちる。雨は降り続き、遠くの方でゴロゴロという雷の音が響いていた。日常は遠く離れ、自分は今、携帯電話も通じない山奥で殺人事件に巻き込まれている。逃げることもできない。閉ざされた空間に黒彦は、どこか人知を超えた魔術の力を感じていた。

ふと気付くと、どこからか人の話し声が聞こえる。耳を澄まして音を追うと、壁の向こう側から聞こえていることに気付いた。隣は天秤宮、姫草の部屋だ。話の内容までは聞き取れない。低い、男の声が二つ。姫草と、久佐川か妻木なのだろう。黒彦は寝返りを打って声を遠ざける。事件のことを話しているのだろうか。黒彦は、明日にでも姫草たちが事件を解決してくれることを祈りつつ眠りについた。

37

『夢』を見ていた。

赤い世界が広がっていた。

床も天井も壁も、何もかもが真っ赤に染まっていた。

そして、側で倒れ込む女性も。

彼女から流れ出る赤い水はどんどん広がり、やがて足下に大きな水溜《みずた》まりができてゆく。それはもっと小さい時に、彼女の胸から飲まされた水のように温かだったが、なぜか決して流してはいけないものだと気付いていた。

俺は泣きながら、彼女の赤い水を戻そうと必死で掬《すく》い上げた。でもいくら掬っても水は指の隙間から流れ落ち、床の水溜まりへと戻ってゆく。この水が全て流れ出ると、彼女はいなくなってしまう。まだ何も知らなくて、何も分からない俺だけど、それだけは間違いないと知っていた。早く何とかしないと。でも掬えない赤い水の戻し方すら分からない。だから俺は、ただ泣き続けるしかなかった。

やがて倒れたままの彼女は手を伸ばし、俺の右手にそっと触れる。赤く染まり、小さく震え続けているその手は信じられないくらいに冷たくて、俺は思わず右手を引っ込めた。だが彼女は再び手を伸ばして、今度はしっかりと摑《つか》まれた。そしてゆっくりと体を起こして、俺に向かっていつものように優しく微笑んだ。唇を僅《わず》かに動かし、泣かないで、と呟《つぶや》く。俺は素直に頷《うなず》くが、彼女の赤い水と同じように涙は止まらなかった。

目の前に、知らない男が立っていた。

天井からの光が眩《まぶ》しくて、その顔はよく見えない。でも全身黒ずくめの服を着たこの人は、たまに見かける『あの男』にも似ているが、やっぱり違う人だと思った。怒っているような、笑っているような、とても熱くて冷たいような。何だか『痛い空気』がぴりぴりと手足に当たっている気がした。

女性はさらに強く俺の右手を握り、大きく開いた目は俺と同じように目の前の『黒い男』を見上げていた。彼女の小さな震えが右手を通って俺の体に伝わってくる。こんな彼女を見るのは初めてのことだった。

彼女と男は何か話しているが、俺にはよく分からなかった。でも彼女の胸からは赤い水がずっと流れ続けて、摑む手はもう冬の雪のように冷たくなっている。

なぜ、あなたは。

彼女は『黒い男』に尋ねる。いつものように明るい声ではなく、まるで別人のように細く、弱々しい声だった。

なぜ？

『黒い男』の声はその姿と同じように力強くて、黒くて、怖い地震のような響きを持っていた。

なぜ、こんなことを。

なぜこんなことになったんだろう。俺の思いも彼女と同じだった。暖かい部屋で過ごしていたはずなのに。『あの男』も今日はいつものあの部屋、汚れていて何だかイヤな臭いのするあの部屋で絵を描いているはずなのに。そういえば『あの男』は何をしているのだろう。どうしてここへは来てくれないのだろう。

カグツチは、

『黒い男』が言う。

カグツチ？

彼女も言う。

カグツチって、誰だろう。

カグツチは、復讐《ふくしゅう》せよと言った。

『黒い男』がどしりと一歩近付く。彼女は少し顔を仰《の》け反らせるだけで、もうそれ以上は動くことができないようだった。

その力こそが、魔術の源だからだ。

俺はただ、立っていた。

『黒い男』は、笑っていた。

38

翌朝、浅い眠りを繰り返していた黒彦は、突然響いた雷鳴に驚きベッドから跳び起きた。大きい。空気が振動する程の爆発音にそう感じ、慌てて窓を開けて顔を出した。激しく雨の降りしきる中、森の奥深くから白い煙がたなびいている。眠気が一気に吹き飛ばされた。黒彦にはそれがまるで、天にも見放された自分の運命を暗示しているようにも思え、何か良くないことの起こる予兆のようにも感じられた。窓から下を見ると、黒く濁った水溜まりが見え、ゴミ置き場のドアが大きく開かれていることに気付いた。閉め忘れたのだろうか。辺りには誰の姿も見当たらなかった。

雷の衝撃から落ち着きを取り戻した黒彦は、緩慢な動きで洗面台へと向かい顔を洗う。鏡に映る顔はだらしなく、目の下には寝不足気味の色が落ちていた。

夢を見た。

遠い昔の、ひどくぼんやりとした赤い夢。

あの風景は何だったのだろう。思い出そうと試みる一方で、どこかそれを避けようとする意志が感じられていた。自分は何を恐れていたのだろう。何を拒んでいたのだろう。現実のものとは思えない。いつも見る夢のように、この十六年間の出来事がミックスされた風景に過ぎないはずだ。この館があまりにも異質で、暗く、静かなせいであんな気味の悪い夢を見続けてしまうのだろう。

だが確かに、カグツチの名を聞いた。

黒彦は両手で頬を軽く叩《たた》いて気分を変える。今は不思議な夢よりも、不可解な現実の方が重要だった。警察はまだ来ない。自力での下山もまだ無理だろう。そう思うと、外の空模様以上に憂鬱《ゆううつ》な気分になっていく。帰れないのが辛《つら》い訳ではない。今日もまた昨日のような話し合いが行われるのかと思うと、とても明るい気分にはなれそうもなかった。先の見えない犯人捜し、館にいる者同士の疑い合い。このままだと、いずれ皆が耐えられなくなってしまう。そのことを黒彦は恐れていた。しかし、本当にあの中に犯人が――

その瞬間、館の外から叫び声が聞こえた。

先の落雷と同じ衝撃が黒彦の背を突き抜けた。鳥肌が立つ程の、女性の叫び声。『きゃーっ』とも『わーっ』ともつかないその音は断続的に続き、やがてぴたりと止まった。

黒彦は大慌てで洗面所を離れると、部屋の窓を開けて下を見る。ゴミ置き場の前、館に背を向けて一人のメイドが雨に濡《ぬ》れるまま立ち尽くしていた。白いレースの付いた紺色の大きな傘が傍らに転がっている。あれは、三鳥か？

「どうしたんですか！　三鳥さん！」

黒彦はメイドに向かって叫ぶ。側《そば》には何者の姿も見えない。先に見た時と同じく、ゴミ置き場のドアは大きく開かれていた。

「三鳥さん！」

黒彦は繰り返して叫ぶ。三鳥は一瞬体を震わせると、左右を見回し、やがてゆっくりと頭を持ち上げて黒彦の方を見た。

「どうしたんですか？　何かあったんですか？」

なぜかぼんやりとした様子の三鳥に黒彦は尋ねる。三鳥は何事か、囁《ささや》き程の小さな声で返事した。激しく雨が降っているというのにその場から微動だにしない。眼鏡の奥の目に宿る恐怖を黒彦は感じ取った。

「すぐ、そっちに行きます！」

黒彦はそう叫ぶと、窓を閉めて部屋を飛び出した。三鳥の目は尋常ではなかった。また、何か起こったに違いない。

「黒彦君！」

階段を下りる黒彦の背に向かって、部屋を出たばかりの久佐川が声を投げかける。

「どうしたんだ？　血相変えて」

「分かりません！　外のゴミ置き場で、三鳥さんが何かを見付けたようです」

黒彦は一瞬だけ振り返ると早口にそう答える。一階では妻木と蒲生が黒彦を見上げていた。

「何だ？　今の声は？」

「外です！」

黒彦はそのまま二人の間を突き抜けると、雨に濡れるのも構わず館の入り口から外へと飛び出した。館に沿って左に曲がり、ガレージの前を通りゴミ置き場へと向かう。三鳥はまだその場でぼんやりと立ち続けていた。

「三鳥さん！」

黒彦が叫ぶと、三鳥は弾《はじ》かれたように体を震わせこちらを振り向く。そしてそのまま力が抜けたように崩れ落ちた。黒彦はほとんど野球のヘッドスライディングのように腕を伸ばして飛び付く。三鳥が地面に倒れる寸前で、片膝《かたひざ》を落として何とか抱きかかえることができた。

「三鳥さん！　大丈夫ですか？」

黒彦は胸に抱く三鳥に声をかける。体の冷えきった三鳥は顔面も真っ青だったが、それでも黒彦に向かって数回頷《うなず》いて見せた。

「うわぁ！」

すぐ後ろで久佐川の声が聞こえた。振り返ると久佐川が森の方を向いて目を見開いている。そのさらに後ろでは妻木と蒲生も同じ方を見て言葉を失っていた。黒彦は三鳥を抱いたまま森へと目を向け、そしてやはり同じように固まった。

太い石の棒に胸を貫かれたメイド服の女性が、背後の巨木に磔《はりつけ》にされていた。

「そんな……」

久佐川の呟《つぶや》きが聞こえる。女性の胸から流れた血が白いエプロンを真っ赤に染め上げている。うなだれており顔は見えないが、雨を受けて重く下がるブラウンのショートヘアを見間違うはずがなかった。

「露子、さん……」

39

果ての見えない暗黒の森の入り口で、西木露子が殺されていた。

その後、久佐川が三鳥を背負い黒彦たちは一旦《いったん》館へと戻った。三鳥はそのまま彼女の部屋である金牛宮へと運ばれて、蒲生がその看病につく。妻木は既に起きて一階にいた姫草に簡単に事情を話すと、二人で再び現場へと向かって行った。久佐川が、起きてそのままだったからと言って自分の部屋へと戻ると、黒彦は湿り気を帯びた暗い玄関ホールに一人取り残されてしまった。

露子が殺された。

一人になると改めてその現実が頭の中を埋め尽くし始めた。西木露子。怠惰な夏休みを過ごしていた黒彦をこの魔術がかった屋敷、魔神館へと誘った張本人。溌剌《はつらつ》とした笑顔とさばけた性格が心地好かった女性。これからもっと深く拘《かか》わっていく予感を抱かせた彼女。黒彦のそんな思いは一瞬にして断ち切られてしまった。黒彦は血のように赤く染まった絨毯《じゅうたん》を見つめ続けていた。なぜ？　なぜ彼女が殺された？　なぜ殺されなければならなかったのか？

「また何か起こったのかい？」

遠くから声をかけられ黒彦は顔を上げた。たった今起きたばかりという風に犬神と果菜が階段を下りてこちらに向かってくる。

「おっはよー！　クロちゃん」

両手を前に伸ばし、この場にそぐわない笑顔を見せて果菜が呼びかける。黒彦は、まるで遠い世界から来た世間知らずの妖精《ようせい》を見るかのように果菜を見つめ続けていた。

「……黒彦君？」

犬神が正面、魔神像と十二星座像の前で足を止めて黒彦を呼んだ。その背後には、天井からのライトに照らされた羊の顔が見える。

「まさか、露子さんが？」

犬神の目は牡羊座《おひつじざ》の石像に向けられている。黒彦はその意味を即座に理解するとダッシュで犬神の元へと駆け寄った。

「……石像にも、何か？」

黒彦が尋ねると、犬神は黙って牡羊座の正面を開けた。黒彦は恐る恐る近付き石像に目を向ける。


牡羊座像の、胸の辺りに大きな穴が開けられて、中からは真っ赤に染められた細かな砂が地面に零《こぼ》れ落ちていた。

「……牡羊座像が、壊れている」

黒彦は見たままの感想を述べる。

「え？　何なに？　露子ちゃんどうかしたの？」

黒彦の表情に異常を察した果菜が尋ねる。

白羊の血は抜かれ――

胸の穴より流れ出る赤い砂は、まさしく血のイメージに違いなかった。これはもう偶然ではない。間違いなく、露子を殺害した犯人によるものだ。十二星座の死。魔神への生け贄《にえ》。

「それだけじゃないようだよ」

黒彦を置いて石像群をぐるりと点検していた犬神が言う。

「まだ何かあるんですか？」

黒彦は駆け足で犬神の元へと行く。犬神は射手座像の前で立ち止まっていた。

「射手座は、黒彦君だったかな？」

犬神が指差す方、人馬一体となった射手座の像が左手を上げ勇ましく弓を構えている。

だがその右手には何も握られてはいなかった。

射手座像の右手は消えた矢を引いたまま固まっている。黒彦は石像の足下とその周囲を探ったが、太い石の矢はどこにも見当たらなかった。

太い石の矢？

その形状を思い出し、黒彦の体も石像のように固まった。

「はてさて、矢はどこへ消えたのか」

犬神は危機感のない声でそう言うと右手を上げて軽く髪を撫《な》で付けた。

「クロちゃんどうしたの？　露子ちゃんどうしたの？」

不安げな表情の果菜が黒彦の肩を揺すって尋ねる。黒彦は呆然《ぼうぜん》としたまま振り返ると、肩に掛けられた果菜の手を摑《つか》み静かに引き剝《は》がした。

「……露子さんは、死んだ」

黒彦は果菜の真っ直ぐな瞳《ひとみ》を見つめて言う。果菜の目が一回り大きく開かれる。

「殺されたんだ。胸を、射手座の矢に貫かれて」

40

『私』は思う。

この館には『悪』が潜んでいる。

それは人ではなく、物でもなく、空気のように漂い続ける『意思』に思えた。光の届かない玄関ホールの隅や柱の陰、そしてあの埃《ほこり》っぽい書庫の奥などにそれは潜み、じっとこちらを窺《うかが》っている。どす黒く、じっとりと湿り気を帯び、人の神経を逆撫でする音を響かせる。その存在を見た者は恐怖し、触れた者は狂気に取り憑《つ》かれる。それが『悪』という存在なのだろう。

ただ純粋なまでの悪意。

あるいはそれが、『魔術』と呼ばれるものなのかも知れない。

私は応接ホールに掲げられた絵を見つめる。密集したビル群の中心にある巨大な悪魔の姿は、画家・白鷹武雄が描いた屋久島の風景。ある大家《たいか》が『反転描画法』と名付けた彼独特の技法は、明るい景色を暗く、暗い景色を明るく、植物を無機物に、建物を生物にと、対象物に正反対の性質を与えてゆく。しかし白鷹武雄は、最期までこの名称を認めようとはしなかった。

なぜなら、彼の技法の本質は、対象物を『反転』させることではなく、その『真の姿』を捉《とら》えようとすることにあったからだ。反転した風に見えるのは、あくまで『真の姿』を捉えようとした結果に過ぎない。現実の姿からかけ離れる程、それは真の姿を偽っている。白鷹武雄はそれを見破り描くことができた。だからこそ、他の誰にも真似できない技となり得たのだ。

私は考える。

白鷹武雄なら、この館をどう描くだろうか。

恐らくは、現実と寸分違わない、見たままの館を描くだろう。近寄るのさえためらう程の禍々《まがまが》しい悪を漂わせているこの館は、あまりにも純粋な姿を見せている。

私は、気付くのが遅かったのだろうか。

生き残った者は殺人鬼と魔神との狭間《はざま》に惑い、恐れ、苦しみ続けるだろう。不気味なこの館の主《あるじ》、東作茂丸の殺害に加えて、今度は何の関係もない西木露子が殺された。乙女座と牡羊座の破壊を目の当たりにして、次は自分かと思わないはずもないだろう。

しかしそれも、今私が抱き続けている恐怖には敵《かな》わない。

悪魔の肖像に背を向けて、私はじっと皆を見る。初対面の者同士が交わす特有のよそよそしさも、今では相手の動向を窺い合う間合いへと変わってしまっていた。誰も、何も分からない。あの白鷹武雄の息子ですらそうだろう。

準備は整っていた。

全てが順調に進んでいた。

なのに、

何が、起こったのだ？

41

その後、応接ホールに三鳥を除く全員が集合した。それぞれが微妙な距離を保ちながら、ある者はソファに座り、ある者はその場に佇《たたず》んでいる。妻木が淹《い》れてくれたコーヒーの深い香りが漂っていた。

「三鳥さんは？」

現場の確認を終えて戻ってきた姫草が蒲生に尋ねる。

「部屋で休んでいるよ。大分ショックを受けていたが意識ははっきりしている。寝ててもいいと言っておいた」

壁に背を預けて蒲生が答える。

「……露子さんは？」

黒彦が姫草に尋ねる。まだ木に磔《はりつけ》にされたままなのだろうか。

「妻木さんと運んで彼女の部屋、白羊宮のベッドに寝かせておいた。さすがにあのままでは可哀想だろう」

姫草は黒彦の目を見て静かに答えた。

「いいんですか？　そんなことしても」

赤絨毯《じゅうたん》の敷かれた床に座り込む久佐川が、顔を上げて言う。

「警察が来た時、殺人現場を動かしていたらまずいんじゃないですか？」

「現場の状況は細かくメモしておいたつもりだ。写真も、妻木さんが持っておられたカメラで撮影している。これは東作さんについても同じだ」

「その警察も来てくれないものねえ」

ソファに体を埋《うず》めた紅岩が天井を見上げて言う。久佐川もそれ以上は何も言わなかった。

「……露子ちゃん、死んじゃったの？」

紅岩の左側に座っていた果菜が、さらに左側に座る犬神に尋ねる。その細い声が黒彦の胸に響いた。

「うん、残念だけどね」

犬神は淡々とそう言って目を閉じる。死者を悼んでいるのか、だが彼の場合、単に眠いというだけなのかも知れない。

「……何とかならないの？」

「諦《あきら》めなさい。人生において何かを得るということは、失う日までのカウントダウンが始まるということなんだよ」

果菜の気持ちを全く意に介さず犬神は答える。兄妹《きょうだい》のことなので誰も何も言わない。

「お兄さん、生き返らせてよ」

「相変わらず無茶《むちゃ》ばかり言うね」

「お兄さんは何でもできる人じゃない」

「生死についてはもう、拘《かか》わらないことにしているんだ」

黒彦にはその言葉の意味は分からなかった。

「とりあえず、事件の報告だけしてもいいでしょうか？」

姫草の言葉に犬神は右手を軽く上げて促した。

「では、気は重いが私の調べた結果をお伝えします。皆さんにも考えて頂きたい」

そう言って皆の注目を集めた。

「ご存じの通り、今朝館の北側にあるゴミ置き場の前で、西木露子さんが殺されていました。死因は、太い石の棒で胸の左側を深く刺されたことによる失血死です」

「その石の棒のことですが……」

黒彦は射手座像での発見を伝えようと声を上げたが、姫草は左手を向けてそれを制した。

「分かっている、射手座像のことだろう？」

「そうです」

「今黒彦君が言いかけたが、凶器に使われた石の棒は玄関ホールにある射手座像の矢であることが分かりました」

「射手座像の矢……」

紅岩が呟《つぶや》く。

「妻木さんにも確認して貰《もら》いました」

その言葉に妻木は頷《うなず》く。

「今、射手座像は？」

「もちろん矢を持っていません」

「元より取り外しの利くものではありました」

妻木が低い声で答えた。

「露子さんはちょうどゴミ置き場の入り口の背後の大木に磔にされていました。入り口のドアが開いていたことと、その周囲にゴミ袋が落ちていた所から見て、ちょうど腕を伸ばしてドアの鍵《かぎ》を開けた直後に刺されたと考えられます」

姫草は両手を持ち上げて説明する。

「腕を伸ばしてって、どういうことですか？」

久佐川が尋ねる。

「ゴミ置き場の入り口の鍵、カバン錠だが、ドアのかなり高い位置に設けられていて、露子さんの身長だと腕を一杯まで伸ばして開けなければならないんだ」

「何でそんな高い所に？」

「前に主が、山の動物にゴミを荒らされないようにドアを付けて、さらに念の為に鍵も高くに付けたのです」

妻木が答える。

「東作さん、大工さんだったもんね」

果菜が言う。

「いえ、取り付けたのは私です」

妻木は真面目に答える。背の低い彼のことだから、脚立にでも乗って釘《くぎ》を打ったのだろうかと黒彦は考えた。もちろん口には出さなかった。

「ちょっと待てよ」

と言ったのは蒲生だ。

「じゃあ犯人はゴミ置き場の中に潜んでいたのか？」

「いや、その前まで鍵が掛けられていたから違うでしょう。多分、鍵を開けている時に左右か背後から襲われて木に押し付けられたのか、あるいは露子さん自らがそこまで逃げ込んだんじゃないかと。ああそう、犯人についてもまた気になることがありました」

「気になること？　どんな」

「犯人と凶器です」

「凶器って射手座像の矢のことよね？」

紅岩が言う。

「はい。しかしただの矢じゃない。普通の矢を何十本も束ねた太さで、しかも石でできているんです」

「それは知ってるわよ」

「それが露子さんの胸を貫通して、後ろの木の深くにまで刺さっていたんです。分かりますか？」

「……おいおい、また怪力の犯人かよ」

意味を理解した久佐川が顔を顰《しか》めて言う。言われてみれば確かに信じられない力だ。自分だとあの矢を抱えるだけで精一杯だろうと黒彦は思った。

「妻木さん、射手座像の弓って外せるのかしら？」

紅岩が尋ねる。

「外せたかとは思いますが、こちらも相当な重量です。しかも石像なので弦《つる》も石でできています」

射手座よろしく、石の弓で石の矢を放ったというのはいい考えだったが、さすがにあの弓を引くことは不可能のようだ。

「しかし、そんな怪物みたいな奴が本当にいるのか？」

蒲生がそう言って腕を組む。

「しかも、この中にね」

体育座りの久佐川が返す。

「やっぱり魔神だよ、クロちゃん」

果菜が正面に座る黒彦に向かって言う。

「だって魔神じゃなきゃそんなことできないよ。あの露子ちゃんがやられたんだよ！」

呆《あき》れた黒彦は何も言わずに冷めた目を果菜に返す。だが他の者たちまで何も言わなかったのに少し驚いた。

「魔術によるものです」

それを受けてか、妻木が低い声で呟いた。全員が彼に注目する。

「魔神に生命を捧《ささ》げることを、香具土は望んでいたのです」

黒彦の頭の中で何度もその名が繰り返される。香具土深良。魔神館の設計者であり、魔術師と呼ばれていた怪人。そして、あの赤い夢で聞いた名。

「その望みを受け継いだ主はもういない。しかし魔術は既に発動しています」

淡々と、静かに妻木は言う。黒いスーツに身を包んだ中年紳士はまるで、焦り、戸惑う皆を侮蔑《ぶべつ》するかのように鋭い眼光を放ち続ける。

「犯人や凶器など捜すだけ無駄です。我々はもう捕らえられているのだから。もはやこの館から出ることすら……」

「妻木さん」

姫草は言う。

「ご説明は結構。あなたが言うと冗談に聞こえません」

彼はいつになく尖《とが》った言葉で妻木を止める。執事は口を噤《つぐ》むと皆に向かってゆっくりと頭を下げた。

42

「あ、三鳥ちゃんだ！」

初めに見付けた果菜が声を上げ、全員が応接ホールの入り口を振り返った。

「申し訳ございません。ただいま戻りました」

まだ顔に血色が戻りきっていない三鳥が皆に向かって深く頭を下げる。メイド服は新しい物に着替えたらしい。

「ああ三鳥さん、体調はいかがですか？」

難しい顔をしていた姫草が柔和な医者の表情に戻し尋ねる。

「はい。もう大丈夫です。ご心配をおかけしました」

「もっと寝ていて良かったのに」

蒲生が言う。

「いえ、平気です。お手数をおかけしました、蒲生様」

と言って三鳥は妻木の隣に控える。

「畏《かしこ》まらなくていい。その辺に座ってろよ」

「ですが」

「三鳥ちゃん、ソファ空いてるよ！　お兄さんもっとこっち詰めて」

果菜がそう言って犬神の隣を空けさせると、三鳥は急に表情を強張《こわば》らせた。

「い、いえ！　そんな、犬神様の隣なんて」

「ん？　僕の隣が？」

犬神は不思議そうに目を向ける。

「あ、いえ、そういう意味じゃなくて、その私なんかが、えと、もったいないと申しますか……」

急に血色が良くなった三鳥がしどろもどろになって答える。紅岩が思わず含み笑いを漏らした。

「まあ、それはともかく座っていてください」

何となく意味が分かった風の姫草も微笑んで言う。

「は、はあ……」

三鳥は小走りに進むと遠慮がちに犬神の隣に腰掛ける。

「具合悪いんでしょ？　寄り掛かっちゃいなさいよ」

紅岩が首を傾け、楽しそうに言う。

「と、とんでもないことでございます！　あの犬神様、お狭くはございませんか？　私めがその、座ったりなんかしてしまいまして……」

緊張しきった三鳥はおかしな口調で捲《まく》し立てる。眼鏡の奥の目が泳いでいた。

「？　……僕は別に。大丈夫かい？」

犬神は珍しい動物を見るような目で三鳥を覗《のぞ》き込む。これで何も気付いていないとすれば、この男も相当変わっている。三鳥は下を向いたまま何度も頷《うなず》く。どうやら彼女は、黒彦の想像以上にやられてしまったらしい。


「さて、話を戻しましょうか」

三鳥が一息ついたのを見計らって姫草が言う。場に緊張が戻った。

「そもそもなぜ、露子さんは殺されてしまったのでしょう？」

姫草は皆に尋ねる。だが誰も答えることはできなかった。

「やっぱり同一犯でしょうね、東作さんのと」

紅岩は煙草を取り出しながら言う。妻木が素早く灰皿を運んだ。

「そう考えるのが自然だろうな。殺人鬼が二人いるとも思えない」

久佐川は絨毯《じゅうたん》の毛を摘《つま》みながら返す。怪力に任せた乱暴な殺害方法や、その後の十二星座像の破壊を見ても、同一犯人の可能性が高いと黒彦も思った。

「……どうして、露子さんが」

三鳥が消え入りそうな声で言う。

「たまたまなんじゃないかな？」

隣の犬神が気楽に返した。

「たまたま？　たまたまで露子は殺されたのか？」

蒲生が声を上げる。果菜が小声でたまたまーと呟《つぶや》いた。

「東作さんの書き置きだと、全員殺すのが目的らしいじゃないか。たまたま次が露子さんだったんじゃないかな」

「……あんなもの、あんたは本気で信じているのか？」

「さて、どうだろうね」

犬神は他人事《ひとごと》のように返す。

「でもその方が盛り上がるなと思っている」

「盛り上がるって、人が死んでいるんだぞ。真面目に考える気はないのか？」

「考える気はないね。これっぽっちも」

「あんたは一体……」

「そんなの犯人に聞けば分かることだから。解《かい》は既に出ている」

さらりと返した犬神の言葉に全員が驚き振り向いた。

「……犯人だって？」

「うん」

「この事件の犯人か？」

「他にどの犯人がいるんだい？」

「あんた、犯人を知っているのか？」

蒲生が目を大きくして尋ねる。犬神はしばらくその目を見つめ、その後注目している全員を見回し、二秒程目を閉じてから静かに口を開いた。

「さて、見当も付かない」

全員の口から、部屋を満たす程の溜《た》め息が吐かれた。黒彦は、初日の夜、果菜が犬神の名探偵役を否定していたことを思い出していた。この男は多くの名探偵よろしく、優秀な頭脳と愉快な性格を持っている。しかし元より考える気がないのだ。

「具体的に、露子さんはいつ殺されたんですか？」

進展が見られないと思ったのか、久佐川は姫草にそう尋ねた。

「発見された時、時間はあまり経過していなかった。妻木さん、露子さんがあの場所に行ったのはいつですか？」

「七時過ぎだったかと思いますが」

と言って妻木は三鳥を見る。

「そうです。その後大きな落雷がありました」

数人の者がその言葉に頷く。黒彦はその落雷に起こされた。

「それで、露子さんの帰りが遅いから心配になって行ってみたんです」

そこで変わり果てた露子を発見し、叫び声を上げたのだろう。

「露子さんが出てからどれくらいの時間が経っていましたか？」

「……三十分くらいでしょうか、よく覚えていませんが」

ではその短時間で露子は殺されたということになる。

「射手座像の矢の件はどうですか？　いつからなくなっていたかはご存じですか？」

これには妻木も三鳥も首を振る。

「それではその時、一階には誰がいましたか？」

「妻木さんと蒲生さんと私、あと露子さんです」

「他の人たちはまだ二階にいたと」

「普通に考えると、そういうことでしょうね」

久佐川が絨毯の毛先を毟《むし》りながら答える。一階にいない者は二階にいるはずだ。しかしそれでは露子を殺した犯人がいない。

「誰にもバレずに外に出ることってできたかしら？」

紅岩が煙草の煙を吹きつつ妻木に尋ねる。

「……はい。我々もそれぞれの仕事を行っておりましたので。隙を狙えば階段を下りて玄関から出ることはできたでしょう」

香具土の魔術を信奉している妻木も、尋ねられたことには素直に答える。その点では一番信用がおけるのかも知れないと黒彦は思った。

「あら、二階の人たちとは限らないでしょ？　あなたたちもお互いに監視し合っていた訳でもなさそうだし」

「……失礼いたしました。その通りです」

妻木は紅岩と全員に向かって頭を下げ、一歩退いた。

「最初に下りてきたのは黒彦君と久佐川さんだったな。血相変えてきたからどうしたのかと思った」

蒲生が黒彦の顔を見て言う。

「黒彦君はどうして異変に気付いたんですか？」

姫草が尋ねる。

「俺の部屋はゴミ置き場のすぐ上だから、三鳥さんの叫ぶ声が聞こえたんです。それで外を見たら雨の中三鳥さんが立っていて、様子がおかしかったから急いで外へ出たんです」

黒彦は数時間前の状況を思い出して答える。

「俺は起きてちょうど廊下へ出た時に黒彦君に出くわしました。大慌てで階段を下りて行くから、こりゃまた何か起こったんだと思って後を追いました」

久佐川は顔を上げて言った。

「あ、白鷹様もありがとうございました」

目の前の三鳥がいきなりそう言って頭を下げる。

「え？　何が」

「私が気を失った所を抱いて助けてくださったそうで」

「ああ、いや、もう咄嗟《とっさ》のことだったから」

自分でもよく体が動いたものだと思っている。

「なかなか恰好《かっこう》良かったぞ」

蒲生が少し笑ってそう言う。黒彦は照れて頭を下げる。

「やったねクロちゃん、ポイントアップだよ。三点」

「何のポイントだよ」

「どこを抱いたの？　柔らかかったでしょ」

「何言ってるんですか、紅岩さん」

黒彦は思わず顔を上げて言った。

「しかしその活躍のお陰で三鳥さんは倒れずに済んだ。のん気な僕が部屋の窓から見たのはちょうどその時だったよ」

姫草が面目なさそうに言う。

「アタシは全然気付かなかったなあ、ドライヤー使っていたからかしら」

紅岩が言う。彼女の部屋は姫草のさらに隣になるので無理もないだろう。

「犬神さんたちは？」

姫草は尋ねる。

「寝てたかな」

「寝てたよね」

兄妹《きょうだい》はお互いを見てそう言った。

「……ということは、今回は誰にもアリバイはない訳か」

久佐川は話をまとめるようにそう言った。

43

玄関ホールから戻ってきた妻木に全員の目が移る。だがその翳《かげ》りのある無表情が全てを物語っていた。

「警察への連絡は？」

それでも一応、といった感じで久佐川は尋ねる。

「できませんでした。電話も繋《つな》がらないままです」

妻木は事務的に答え、久佐川は赤絨毯《じゅうたん》に向かって大きく舌打ちした。応接ホールにしばしの沈黙が漂う。時折冗談めいたものが飛び交っていても、ここが大きな不安と焦燥感によって満たされた場であることを黒彦は感じ取っていた。二人目の死。しかも今回は怪しげな魔術に傾倒していた東作ではなく、数週間前まではバーでウェイトレスをしていたという、ごく普通の女性、露子の死だ。それだけに皆の不安も大きいのだろう。犬神は露子の死を『たまたま』だと言った。本当にそうなのだろうか？　殺されるのは、他の者でも良かったのだろうか。そして、まだ殺戮《さつりく》は続けられるのだろうか。

「一体、犯人は誰なんだ……」

姫草が足下を見つめながら呟《つぶや》く。皆が抱いているもう一つの不安。全く姿の見えない犯人。

「いるはずでしょう、ここに」

久佐川が姫草を見上げて言う。自分たちは嵐によってこの魔神館に閉じ込められている。外部からの侵入も不可能だとしたら、やはり犯人はこの場にいる者たちの中の誰かしかいない。

「しかし、この中にあんな酷《ひど》い手で人を殺すような人は」

「知りませんよ、俺は」

久佐川はそう言って立ち上がる。その顔には不安と、何らかの決意の色が窺《うかが》えた。

「俺は皆さんとは初対面だ。だから皆さんがどんな性格を持っているかなんて知らない。頭を叩《たた》き割ったり、木に磔《はりつけ》にする人がいても不思議だとは思わない」

久佐川は皆を見回して言う。

「本気で言っているのか？」

蒲生が眉《まゆ》を顰《ひそ》めて言う。

「蒲生さん」

答える代わりに蒲生の目を真っ直ぐに見た。

「東作さんが殺された夜、こっそり二階へと上がって行った話はどうなったんですか？」

「何？　その話か。だからそれは見間違いだと」

「見間違えたのは、露子さんでしたね」

久佐川の言葉に全員が息を呑《の》む。蒲生を見たと主張していた露子は今朝殺された。

「……何が言いたいんだ、あんた」

蒲生は周囲の空気を鋭敏に察知していた。

「皆の意見を代弁したまでだよ、俺は」

「私が、犯人だというのか？」

「東作さんに、付きまとわれていたんだろ？」

「……」

「そうなの？」

と言ったのは紅岩だ。久佐川は薄く笑みを浮かべる。

「紅岩さんが気付いていなかったのは意外だね。初日の夜も結構親密な会話をしていたじゃないか。東作さんはあなたがフランスから帰って来るのを見計らって声をかけてきた。もちろんあなたの腕を評価しているからだろうけど、そればかりでもなかったんだろ？」

「それは、東作さんが勝手に！」

「そう、だからあなたは嫌がっていた」

久佐川はすかさず返す。蒲生は歯を食いしばる。

「仕事上、あなたは一人になることが多い。腕力もあると自負していた。姿を見られた露子さんは今朝……」

「久佐川君」

思わず姫草が声を上げる。

「少し性急過ぎないか」

「悠長に構えている場合でもないでしょう。それに俺は可能性の一つとして挙げているだけです」

「それはほとんど決め付けているようなものだ」

「そうでしょうか？」

久佐川はそう言って辺りを見回し、その目を一点で留めた。

「そういえば、紅岩さんも東作さんが嫌いでしたね」

「あら、今度は私？」

ソファに腰掛ける紅岩は微笑んで久佐川を見る。

「芸術家気取りで気に入らないんでしょ？」

「そうね、それは認めるわよ。でも彼はお得意様よ」

「絵を買ってくれる人ですからね。でも画家としてはどうですか？」

「画家として？」

「俺は絵は詳しくないが、それでもあなたの作品がどれだけ評価されているかは知っているし、自分にはない卓越したセンスを持っておられることも分かっているつもりです」

「ありがとう」

紅岩は赤い唇の奥の白い歯をのぞかせる。

「そんな一流画家のあなたが、金持ちの三流芸術家もどきに作品を売ることに抵抗はないんですか？」

その言葉に紅岩はくすりと笑った。

「そりゃあ、あるわよねえ。こんな悪趣味な館に飾られるなんて想像しただけで気分悪いわ」

「殺してやりたいくらいに？」

「そう言った方があなたは満足するかしら？」

紅岩の言葉には久佐川も笑みを漏らした。

「画家といえば、白鷹先生もそうだね」

久佐川は続いて黒彦をターゲットにした。

「親父ですよ、画家は」

粘り気のある言葉に黒彦は少し警戒する。

「相当東作さんを嫌っていたと聞いているよ」

「だからそれも親父です。俺は東作さんも知らなかった」

「あの絵を見た時、君はどう思ったんだい？」

と言って久佐川は、応接ホールに掲げられている屋久島の絵を指差した。

「……別に」

「自分の父親の絵が、父親が嫌っていた男の屋敷に飾られているんだよ」

「……何が言いたいんだよ」

黒彦は久佐川を睨《にら》む。

「いや、息子さん的にどうなんだろうかなと思ってね」

「俺は親父のことなんてほとんど知らないんだよ。親父の絵がどうなろうと知ったことじゃないし、そんな理由で人殺しなんてする訳ないだろ」

「ふうん」

久佐川はそう呻《うな》って肩を竦《すく》める。

「違うか？」

「どうだろうね。最近の子は怖いからね」

「……何アタマ悪いこと言ってんだよ」

黒彦は声を荒らげる。

「露子さんは、確か射手座像の矢に刺されていたね」

「それがどうしたって言うんだよ。俺が射手座だからか？」

「さて、犬神さんはどうですか？」

「ちょっと待てよ！　俺の話はどうなったんだよ」

黒彦はそう叫んで立ち上がりかけるが、姫草に背後から手を肩に掛けられ座らされた。

「射手座の件かい？　それとも最近の子が怖い件かい？」

犬神は黒彦と久佐川を交互に見て言う。

「いえ、東作さんの件です」

「ん？　僕は別に」

「あの人の話を支持していたんでしょ？」

「話？　木造建築が駄目だという話かい？　どうやらそうらしいね」

「あの人はそのことをあちこちで吹聴《ふいちょう》していましたよ。あの犬神博士からも認められているんだって」

「どの犬神博士かは知らないけど、そうなんだ」

「正直、迷惑な話じゃないですか？」

「……ああ、そんな風に繋《つな》がるんだ」

犬神はやっと分かったという風にソファに座り直した。

「正直、大迷惑だね」

「やはりそうですか」

「うん。機会があれば頭を叩《たた》き割ってやりたいくらいだ」

犬神は無表情なままで答え、久佐川を見つめる。

「ついでにその使用人たちにも胸に杭《くい》を打ち込んでやりたいね。そんな人のパーティに参加している医者とか料理人とか画家とか画家の息子とかコンピュータ屋さんも皆殺しにしたい」

「……俺はコンピュータ屋さんじゃないんですが」

「でもそんなことをやり出したら、今頃僕の家の前には死体の山が築き上げられているはずだよ」

「今回からやり出したんじゃないですか？」

「そのつもりで来たんだけどね。先にやられてしまった」

犬神の冗談は真顔で言うから分かりにくいと黒彦は思った。久佐川も複雑な笑みを浮かべたまま頭を掻《か》いている。

「どういうつもりだ。久佐川君」

姫草が厳しい声で言う。

「……姫草先生は、東作一族の病院に勤めていましたよね」

「それが何か」

「だから東作さんの誘いも断れなかった」

「まあ、その通りだ」

「怪しげな呪術《じゅじゅつ》に凝っていた東作さんの希望は、どうやら自分も含めた全員の死のようだ。その為には協力者が必要になる」

「……僕がそんな気の狂った男に見えるか？」

姫草は極めて冷静に答える。

「会ってから日が浅いですからね。まともかどうかなんて分かりませんよ」

久佐川は飄々《ひょうひょう》とした態度で返す。

「君だって東作さんと拘《かか》わりがあるんだろう？」

姫草は眉間《みけん》に皺《しわ》を寄せて言う。

「俺が？」

「結構な額の借金があるそうじゃないか」

「ああ……」

久佐川は分かった分かったという風に手を振った。

「仕事は順調かい？　ちゃんと返済しているのか？」

「余計なお世話ですよ、それは」

「しかしそれで僕らまで殺されてはたまったもんじゃないからな」

久佐川は下ろした右手で握り拳《こぶし》を作る。だがその拳は持ち上げず、代わりに左手でぽんと叩いた。

「まあつまり、そういうことですよ」

「……どういうことだ？」

「疑いだしたらキリがない。誰が犯人かなんて俺には分からない。だから信じられるのは自分だけ。それ以外は全員殺人鬼の可能性がある。俺はそう結論を出したんだよ」

久佐川は全員を見回してそう言うと、玄関ホールへと歩き始める。

「どこへ行くんだ？　久佐川君」

姫草が声をかける。

「救援が来るまで自分の部屋で籠城《ろうじょう》します。探偵ゲームは皆さんでやっていてください」

久佐川は振り返ると爽《さわ》やかな笑顔で手を振った。

「待ちなさい。ここは全員でいるべきだろう」

「ははは、ふざけんな」

久佐川の笑顔は崩れない。

「殺人鬼と一緒に『誰が犯人だ？』なんて考えていられる訳ないだろ。あんたらは知らんけど俺は死にたくないんだよ。じゃ、さよなら。命があったらまたお会いしましょう」

久佐川はそう言うと、唖然《あぜん》とする皆を残して館の奥へと消えていった。

44

その後事件に関しては何の進展も見られないまま、また夕食の時を迎えることとなった。雨風の音にも慣れてしまい、近くで落雷があってももう誰も気に留めない。電話はまだ繋がらず、山道がどれだけ崩れてしまっているかは考えたくもなかった。黒彦たちはそれぞれ重い腰を上げて食堂へと向かう。着席して周りを見ると、東作、露子、久佐川の三人分の空席が目に付き、何やらざわざわと落ち着かない気分にさせられた。

食卓にはこれまでのフランス料理に代わり、色の濃い中華料理が並べられた。最初から決めていた献立なのか、皆の気分を変える為に選択したものなのかは黒彦には分からず、話題にする雰囲気でもない。当の蒲生も伏し目がちに黙々とレンゲを動かすばかりだった。味は、申し分ない。

「久佐川さん、来ないね」

あまりに静かな食事が辛《つら》くなったのか、果菜が誰に向けてでもなくぽつりと呟《つぶや》いた。

「放っておけよ、あんな奴」

蒲生は食卓に目を落としたまま返す。どうやら先の言い争いをまだ気にしているらしい。

「言ってることは間違いではなかったけどねえ」

紅岩の言葉に蒲生は素早く反応し、ほんの一瞬だけ二人は目を合わせた。

「しかし、あんな態度を取られては」

姫草が吐き捨てるように言う。散々場を掻き乱しておきながら、自分一人だけさっさと部屋に引き籠《こ》もるという態度は黒彦も気に入らない。と、そこまで考えてから、ふと気付いて顔を上げた。

「姫草先生」

黒彦が呼びかけると、姫草は眉《まゆ》を上げて反応する。

「……久佐川さんが、怪しいってことはないでしょうか？」

黒彦の思いきった発言に、場の空気が一瞬停止した。

「……なぜ、そう思ったんだい？」

姫草は食事を続けながら尋ねる。

「動機は分かりません。ただ、今この場にいないのが気になるんです」

「……犯人が紛れ込んでいるから皆と一緒にいたくないと言っていたが、それは犯人である自分が皆の監視から逃れる方便だったと」

「そうです。だってその方が動きやすいじゃないですか」

「君はまだ、殺害が続くと思っているのかい？」

「……俺は、このままで終わるとは思えません」

黒彦は姫草の目を見て答える。全く見えない犯人の影と、東作が残した魔神召喚の書き置きが、事件はこんなものでは済まないという、どす黒い予感のようなものを抱かせていた。

「どう思いますか？　犬神さん」

判断に迷った姫草が犬神に尋ねる。やはりまだ姫草はこの男を頼りにしているらしい。

犬神はきょとんとした表情で姫草と黒彦とを交互に見比べてから口を開いた。

「久佐川君？　久佐川君は犯人じゃないよ」

あっさりと黒彦の考えは否定された。

「どうしてそんなことが言えるんですか？　あの人の行動は明らかにおかしかったじゃないですか」

黒彦も食い下がる。

「だってあんなに臆病《おくびょう》な人じゃないか。殺人なんて物騒なこと、とんでもないと思うよ」

「臆病？」

黒彦が聞き返す。犬神は、なぜ知らないんだ？　という風な顔を向けていた。

「どうして臆病だと思うんですか？」

そんな発想は黒彦にはなかった。こんな状況で怖くないはずはないが、それでも彼は気さくながらも肝の据わった人物だと勝手に評価していた。

「応接ホールの赤絨毯《じゅうたん》をしきりに毟《むし》っていたじゃないか」

「……それだけで？」

「指先を無闇に動かすのは落ち着かない証拠だよ。それに魚座であのタイプの人は明るく楽しい性格だけど基本的には臆病なんだよ」

犬神は学者だったせいか、発言には妙な説得力を持っている。黒彦は危うく納得しそうになるが、結局彼は絨毯毟りと星占いだけで久佐川を臆病と決め付けていることに気が付いた。

「でもそんな理由で」

「おかしな演説もしていたじゃないか」

「そうですよ。あんな強気の人が臆病なんて」

「大人は自分の感情を隠したがるものなんだよ。怖いから部屋で隠れているなんて言えない、なんだかんだと理由を持ち出してみんなに納得して貰《もら》おうとしたんだよ」

犬神はそう言うとエビチリを口に運んで真顔で咀嚼《そしゃく》した。言われてみれば、もっともな話にも思える。

「では彼は、臆病だから皆の前から逃げ出したと？」

姫草がもう一度聞く。犬神は口をもぐもぐさせながら頷《うなず》いた。

「二人も殺されてしまった上に、その犯人がすぐ側にいるかも知れない状況だからね。しかもこの館からは逃げ出したくても逃げられない。殺人犯と一つ屋根の下だ。久佐川君の態度はむしろ素直な反応だと僕は思ったよ。今の所一番犯人らしくない。僕たちよりもね」

珍しく犬神はまともな意見を述べる。久佐川よりも自分の方が犯人に近いと認めるのは凄《すご》いが、一応筋は通っているように思えた。

「……それも全部、俺たちを騙《だま》す為の演出だとは考えられませんか？」

だが黒彦も、久佐川が怪しいと言い出した手前、すぐに引くことはできない。どのような言葉が返ってくるかと待っていると、犬神はしばらくじっと黒彦の目を見つめた後、ぽんと一回手を叩《たた》いた。

「なるほど。それは考えていなかったよ。僕は素直な人だから、彼の動きをそのまま判断してしまっていた。うん、彼は犯人かも知れないぞ」

犬神はあっさりとそう返して黒彦に溜《た》め息をつかせた。前から気付いていたが、この人は学者の癖に自分の主張を曲げるのが早過ぎる。

「僕は素直な人だからね」

「……二回言わないでください」

からかわれている気がするのは自分だけだろうかと黒彦は思っていた。

「ねー。僕、久佐川さんの部屋にご飯持って行くよ」

いきなり果菜が手を挙げてそう言い出し、皆を一斉に振り向かせた。

「いいでしょ？」

「ご飯だって？　いや、それはちょっと待ちなさい」

思わず姫草が制する。

「でも久佐川さんお腹空《す》かせてるよ、きっと」

どうやら少女は黒彦たちの会話を全く聞いていなかったか、あるいは犬神が彼は臆病だと言った所だけ聞いていたようだ。

「そうだろうが、しかし……」

「……私めがお運びいたしましょうか？」

いつの間にか食事を終えていた執事の妻木が低い声で言う。

「妻木さんだと余計な詮索《せんさく》されるかも知れないわよ。部屋にも入れてくれないかも」

紅岩がなぜか小声で言った。

「確かに。勝手な男だが現状ではこれ以上波風は立てたくないな」

姫草はそう返して腕を組む。

「ハテナちゃんだったら彼も断れないでしょ」

「おい本気か？　あんな奴の所にこの子一人行かせるつもりか？」

蒲生が語気を強めて言う。

「一人じゃないよー。ね、クロちゃん」

「は？」

黒彦は急に呼ばれて振り向く。果菜は上目遣いでこちらを見つめていた。

「お、俺か？」

「いい選択じゃないかしら？」

紅岩がそう言って頷く。

「……僕たちが行くよりはいいだろうな」

姫草も賛成する。妻木は黙ったままだ。

「え、何で俺が……」

「何だよー。三鳥ちゃんは助けるのに僕は助けないってのかよこのスケベ！」

果菜はそう叫んで黒彦を指差す。

「……何訳分かんないこと言ってんだよ、お前」

黒彦はなぜか慌ててしまう。三鳥は口に手を当てて軽く笑っていた。

「でも用心しておけよ、ナイト君」

絶対に自分より強いと思われる蒲生も今回は納得している。果菜一人に任せるのは良くないと黒彦も思っていたが、その道連れに自分が選ばれるとは考えていなかった。

「……良いんですか？　犬神さん」

黒彦は一応兄にも尋ねる。犬神は何かを咀嚼しながら小さく頷く。

「良いも悪いも、それは君たち二人の問題じゃないか」

犬神はまた見当違いの言葉を返した。

45

「くーさーかーわーさーん」

二階、双魚宮。大井から少ない明かりが落とされている廊下で果菜は、部屋に向かって久佐川に呼びかけた。黒彦はその後ろで、夕食を載せたトレイを持っている。部屋からは何の反応もない。

「くっさっかっわさーん」

果菜は言葉に合わせてドアをとんとんとノックする。部屋の中から何かが動く音が聞こえたが、久佐川は返事をしない。

「らんぺーさーん」

「……何だ？」

名前で呼ばれたからではないだろうが、ややあってから暗い声が返ってきた。

「晩ご飯持ってきたよ！」

果菜はそう言うとドアに向かってにこりと微笑む。別に覗《のぞ》き穴が付いている訳でもない。

「……いらないよ、俺は」

声はなぜかドアより少し離れた所から聞こえてくる。確かに久佐川の声だが、ひどく警戒しているように感じられた。

「ダメだよー。ご飯食べないと倒れちゃうよ」

果菜も引かずにそう言う。

「なに、一日、二日食べなくても平気だ」

「でも、『籠城《ろうじょう》は補給経路の確保が肝心なんだ』ってお兄さんも言ってたよ」

この兄妹《きょうだい》は普段どんな会話をしているのだろうか。久佐川からの反応はない。何かを思案しているのか、顔が見えないのでどんな表情をしているのかも分からなかった。

「……その声は、ハテナちゃんだね」

しばらく経ってから、久佐川の声が返ってきた。

「そだよー」

「一人かい？」

「俺もいます。白鷹です。二人で来ました」

果菜の後ろから黒彦も声をかける。

「開けてください、久佐川さん」

「……姫草先生たちに頼まれたのか？」

「違います。ハテナが久佐川さんにご飯を届けたいって言ったから、付いてきたんです」

「チャーハン冷めちゃうよー」

冷めるのはチャーハンだけではない。ドアの向こうからはまた反応が途絶える。

「……俺なんかが怖いんですか？　久佐川さん」

意を決して黒彦は言う。

「……分かったよ。開けるよ」

観念したように久佐川は答えると、ずずずっと何か大きなものを引きずる音が廊下にまで響き渡った。その後鍵《かぎ》の開く音が聞こえてドアが開いた。

「入ってくれ、二人とも」

疲れた笑顔の久佐川が姿を現し二人を招き入れる。黒彦は素早く動き、果菜より先に部屋に入った。部屋の造りは黒彦のものと左右対称になっているが、備え付けの大きなクローゼットがドアの真横にまで動かされていた。先程の音はこれを引きずっていたのだろう。久佐川はドアの鍵を掛けた上に、これで入り口自体も塞《ふさ》いでいたのだ。

「食事、摂《と》ってください」

黒彦はそう言うと傍らのテーブルにトレイを置く。

「ありがとう。作ったのは蒲生さんかい？」

「そうですが？」

「何も入っていないだろうね？」

久佐川はそう言って黒彦の目を見る。黒彦もしばらく久佐川の顔を見つめ、そのまま皿の上の唐揚げを手で摘《つま》んで口に入れた。

「分かったよ」

久佐川は目を伏せて笑うと、テーブルの前に着席した。

「お、パソコンだー」

部屋をうろついていた果菜は、部屋の隅に置かれた久佐川の鞄《かばん》の上にあるノートパソコンを見付けて言った。

「触っちゃ駄目だよ。一応商売道具だからね」

久佐川は食事を続けながら言う。

「仕事をしていたんですか？」

「いや、そのつもりで持参したんだが、通信もできない山奥に連れて来られて何もできないんだ。ケータイまで使えないとは思わなかった」

久佐川の仕事内容はよく分からなかったが、ネットワーク関係というからにはインターネットができないと駄目なのだろう、と単純に黒彦は思った。

「僕んちにもこういうの沢山あるよ、お兄さんがたまに使ってる」

ノートパソコンの表面をこつこつ叩《たた》きながら果菜が言う。

「ああ、そうだろうね」

「もっとおっきくてカッコイイのもあるよ。メインフレーム？　とかいうの」

「……どういう家なんだ、君んちは」

黒彦は窓際まで歩き外を見る。黒一色に塗りつぶされた森の夜。目を凝らすと木々の微妙な色合いが少しだけ感じられ、この館が宇宙空間にまで飛ばされてはいないことが分かった。いつの間にか雨も風も止んでいる。しかしそのあまりにも停止された世界が、再び始まる嵐の予感を孕《はら》んでいるように思えて、黒彦は不安から解放されることはなかった。台風の目、というものなのかも知れない。

「昼間はひどいことを言ってしまったね。君にも、君の親父さんにも。すまなかった」

久佐川は黒彦の方を向いて言う。

「いえ……」

黒彦は横目でちらりと見て短く答える。

「俺の意見を通す為に言っただけなんだ。それだけだ。君が犯人だとは、これっぽっちも思っていない」

「なら良いですよ。俺も気にしちゃいませんから」

久佐川は臆病《おくびょう》な人だという犬神の話を聞いて、黒彦の怒りはもう鎮まっていた。クローゼットを動かしてドアを塞ぐぐらいだから、どうやら彼は本当に犯人を恐れ、警戒しているのだろう。

「それで、犯人は見付かったかい？」

「……まだです」

「だろうね」

皆の意見は平行線を辿《たど》るばかりで、いずれも犯人へと結び付けられる証拠にはなり得ていない。何か別の方法を考えなければ、恐らくずっと犯人は見付けられないままだろうと黒彦は心配し始めていた。

「久佐川さんは、誰が犯人だと思いますか？」

黒彦は思いきって尋ねる。

「誰も彼もが怪しいって言ったじゃないか」

「そうですが……」

だが全員が犯人ということはあり得ないだろう。

「一番怪しいとなると、やっぱりあのコックさんかな」

「……蒲生さんですか？」

久佐川は頷《うなず》く。

「俺はやっぱり東作さんが殺された夜のことが気になっている。露子さんは二階へ上がる蒲生さんの姿を見たと言っていた。しかし蒲生さんは否定し続けている。では露子さんは一体誰を見たんだ？」

久佐川の言葉に黒彦も頷く。蒲生でないとすれば、誰かが『蒲生のふり』をしていたのかも知れない。しかし、何の為に？　東作の殺害を蒲生に押し付けるつもりなのか？

「次点で怪しいのは、妻木さんだろうな」

「妻木さん……」

古くから東作に従っているという、魔神館の執事。東作と共に魔術師・香具土を崇拝し、この事件も魔術によるものだと主張している。

「でもあの人は東作さんの執事ですよ？　主人を殺すなんて」

「その主人が自分と、俺たち全員の死を望んでいたじゃないか」

「そうですが……」

香具土に近付くこと、魔神に生命を捧《ささ》げることに執着し続けていた東作。忠実な執事というのは、主《あるじ》のそんな希望にも応《こた》えてやるものなのだろうか。

「しかし、俺はまた別の理由であの人を疑っている」

久佐川はチャーハンを口に運びながらそう言った。

「別の理由?」

「二人の過去だよ」

「過去?」

「俺が以前、東作さんにパソコンを教えていたと言ったのは覚えているか?」

久佐川はレンゲをくわえて黒彦を見る。

「初日の夜に聞きましたね」

その縁で久佐川は東作に金を借りるようになったと言っていた。

「その頃に東作さんから聞いた話なんだが」

久佐川はレンゲを置くとナプキンで軽く口を拭《ぬぐ》った。

「東作さんは、妻木は私の『犬』だと俺に紹介したんだ」

「犬、ですか」

主人と執事との関係なんてそんなものなのかも知れないが、それにしても酷《ひど》い扱いだと黒彦は思った。

「使用人だって立派な職業だ。でも東作さんがそう呼ぶには理由があったんだ」

「どんな理由が」

「俺と同じだよ」

久佐川はそう言って右手の親指と人差し指で輪を作る。

「……お金、ですか？」

「妻木さんの親父さんは『妻木製作所』という建材メーカーの社長だったそうだ」

「親父さん？」

「町工場と呼ばれるくらいの小さな企業。だが十数年前、事業に失敗して多額の負債を抱え込んでしまった。追い打ちをかけられるように親父さんも過労か何かで病に倒れてしまい、代わりに社長に就いた妻木さんでもどうすることもできず、そのままでは莫大《ばくだい》な借金を抱えて倒産するしかなくなった。そうなれば家族はもちろん社員もみんな路頭に迷う羽目になる。そんな折に突然企業買収を持ちかけてきたのが、東作グループの住宅設備メーカーだった」

「企業買収……」

近頃テレビなどでよく聞かれる言葉だ。

「M&Aって奴だよ。東作グループは『妻木製作所』を買い取って負債の一切を肩代わりしてやろう、さらに親父さんの入院費だって出してやろうと持ちかけてきたんだ」

「はあ、凄《すご》いですね」

「妻木さんも断れない状況だったんだろうな。結局その通りに会社は買収されて『妻木製作所』はなくなった」

「でも何で東作さんの所はそんなことをしたんですか？　妻木さんの会社は潰《つぶ》れかけていたのに」

「ん？　そっちの方が気になるのか？」

「ああ、いや、何となく気になって」

借金のある会社を買って何の得があるのだろうと黒彦は単純に考えてしまう。

「さあ、俺はそっちの業界に詳しくはないからはっきりとは分からないな。でも状況を考えると大体理由は決まってくる」

「どんな？」

なおも黒彦は尋ねると、久佐川は少し遠い目を見せた。

「東作グループは、『妻木製作所』を手に入れる為に借金を背負わせたんだろう。周りからの仕事を減らしたり、余計な誘惑を与えたりしてね」

「東作さんの所が？　そんなこと、できるんですか？」

「あの一族なら可能だろう。恐らく『妻木製作所』は小さな工場だったけど、何か卓越した技術を持っていたんだ。そういうのはよくある。だからどうしても手に入れたかった。簡単な話だろ？」

久佐川はそう言って自虐的な笑みを浮かべる。ふと垣間《かいま》見た大人の世界。しかしやっていることは子供の弱い者イジメみたいだと黒彦は感じた。

「それで、妻木さんは？」

「借金のカタに東作茂丸さんに買われてしまった。と言っちゃあ時代劇みたいだけど、それに近いことになったらしい。『妻木製作所』の社員は東作グループに再就職できただろうけど、妻木さん自身は失業せざるを得なかった。だから一族の東作茂丸さんが執事として雇ったんだろう」

「社長から執事ですか」

「なぜそこで東作さんが動いたかは俺は知らない。しかしそんな事情があるから、東作さんは妻木さんを『犬』と呼び、妻木さんも反論できなかったんだろう」

「そういうことですか」

「……怖い話だよ、これは。君はまだ分からないかも知れないが、会社の社長にとって買収を受けるというのは、場合によって屈辱と感じることもあるんだよ。親父さんが立ち上げて、社名に自分の名を冠した会社だとしたらなおさらだ」

久佐川は神妙な顔付きで、空いた皿をじっと見つめる。一応彼も社長と呼ばれる人なのだと黒彦は思い出した。

「俺の借金は知れているけど、妻木さんの『借り』は深刻だよ。会社の負債を肩代わりして貰《もら》って、社員を救って貰って、親父さんの入院費も白身の仕事も面倒を見て貰った。本来ならあり得ない程の救済、東作さまさまだよ」

「ですよね……」

「でも、そうなるきっかけを作ったのも同じ東作だとしたら？」

久佐川の言葉に黒彦はぞっとするような感覚を抱く。妻木の身に残ったのは東作に対する大きな恩と、同じくらいに大きな恨みではないだろうかと気付いていた。

46

「俺が疑っているのはこの二人だろうな」

久佐川はちらりと黒彦を見てそう言った。

「他の人は……」

「君も聞いていたはずだが、東作さんが殺された時間、俺と姫草先生と紅岩さんは応接ホールでずっと飲んでいた。だから二人は除外される。犬神さんは君たちと一緒だったんだろ？　三鳥ちゃんは、よく分からないけど、あんな怪力任せの犯行は不可能だろうし、館の誰とも知り合いではなかったようだから関係ないと思う」

久佐川の言葉に黒彦は小さく頷いた。姫草や蒲生たちの話を聞くよりも納得させられるのは、多分この場に二人、果菜を含めて三人しかいないからだろう。当人たちがいなければ気を遣わずに話すことができる。応接ホールでの会合はお互い警戒し合っているから話が進まないのかも知れないと思った。

「……ところで、飲み物は持ってきてくれなかったのかな？」

食事をあらかた終えた所で久佐川は尋ねる。

「ああ、忘れていました。何か持ってきます」

「すまないね」

「水ですか？　ワイン？」

「赤ワインが良いんだが……みんなに怒られるだろうね」

「良いんじゃないですか？　じゃ俺取ってきます」

黒彦はそう答えると部屋の入り口まで歩き、そこでふと立ち止まる。

そしてしばらく考えた後振り返った。

「ハテナ」

「ほい？」

ベッドに寝転んでいた果菜がこちらを向く。

「一階に行って赤ワインを貰ってきてくれ」

「ん？　クロちゃんが行くんじゃなかったの？」

「俺はもうちょっと久佐川さんと話をしている」

「ぬー」

「どうせヒマにしてんだろ」

「……クロちゃんが僕を使おうってのが気に入らない」

そう言いつつも果菜は体を起こす。

「行ってこいよ。帰ってきたら頭撫《な》でてやるから」

「あー！　今なんか僕のことコドモ扱いしたでしょー」

「扱いも何も、子供じゃないか」

「なんだよー、二つしか違わないくせにー」

果菜は黒彦を指差して抗議する。どうやらこの少女は子供扱いされるのが嫌いらしい。

「コドモじゃないよー。僕は、僕はもう大人だよ!」

その台詞《せりふ》に久佐川が噴き出す。

「あ、久佐川さんまで! ひっどーい」

「悪かったよ。お前は子供じゃない。だから行って来てくれ」

半ば呆《あき》れながら黒彦は言う。

「むー」

果菜は頬を膨らませながらも素直に部屋を出る。

「……ホントに帰ってきたら頭撫でてくれる?」

「約束するよ」

黒彦が返すと果菜は少し口元を緩め、そのまま廊下へと出て行った。やっぱり変な奴だ。

「……可愛い子だな、ハテナちゃん」

閉まったドアを見つめて久佐川が言う。

「そうですか?」

容姿はまあ悪くないが、あの騒々しい性格はどうにかならないものかと黒彦は思っていた。

「俺を疑っているのか？」

「え？」

久佐川は笑顔のまま黒彦を見る。

「この部屋にハテナちゃんを一人残しちゃまずい、と思ったんだろ？」

それが、黒彦が果菜に仕事を押し付けた理由だった。

「……一応、ボディガード役として連れて来られましたから。一人で一階に戻ったりなんかしたら皆さんに怒られるんですよ」

黒彦は久佐川の質問には答えずにそう返す。久佐川は何も答えず、納得した風に頷《うなず》いていた。

「さっきは言えなかったんだが……」

久佐川は箸《はし》を置いて言う。

「俺は、あの子のお兄さんも怪しいと思っているんだ」

「お兄さんって、犬神さんですか？」

「もちろん」

「どうして？」

と尋ねてから黒彦は、いつの間にか自分があの男を容疑者から除外していたことに気付いた。

「君がどう思っているかは知らないが、俺からすればあの人はやはり天才なんだよ」

「天才……」

あらゆる学問に精通する、『世界最高の知性』。だが一切の研究機関から身を引いた伝説の男。

「よく言えば天才、だが悪く言えばバケモノだ。何を考えているのかさっぱり分からない」

久佐川はいつになく真剣な眼差《まなざ》しで語る。さっぱり分からないというのは黒彦も実感していた。

「あの人は絶対に何かを考えている。それは俺たちとは次元の違う物事かも知れないし、この殺人事件に関することかも知れない」

「全く興味がなさそうだったけど……」

「そんなこと、あり得るのか？　いつ自分が襲われるかも分からない状況なんだぞ。興味がないなんて言えるのは、絶対に自分は襲われないという確信を持っているからじゃないのか？」

「そんな……」

だが否定はできない。殺人などまず起こさない人間であるとは思っているが、なぜそう思うのかは自分でも分からなかった。あの男のことは何も知らないのに。

「俺は、あの人なら蛇口を捻《ひね》るように人も殺しそうな気がするよ」

人の生死にすら全く興味を抱かない男。露子の死を目前にしても悲しむ素振りすら見せなかった。

「……でも、あの人の隣にはいつもハテナがいる。妹と一緒に来て殺人事件なんて起こすと思いますか？」

「やけに肩を持つじゃないか、黒彦君」

「そんなつもりはないけど……」

「分かっているさ。これでも俺はあの人を崇拝しているんだ。殺人なんてマネをする人ではないと思っている」

「はい」

「でもあの人なら、この不可解な殺人事件を引き起こせるんじゃないかとも考えている。俺たちでは想像も付かない手段でね」

その尻尾《しっぽ》どころか影すら窺《うかが》えない犯人。およそ人間のなせる業とは思えない、乱暴で残虐な犯行。いつの間にか破壊されている十二星座像。犬神の冷たい眼差しがその背後からじっと見つめている気がした。

「油断はするなよ、黒彦君。あの人はただの変人なんかじゃない。かつて世界が必要とした頭脳であり、やがて全ての組織から名を消された人物なんだ」

黒彦は黙って頷くしかなかった。

「……しかしまあ、とんでもないことに巻き込まれたな。俺たちも」

久佐川は急に肩の力を抜いてそう言った。

「辺鄙《へんぴ》な山奥の暗い館に連れて来られたと思ったら、いきなり殺人事件と来たもんだ。こんなことなら東京で寝ていれば良かったよ」

「そうですね……」

黒彦は二週間前に自宅で取った露子からの電話を思い出していた。あの電話に出なければ、こんな場所でこんな事態に陥ることもなかった。そして、無惨にも殺された露子とも出会うことはなかった。

「君はもっと災難だな。親父さんの代わりに来ただけなのに」

父親もまた変わり者であることは分かっていたが、まさかその知人の東作があんな人物だとは思わなかった。一体、何が起こっているのだろう。

「親父さん、いつ亡くなったんだ？」

「十一年前です。もう」

「そんなに前なのか。何かご病気で？」

「自動車事故で、母親もそれで」

つい最近にもそんな話をしていたことに黒彦は気付き、話した相手が露子であったことを思い出した。

「ああ、そうだったのか……」

久佐川は親身な口振りでそう呟《つぶや》く。

「でも全然覚えていないんですよ、昔過ぎて」

話が暗くなるのを心配して、黒彦は軽く答える。

「ふうん、なるほど。だから君はそんな性格なのかも知れないな」

「……俺の性格？」

「歳の割に、妙に達観しているじゃないか。色々と苦労もしてきたんだろう」

「そんな風に見えますか？」

「俺が君くらいの時は、もっとはしゃぎ回っていたよ」

「ああ、そういうのは苦手かも知れない」

いつもそんな者たちから一歩引いた所で眺めている気がする。

「苦手っぽいね」

「駄目、かな」

「駄目じゃないけど、もうちょっと年相応に振る舞ってもいいと思うな」

「……難しいな」

それがどういう行動なのかがよく分からない。

「そうすれば今の三倍はモテるだろうね」

久佐川はにやにやしながらそう言う。

「……ゼロを三倍してもゼロですよ」

「ほら、その返答が老けてるよ」

「老けてるって言われても……」

そう呟いて黒彦はまた考え込む。自分では上手《うま》い返答だと思ったのだが、そもそもそう考えてしまうのが間違いなのだろうか。

「一度本気で、ハテナちゃんと付き合ってみたらどうだ？」

「は？」

久佐川のいきなりな提案に黒彦は口を開ける。

「なかなか気も合うみたいだし、結構上手く中和されそうじゃないか」

「中和って……無茶《むちゃ》言わないでください」

「無茶かい？」

「だって」

「正直言って、あの子はかなりレベル高いぞ。失礼だが犬神さんの妹とはとても思えない。君もそう思っているだろ？」

「いや、それはまあ……」

「認めたな」

「う……」

「さっきも、『もう大人だよ』って宣言していたな、あの子」

「……変なこと言わないでください」

なぜこうも館の者たちは自分と果菜をくっつけようとするのか。

「なんだ、結構初々しい反応するじゃないか、君も」

久佐川はそう言うと声に出して笑う。黒彦は赤面している自分に気付いていた。

「まあそれは冗談だけど。でも君はもっと楽しんでも良いと思うよ」

「はあ……」

「ご両親の不幸はあるが、それでも生きている自分は幸運に思うといい。大人ぶらずにはしゃぐべきだ」

「努力してみます」

そう答えるしかなかった。

「しかし、君はよく助かったんだな。自動車事故だろ？　それだけでも幸運だよ」

「いや、俺は乗ってなかったみたいですよ」

「あ、そういうことか」

「多分」

「……覚えていないのかい？」

「ええ」

本当に、覚えていないのか？

「じゃあ本当に自動車事故だったかどうかも分からないのか？」

「それは叔父《おじ》が説明してくれたから……」

そう言いながらも黒彦は、なぜか違和感を抱いていた。何だろう、これは。

「……どうかしたのかい？」

言葉に詰まった黒彦を見て久佐川が尋ねる。

「いえ、そういえばその辺の事情を詳しく知らないなと思って、いまさらだけど」

どうして自分はその場にいなかったのだろう。

二人はどこで事故を起こしたのだろう。

その時自分は、どこにいたのだろう。


赤い夢。


「叔父さんが気を遣ってくれたんだろうね。洗いざらい話すのが必ずしもいいとは限らない」

「それはそうですが……」

あの夢の光景。小さな自分を抱きかかえる女性。脅《おび》える心音。やがて手が離れ、床に投げ出される自分。真っ赤な世界。目の前で蹲《うずくま》る女性。そして——


あの光景は、どこで見たんだ？

やがて廊下を走る、ぱたぱたという音が近付いて来て、黒彦は我に返った。

「お待たせワイン！」

変な単語を叫んで果菜が部屋に滑り込んできた。

「やあ、ありがとう。一階の人たちは怒っていたかい？」

「んゃ？　怒ってないよ。お兄さんが『三人目の被害者は僕だ、死因は退屈だ』って言ってた」

果菜がワインとグラスを渡しながら答える。犬神の言葉は一階の様子を端的に表していた。犯人は見付かっていない。まだあの均衡状態から抜け出せていないのだ。

「クロちゃん」

「ん？」

果菜はなぜかきらきらした目でこちらを見ている。

「……何？」

「僕ワイン、持ってきたよ」

「うん？」

「黒彦君、頭だよ」

「え？　ああ……」

久佐川に言われて約束を思い出した。

「撫《な》でれば、いいのか？」

「うん！」

普通、頭を撫でられるのって嫌なんじゃないか？　と思いつつも黒彦は少女の小さな頭に手を伸ばす。妙な間が空いてしまい、何だか緊張する。

「本当に、撫でるの？」

「え、あ、うん」

果菜も微妙な空気を察して戸惑い、きゅっと目を閉じた。

「何で目を閉じるんだ」

「だって……」

何がだってなのか分からない。黒彦は思いきって果菜の髪の上に手を置き、ゆっくりと撫でる。

「んー」

果菜は目を閉じたまま満足げに鳴く。黒彦は真顔でさかさかと手を動かし続ける。

「そういえば……」

ワイングラスに口を付けながら久佐川が言う。

「さっきそこの廊下を歩いていた人って誰だい？」

「さっき？　っていつですか？」

黒彦は手を離そうとするが、果菜が両手を上げて腕を摑《つか》んでいたので仕方なく頭を撫で続けた。

「君たちが来る、十分くらい前かな」

「……いや、誰も二階には行っていませんよ」

「え？　本当かい？」

一瞬、静かな緊張が部屋を通り抜けた。自分たちが来る十分前。食事が始まってからは誰も食堂からは出ていない。ましてや二階へ上がった者もいない。

「足音が聞こえたんだが……」

「聞き間違いじゃないですか？」

「何と？」

「何だろう……」

雨風はもう止んでいる。だからこそ廊下の足音もよく聞こえたのだろう。

「その音はどんな風だったんですか？」

「……ゆっくりとした歩調だったかな。確か、右から左に動いて行ったか。この部屋の前で止まるかと思ったが、そのまま通り抜けて……」

「右から？　それじゃあその前に、階段を上がって左から右へと通って行った訳ですよね？」

「言われてみれば妙だな。そんな足音は聞いていない」

「しかもこの部屋の右となると、天蝎宮《てんかつきゅう》と獅《し》子宮《しきゅう》と処女宮ですよ」

「蒲生さんの部屋と、香具土深良の部屋と、東作さんの部屋か……」

「蒲生さんは絶対に食堂から動いていません」

何か冷たいものが黒彦の背中を通り抜けた。

「どういうことだ……」

久佐川は鋭い目つきで部屋のドアを見つめている。何が起こったのだろう。一体誰が通ったのだろう。

「……不思議だ、確かに足音が聞こえたんだが」

「でも、みんな食堂にいたんですよ。久佐川さん以外は」

「俺が嘘をついているとでも？」

「そんな嘘をつく意味が分かりませんよ」

「それじゃあ、幽霊か？」

「幽霊……」

館の雰囲気はまさしく幽霊屋敷だが、まさか。

「幽霊は足音しないよ」

ぱちりと目を開いて果菜が応《こた》え、また目を閉じる。では久佐川は、何の足音を聞いたというのか。

誰かいるのか？　この館には。

自分たちの他に。

47

『夢』を見ていた。

赤い世界が広がっていた。

彼女は俺の足下に倒れ込んで、もう動かない。まるで眠るように、でも摑む彼女の左手は氷みたいに冷たくなっていた。

彼女はいなくなってしまった。そう思うといつまでも涙は流れ続けた。彼女は俺の一部であり、俺は彼女の一部だった。だから彼女を失うと、俺はとても小さく、頼りなく、弱々しい存在になってしまう。

彼女を失うのが辛《つら》いのではなく、

自分の体の一部を失うのが怖かった。

赤い世界は知らない所ではなく、いつもの家だった。頼もしくて、温かくて、安心できる家。いつも一杯に抱きしめてくれる彼女がいて、たまに現れては汚れた大きな手で頭や体を撫で回してくれる、『あの男』がいる世界。

その全てが、たった今失われたことを知った。

目の前に立つ、この『黒い男』によって。

黒い男が何をしたのかは知らない。でもこの男が彼女も『あの男』もこの家も自分から奪ってしまったに違いなかった。なぜなら黒い男は彼女を助けようともせずに、ただ目の前に立ち続けているだけだから。

そして、まるで怪獣のように笑い続けているから。

黒い男は笑い続けていた。楽しくてたまらないといった笑顔を見せながら。この赤い世界を震わせる程の大声で。その声は部屋中に響き渡り、俺の耳の奥底に触れて恐怖と怒りを引き起こさせた。俺はその嫌な音に耐えながら、黒い男をじっと見上げる。獰猛《どうもう》な獣のようにギラギラとした目。長く尖《とが》った二本の犬歯。

憎いか？　私が。

黒い男が俺に尋ねる。憎い、とはどういうことなのだろう。

お前の母親を殺したのは、私だ。

私が、この手で、
弓子を。

黒い男は高い声で笑った。顔を覆い、もうほとんど叫ぶような声で。

泣きながら。

頬を伝い、顎《あご》へと流れ落ちる水。黒い男は、俺と同じように泣いていた。俺と彼女とを引き裂いた男が、まるで俺の代わりをするように泣き喚《わめ》いている。その音に呼応して、部屋の電気が突然消えた。辺りは真っ暗になり、窓の外の月明かりだけが部屋を照らす。
俺と、彼女と、嗚咽《おえつ》を繰り返す黒い男の輪郭。あとはもう、何も見えない。

私を恨み、呪え。

黒い男が叫ぶ。

復讐《ふくしゅう》こそが最大の力となる。

俺を見下ろす男の瞳《ひとみ》は涙に濡《ぬ》れ、月明かりに照らされる。

お前の力が、私をさらにカグツチフカラへと近付ける。

カグツチフカラ、その呪文《じゅもん》のような単語。

覚えておけ、お前の母親を殺したこの私を。

カグツチフカラの代弁者を。

私の名は……

48

翌日の午前。黒彦は応接ホールの窓から激しく降る雨に濡れる暗い森をじっと見つめていた。耳の底でノイズのような雨音が続き、時折、ごおっという音と共に木々が折れそうになる程揺らぐ。雨はまたぶり返していた。

「しかし見事に雨ばかりだね」

隣に立つ犬神も外を見つめて呟《つぶや》く。今日は玄関ホールの双子座像の頭に載せていた山高帽を被《かぶ》っている。

「……帽子、どうしたんですか？」

「ん？　ああ、寝癖だよ」

犬神は視線を真上に向ける。

「あ、そうですか」

「気の利いた理由が言えなくて悪かったね」

「……気にしないでください」

今日もまた応接ホールに皆が集まり過ごすことになった。ソファでは紅岩、蒲生、三鳥、果菜の女性四人が、誰かが持参したトランプでゲームを行っており、時々話し声と果菜の歓声が聞こえている。妻木はそれを横目で確認しつつ、三日前の経済新聞に目を落としている。姫草は部屋の隅をうろついたり、白鷹武雄の絵を見上げたりを繰り返していた。久佐川の姿はない。自室での籠城《ろうじょう》を決め込んだ男は朝になっても一階に下りてくる様子はなかった。

「……いつになったら止むんでしょうね、雨」

一泊二日のつもりだった旅も、もう四日目を迎える。俺が一体何をした？　と空に尋ねたくなる程に雨は降り続いている。今なら『残念ながら、もう一生雨は止まなくなりました』と言われても信じられそうだった。

「あと二日だよ、多分。明日の夜には星が見られるだろうね」

「え？　本当ですか？」

「風向きが昨日と逆になっているだろ？　もう台風の中心は過ぎたんだよ」

犬神の言葉を聞いて黒彦は改めて雨の様子を窺《うかが》うが、昨日の風向きまでは覚えていなかった。

「あとは風速と降雨量と気圧を見れば大体の予測はできる。計測器があればもっと正確に出せるだろうけどね」

今日の犬神はお天気博士らしい。

「じゃあ、明日の夜か、明後日《あさって》には下山できるんですか？」

「生きていればね」

犬神はさらっと不吉な言葉を返す。明後日には帰れる。だが黒彦にとってその時間はあまりにも長大に感じられた。今日の朝は犯人の動きは見られなかった。だからといって、これで殺戮《さつりく》が終わるとは誰も思っていない。犬神は右手の親指をこめかみの辺りに当てて小さく呻《うな》っている。

「まだ頭痛が続いているんですか？」

「少しね。ましになってきている、というよりは慣れてしまった感じがする」

「どうしたんでしょうね」

「原因は大体分かるんだが……分からないんだ」

犬神はおかしな言葉で返す。

「何が分からないんですか？」

「どうしてこんな頭痛がしているのだろうか」

黒彦は首を捻《ひね》るしかなかった。

「よく降りますね」

二人の元に姫草が近付いてそう声をかける。頬に疲れた翳《かげ》りが現れているが口調はしっかりしていた。

「病院の方はいいんですか？」

黒彦が尋ねる。

「多分、大騒ぎしているだろうな。しかしどうしようもない」

姫草は溜《た》め息をつく。背後では果菜と紅岩がきゃーと声を上げていた。

「ハテナちゃんはいい子ですね」

溜め息を誤魔化《ごまか》すように姫草は言う。

「そうかい？」

犬神が横目で姫草を見る。

「退屈だから何か遊ぼうと言い出したのは彼女ですよ。こんな状況だと言うのに」

「どんな状況か、まだちょっと分かっていないんだよ」

「しかしそのお陰で場の雰囲気が明るくなりました。さすがにそろそろ皆さん参ってきていましたからね」

黒彦は少し振り返る。テーブルを囲む四人の表情は、確かに昨日と比べるとリラックスしている風に見えた。怪しく美しい微笑を見せる紅岩、凛《りん》とした表情で自分のトランプを見つめる蒲生、八の字の眉《まゆ》で気弱な顔をした三鳥、そして裏表のない笑顔で忙《せわ》しなく辺りを見回す果菜。まるでちょっとしたアイドルグループの楽屋風景のようにも思えた。

「お！　クロちゃんもやるかー？」

黒彦の視線に気付いた果菜が手を上げて黒彦を呼ぶ。ちょっとしたアイドルグループ全員がこちらに目を向け、黒彦は慌てて首を戻した。

「急に友達が増えたからはしゃいでいるんだよ」

犬神は無表情のまま窓に向かってそう言う。

「今時珍しいくらい純粋な子です」

「兄はこんなにひねくれているというのにね」

「……ご自分で仰《おつしや》らないでください」

「事件のことは、何か分かりましたか？」

黒彦が尋ねる。姫草は表情を硬くして僅《わず》かに首を振った。

「……分からない。何とかしなければならないんだが」

姫草は苛立《いらだ》ちを隠した厳しい口調でそう答える。その焦りは黒彦にではなく自分自身に向けられているようだった。どうすることもできない無力感を抱いているのかも知れない。彼は医師だ。自分たちはそれ以上に彼に期待し、疲れさせている。

「犬神さんは、何か考えておられますか？」

姫草はそれでも落ち着いた口調で犬神に尋ねる。

「いや、特に何も」

犬神はそう返しつつも、さすがに薄情を感じたのか言葉を続ける。

「犯人は一人なのかな？」

「……複数いると？」

「その方が楽そうだからね」

犬神は気楽に答える。どこまで考えての言葉かは分からない。

「あの殺害方法を見ると、そうかも」

黒彦が呟く。頭部を叩《たた》き潰《つぶ》されていた東作。太い矢で胸を射貫《いぬ》かれ、背後の大木にまで貫通していた露子。いずれも一人の人間の力では手に余る犯行だ。

「露子さんに至っては、たった数十分間の出来事でしたからね。その間にあの矢を突き刺して、しかも完全に姿を消すとなると、一人か二人は共犯者がいる可能性もありますが……」

「あるいは僕たち全員が犯人だったら一番楽だ。犯人捜しの手間も省ける」

犬神は無茶なことを言う。

「『オリエント急行殺人事件』みたいですね」

姫草が疲れた笑みを浮かべて返すが、犬神は不思議そうな表情をしていた。

「ご存じありませんか？」

「……『ボルシチも、結構うまかったぞ』って奴だっけ？」

「何だか分かりませんが、多分違います」

「ふん。いずれにせよ、どう考えても一人で行うのは大変だよ。殺害方法は乱暴だけど、犯行自体は用意周到に進められているみたいだし。一人でできるとすれば、この館を熟知して事前に準備を整えられる妻木さんくらいだよ」

犬神がいきなりそんなことを言ったので、姫草と黒彦は慌てて背後を振り返った。幸いにも妻木の姿は応接ホールから消えている。

「……いきなりな発言ですね」

姫草が小声で言う。

「だから一人じゃないだろうと言っているんだよ。ああ、他にも魔神やら魔術やらを使ったということも考えられるね」

「あ」

犬神の言葉を聞いて黒彦は思い出す。

「そういえば、昨日の夜、久佐川さんが妙なことを言ってました」

「久佐川君が？」

姫草が眉を上げる。黒彦は昨晩聞いた久佐川の話、彼が謎の足音を聞いた出来事を二人に告げた。

「……それは、本当かい？」

「久佐川さんはそう言っていました。誰かが部屋の前を通ったと」

「君たちが二階に上がる十分程前……全員が食堂にいたはずだが」

「そうです。俺も覚えています」

「……他に誰かがいるということか？」

姫草は掌《てのひら》で右の頬を押さえて呟《つぶや》く。

「こんな山奥で、こんな嵐の日なんですよ。しかも俺たちは東作さんが殺された日に館中を点検しているんですよ」

「分かっている」

石の壁に覆われた館のどこに隠れられるのか。

「姫草様」

突然背後から声をかけられ姫草と黒彦は身を震わせた。振り返ると、感情を押し殺した表情の妻木が目の前に佇《たたず》んでいた。

「……どうしたんですか？　妻木さん」

姫草は少し戸惑いつつ尋ねる。普段から執事ならではの落ち着きと声を徹底している妻木。だがその低い声に微《かす》かな震えが混じっており、その顔は血の気を失っていた。

「気になるものを、発見しました」

ふと気付くと応接ホールは静まり返っている。見るとソファに座る女性四人も、異様な気配を察してこちらに顔を向けていた。

「何ですか？　どうしたんです」

何かが起こったに違いない。妻木は数秒間逡巡《しゅんじゅん》した後、やはり静かに口を開いた。

「魚座の石像が、破壊されております」

湿気と薄闇が不気味な雰囲気を作る玄関ホール正面。魚座の石像は、胸を抉《えぐ》られ砂の血を流す牡羊座像の右隣にあった。

「ただいま、部屋に戻ろうとした時に見付けました」

黒彦が妻木の背後から石像を見る。二匹の白い魚は光のない目で宙を泳ぐ。一目見ただけではどこが損傷しているかは分からない。

「……表面が、削られているのかしら？」

黒彦の肩に顎《あご》を載せた紅岩が呟く。確かに二匹の魚はその体の表面が乱暴に削られ無数の凹凸を見せていた。

「これは、いつから？」

姫草が妻木に問う。

「……申し訳ございません。たったいま気付いたばかりなのです」

妻木はうなだれて目を伏せる。

「私も……気にしていたのですが、今朝は何も起こらずに皆様もちゃんと起きてこられましたから、安心しきっていました」

三鳥がそう言って謝罪する。だが十二星座像に何かが起こっているのは全員周知の事実であり、使用人二人ばかりを責める訳にもいかない。

「何にしても、昨日の夜に壊されたんだろうな」

紅岩のさらに後ろから蒲生が言う。傷付けられ、痩《や》せ細められた魚たちの奥に、邪悪な力を内包する魔神の巨体がそびえている。

双魚《そうぎょ》の身は乾き——

「二階に行こう。久佐川君が心配だ」

姫草は言うが早いか階段へと駆け出す。全員がその後に従った。人が殺される度に星座像に異変が起こる。黒彦は久佐川が昨夜見せた笑顔を思い出していた。


二階、双魚宮。姫草は一番に辿《たど》り着くなり力強くドアを叩いた。

「久佐川君! 姫草だ。開けてくれ」

姫草は拳《こぶし》を何度もドアに叩き付ける。しかし部屋の奥からは何の返事もない。

「鍵《かぎ》が掛かっているのか?」

蒲生がそう言ってドアノブを捻《ひね》る。ノブは僅かに傾くばかりでそれ以上は進まない。

「妻木さん! 合鍵は?」

「はい。ただいま」

　妻木は黒彦たちを掻《か》き分けて前に出ると、魚座の記号が彫られた鍵を姫草に手渡した。

　姫草はもどかしそうに何度か鍵穴の周りを突いた後、鍵を差し込み手首を捻った。

「入るぞ！　久佐川君」

　姫草はもう一度そう断った後、ドアを大きく開く。突入に向けて足を浮かせている。

「駄目だ！　姫草先生」

　黒彦は咄嗟《とっさ》に声を上げ、姫草を留《とど》まらせる。勢い余った彼は、危うくドアの向こうにある壁にぶつかる所だった。

「な、何だ？　この壁は」

「クローゼットです。久佐川さんは昨夜からこれでドアを塞《ふさ》いでいたんです」

　クローゼットの背中は入り口をすっかり埋めており、中の様子は全く窺《うかが》えない。

「おおい！　久佐川君。無事か？」

　姫草はクローゼットをどんどんと叩いて呼びかける。だがやはり返事はない。見ると、ドアとクローゼットとの間に若干の隙間がある。

「その隙間から入ることはできませんか？」

　黒彦は姫草に尋ねる。

「……入れないこともないが、僕には無理だな」

　隙間は狭く、姫草や蒲生はもちろん、黒彦にも通り抜けるには困難に見える。

「押し倒して開けるか。いいですね妻木さん」

「やむを得ません。私もお手伝いいたします」

「聞こえるか久佐川君！　クローゼットをそちらに押し倒すぞ。離れているんだ」底の方は念の為に確認をとってから姫草は箱の中程に手を掛ける。上の方は蒲生が、妻木が引き受ける。黒彦は気になって振り返ると見守る紅岩、三鳥、果菜のさらに後ろに犬神が冷たい目で佇んでいた。手伝う気は毛頭ないらしい。

「せーのっ！」

姫草のかけ声と共に一斉に力を加える。クローゼットはぐらりと揺れると、そのまま激しい音を立てて部屋の奥へと倒れ込んだ。

「……よし、入るぞ、久佐川君」

姫草は倒れたクローゼットに足を掛けると、緊張した面持ちのままゆっくりと部屋に足を踏み入れた。これだけ声をかけても返事がなかったのだ。久佐川の身にただならぬ事態が発生しているに違いない。蒲生と妻木がその後に続く。

「クロちゃん……」

背後から果菜の声が聞こえ黒彦は振り返る。

「全員で入ることはないです。後はここで待っていてください」

黒彦は紅岩、三鳥、果菜に向かってそう告げる。

「分かった。気を付けるんだよ」

最後尾にいる犬神が真っ先にそう返す。黒彦は何も言わずに部屋に進入した。

「……いないぞ？」

最初に入った姫草が部屋を見回してそう言った。昨夜見たばかりの久佐川の部屋。だがそこに久佐川本人はいなかった。

「おかしい。ドアは閉まっていたのに」

蒲生はそう言うと念の為にベッドの布団を上げてみる。もちろんそこには誰もいない。正面の窓にはクレセント錠が掛けられており、傍らのテーブルには空になったワインのボトルとグラスが置かれている。久佐川の気配は全く感じられなかった。黒彦は部屋の奥へと進みトイレのドアを開ける。やはり暗い個室には誰もいない。続いてその隣の浴室のドアを開ける。充満した生温《なまぬる》い湿気が首筋を撫《な》でる。


広い浴室の真ん中に、全裸の男が俯《うつぶ》せに倒れていた。


「あ……」

黒彦は喉《のど》の奥から僅《わず》かに声が漏れた。男は軟体生物のように手足を伸ばしきった状態で伏せている。濡《ぬ》れた髪が床に貼り付き、全身が青黒く染まっている。そして横を向いたその顔は、まるで地獄の責め苦を受けたかのように口を開き瞼《まぶた》を限界まで引き上げていた。

「……久佐川、さん」

声にならない叫びを上げて固まっているのは、間違いなく久佐川欄平だった。口の奥から伸びた舌がだらりと垂れ下がっている。何が起こったのだ？　黒彦は全身を駆け巡る虚脱感に耐え、かちかちと音を立てる歯を食いしばった。

「姫草先生……」

喉からは呟《つぶや》くような声しか漏れない。

「姫草先生！」

無理をして出した声は裏返り、女の子声になって部屋に響いた。

「どうした！　いたのか？」

その声に蒲生が応《こた》える。

「蒲生さんは来ないで！」

黒彦は咄嗟にそう叫ぶと、手を伸ばして制する。

「……いたのかい？　黒彦君」

事態を察知した姫草は厳しい表情で前に出る。黒彦は黙って浴室から脇に避けた。姫草は足を止めずに浴室に入る。

「……裸？」

久佐川の体を見下ろし姫草は呟く。もちろん久佐川からの返事はない。姫草は腰を下ろすと、人形のように力のない腕を摑《つか》んだり、驚愕《きょうがく》の表情のまま停止している顔を覗《のぞ》き込む。黒彦はその様子をじっと見つめる。その脇から蒲生と妻木も顔を出す。姫草はほんの微《かす》かに溜《た》め息を漏らすと、すっと立ち上がって黒彦を見た。

「君の言った通りだ。事件はまだ、終わっていない」

魔神館にまた一つ、死が加わった。

50

姫草と妻木を双魚宮に残し、黒彦たちは応接ホールへと戻ってきた。テーブルの上に投げ出されたトランプが随分懐かしい光景に映る。黒彦は呆然《ぼうぜん》としたままソファに深く身を沈めると大きく反り返って天井を見上げた。久佐川が死んだ。一度は犯人と疑ったが、その臆病《おくびょう》ゆえの信頼感に安心させられた男。つい十数時間前に事件について語り合った男が、またしても殺害されてしまった。目の奥に映るのは、変わり果てた久佐川の生々しい体と、断末魔の叫びを固めたかのような凄《すさ》まじい表情。彼は何に驚いたのだ？なぜ、久佐川が殺されたのだ？　魂が抜けてしまったかのような、絶望と無力感。隣に座る果菜が無言のまま左手を握るのが感じられた。

「畜生……」

そう呟く蒲生の声が聞こえたが、黒彦は天井を見上げているのでどこにいるのかは分からない。探す気もない。ただ果菜の少し冷たい手を握り返しておくだけだった。

「……どうなってんのかしら、この館」

紅岩の気の抜けた声が聞こえる。本当に、どうなっているのだろう。疑問を抱いても思考する力は生み出せず、ただ同じ言葉のみが頭の中をぐるぐる回り続けていた。どうなっているのだろう？　どうなっているのだろう？　人の気配が増えるのを感じる。

「……平気か。黒彦君」

絨毯《じゅうたん》を踏みしめる足音の後、多分正面から姫草の声が聞こえた。平気な訳がない。だが自分ばかりが絶望の海に沈み込んでいる訳にもいかない。黒彦は首を戻すと姫草に向かってしっかりと頷《うなず》いた。

「俺は、平気です」

目の前には、とても人の心配などしている場合ではない姫草の顔があった。

「……では医師として皆さんにお伝えします」

姫草は周囲を見回して言う。彼は報告することを医師の責務と捉《とら》えているらしい。

「双魚宮で、久佐川君が亡くなられていました。死体は浴室で全裸のまま、俯せに倒れていた。亡くなったのは恐らく昨夜の遅く、死因は、多分溺死《できし》です」

姫草は感情のない声で皆に告げる。その冷ややかな口調が逆に彼の動揺を表している風に見えた。

「溺死？　彼は溺《おぼ》れ死んだのか？」

蒲生が思わず声を上げる。姫草は頷く。

「外傷はありません。大量に水を飲んでいました」

浴室で、全裸で、溺死。至極当たり前の死因にも思えるが、黒彦はどこか引っ掛かるものを感じていた。

「じゃあ、勝手に死んだのか？」

「いいえ」

姫草は首を振る。

「これは殺人です」

「どうして分かるんだ？」

「浴室とはいえ、そう簡単に人は溺れ死んだりしません」

「でも酔ってうっかりってことはないかしら？」

紅岩が言う。しかし姫草はなおも首を振る。

「可能性は否定できないが……久佐川君が酒に強いことは知っているでしょう。確かに部屋には空のワインボトルが置かれていたが、あの程度で彼が酔い潰《つぶ》れたとは思えない」

「それもそうよねえ……」

「さらに、彼の死が決して事故ではないという証拠もある」

姫草の言葉に全員の目が集まる。

「溺れたはずの水が彼の周囲のどこにも見当たらなかった」

「そうだ……」

黒彦は感じていた引っ掛かりが解消されてそう呟く。浴室で、全裸で、溺死。しかし黒彦が思い出す限り、浴槽にも洗面台にも水の存在は見られなかった。

「でも例えば、浴槽で溺れ死んだ後に、何かの作用で底の栓を開けちゃうことってないかしら？」

「何かの作用とは？」

「何かな、足を引っ掛けちゃうとか？」

「もし彼が浴槽で死んだとすれば、当然死体は浴槽に入っているはずです。しかし彼は浴室の床に倒れていた。ということは」

「誰かが久佐川さんを浴槽に沈めて殺した後、水を抜いて死体を床に引き揚げたと？」

「恐らくは」

「なぜだ？　何の為にわざわざそんなことを」

蒲生が尋ねる。

「分かりません。それに無抵抗のまま襲われているのも不思議です」

「ちょっと待ってください」

状況を推理する姫草たちに向かって黒彦が声を上げる。

「……そもそもどうやって、犯人は久佐川さんの部屋に入ったんですか？」

「そう。それが不思議なんだ」

姫草も既に気付いていたようだ。

「久佐川君が他殺であることは間違いありません。しかし籠城《ろうじょう》すると宣言していた彼は、入り口に鍵《かぎ》を掛けてさらにクローゼットで蓋《ふた》をしていました」

「そういえば、ドアとクローゼットとの間にちょっと隙間がありましたよ」

「そう、五、六十センチくらいの隙間がね」

「そこから通り抜けるというのは」

「不可能ではないかも知れないが、通れる人は限られてくるだろうな。僕には無理だった」

黒彦は軽く全員を見回して考える。可能とすれば女性、さらに大柄な蒲生を除いた紅岩、三鳥、果菜くらいだろうか。

「これは喜ぶべきかしらん？」

紅岩は少し笑って冗談を言う。

「いえ、ここで決め付けるのはどうかと」

「そうだな。あるいは犯行後クローゼットを戻した可能性もある。だからこそドアにぴったり付けられなかったのかも知れない」

姫草の考えに皆が納得する。

「窓はどうかしら？」

と紅岩。

「窓のクレセント錠もしっかり掛けられていました。外部から侵入できる箇所はその二つしかありません。あとは四方石の壁に囲まれています」

周知の結論に全員が沈黙する。黒彦も頭を巡らし方法を探る。こういうのを密室殺人と言うのだろうか。しかしそんなことがあり得るのだろうか。

「そんな訳ない。何か方法があるはずだろう……」

蒲生はそう呟《つぶや》いて腕を組む。

「何かパズルめいたものかも知れません……どう思いますか？　犬神さん」

姫草は、自分で使ったパズルという言葉に反応したのか、最高の知性に解答を仰ぐ。

犬神は人差し指で帽子のつばを持ち上げ姫草に目を向けた。

「壁に穴を開けたんだね」

「……調べてみましたが、そんな穴は発見できませんでした」

「じゃあ屋根裏から侵入したんだ」

「天井も石造りです。屋根裏に上がれる場所もありません」

「ならば友達の顔をしてドアをノックして、久佐川君自身にドアを開けさせた」

「犯行後はどうしますか？　クローゼットを引き戻すのは大変でしょうし、ドアの鍵は内側からしか掛けられません」

「合鍵があったじゃないか」

「妻木さん、合鍵の保管は？」

「私の部屋、磨羯宮《まかつきゅう》の机の引き出しに保管し、私自身は常に部屋に鍵を掛けて持ち歩いております。先程も確認いたしましたが、特に部屋に入られた様子も、机を荒らされた形跡もございませんでした」

「では窓から入るしかないか」

「ですから窓にも鍵が」

「しかし友達の顔をして窓をノックして」

「夜中に窓を叩《たた》く友達を中に入れるでしょうか？　しかも彼は我々を信用していなかった。さらに窓の外は絶壁で、余程上手《うま》く壁に貼り付かないと落ちてしまうでしょう」

「すると友達の顔をして壁をすり抜けて」

「どういう友達なんですか？」

「実は幽霊の友達でした」

犬神は真顔で答える。姫草は呆《あき》れ顔になる。

「魔神の方が良かったかい？」

「……もう少し、現実的な方法はありませんか？」

「……ほう。先生は現実が何たるかを知っておられると？」

「哲学は専門外です」

「これは哲学ではなく、化学だよ」

「……今はそういう話をする気にはなれません」

「それは残念だ」

犬神は帽子を下げて発言を終えた。

「でもほんと、幽霊でもなきゃ入れないわよねえ」

紅岩が斜め上方を見つめながら呟く。黒彦は昨夜久佐川から聞いた足音のことを思い出していた。部屋の前を右から左へと歩く足音が聞こえた。あれは一体、誰だったのだろう。

「正直に言うと、僕は部屋に入るよりも出る方にトリックがあると思っている」

姫草はそう言って皆を見回す。

「入る方法はあるのか？」

蒲生が尋ねる。

「久佐川君が籠城を始めた後に入った人はいます」

「誰だ？」

「黒彦君」

「え？」

突然名前を呼ばれ黒彦は顔を上げる。

「と、ハテナちゃんです」

「ふえ？」

黒彦の隣で果菜も顔を上げる。手はまだ黒彦の左手を握っている。

「ああ、そういうことですか」

黒彦は意味を理解した。

「彼らは昨晩の夕食を届けに久佐川君の部屋に入っている。久佐川君は籠城と言ってましたが、説得次第では割と簡単にドアを開けてくれたんですよ」

姫草は皆にそう説明する。確かに、絶対に誰も入れる気がなかったならば、果菜の声にも反応しなかっただろう。

「でもそれは黒彦君たちだからでしょ？　アタシらが相手だったらきっと返事もしてくれなかったと思うわよ。それに、どれだけ説得してもそう何度も開けてくれたとは思えないわ」

細い煙草に火を付けて紅岩は言う。黒彦は、久佐川が果菜を相手にしてもなかなか部屋に入れてはくれなかったことを思い出していた。

「僕たちが行く必要はない。また部屋に入るのは一回で充分です。その時に殺害してしまえばいいんですから」

姫草は、これまで見せたことのなかった冷たい表情を黒彦に向けた。

「それって……」

「俺たちが、犯人だと言うんですか？」

思いもよらなかった姫草の推理に驚きつつも、黒彦はできるだけ冷静に言葉を返した。

果菜は意味がよく分かっていないのか、きょとんとした表情を見せている。

「浴室で全裸で溺死《できし》しているという状況は、どうも出来過ぎているように僕は思う。まるで久佐川君が一人で勝手に、入浴の最中にうっかり溺《おぼ》れ死んでしまったと見せかけたいが為に、そんな現場を作った風にも感じられる」

「でも事故の可能性はさっき、姫草先生があっさりと否定していたじゃないですか。すぐに見破られるような真似をしますか？」

「それだけ稚拙さが感じられるということだよ。そもそも今回の三つの殺人全てが、魔神だの魔術だのを意識して行われていること自体も子供じみている」

「僕はやっぱり、魔神の仕業だと思うよ」

果菜は顔を上げてそう訴える。黒彦は少女の手をぎゅっと握って発言を制す。

「……子供じみているから、俺たちが犯人になるんですか？」

不安と苛《いら》立《だ》ちが胸の奥で湧き起こったが、今はそれを見せてはいけないと思った。

「それはあくまで犯行の一側面だよ。一連の事件はそれ以上に謎が多過ぎる」

姫草は穏やかながらも窺《うかが》うような目で黒彦を見つめている。黒彦は目を逸《そ》らさぬよう、口を噤《つぐ》んでじっと見上げている。

「……君は年齢以上に冷静で、賢い男だと僕は思っている。僕たちに遠慮しつつも肝心な所ではちゃんと発言し、行動に移し、しかもその見た目は相手を充分に油断させることができる」

「犯行時間は？　俺たちが夕食を運んだ時間と一致するんですか？」

「いや、溺死の場合は判定が難しい。全身が水に浸《つ》かっていたら死体の反応も大きく変わってくるしね。道具も何もないこの状況では判断できないとしか言えない、僕の力ではね」

姫草は正直にそう答える。彼の力で判断できないのなら、この場の誰にも判断できない。黒彦は何も返すことができなくなった。

「でも、久佐川さんに夕食を届けたいって言ったのはハテナちゃんだったわよね」

助け船のつもりではないだろうが、紅岩は煙を吹きつつそう言った。

「そだよー、僕だよ」

「姫草先生の話だと、ハテナちゃんも共犯ってことになるわよね」

「え？　そうなの？」

いまさらながら果菜は声を上げ戸惑いを見せる。

「分かってる。だから僕も迷っています」

姫草は観念してそう認める。

「黒彦君一人で久佐川君の部屋に訪れていたら、充分疑えると僕は考えていた。しかしハテナちゃんを連れて行ったとなるとまず犯行は不可能だろうね」

「ハテナは何があろうとも他人に危害を加えないよ、絶対に」

くだらないといった表情で犬神は応《こた》える。

「分かっています」

「多分、分かっていないだろうけどね」

黒彦は姫草の曖昧《あいまい》な推理に怒りを感じると共に、解放されたことにほっと胸を撫《な》で下ろした。果菜のボディガードのつもりで行った出来事が、かえって少女に助けられた気分だった。

「疑ったりしてすまなかった、黒彦君」

「いえ……」

黒彦は姫草の謝罪を素直に受け止める。彼も焦っているのだろう。

「ああそうだ」

思い出したように蒲生が声を上げる。

「黒彦君は犯人じゃない。少なくとも夕食を運んだ時点ではね」

「何か気付いたことでも?」

「声がしたんだ、夜中に久佐川さんの部屋から」

「声?」

全員の目が蒲生に集まる。

「もう半分寝ていたからはっきりしないが、壁越しに聞こえていた。私の部屋って久佐川さんの隣だろ? 昨夜は雨も降っていなかったから」

「何時のことですか?」

姫草も目を大きくさせて尋ねる。

「布団に入った後だから、一時くらいだな」

「声が聞こえたってことは、一人じゃなかったのかしら？」

紅岩も興味を示して尋ねる。

「うん。確か、二人の男の声が聞こえた」

蒲生の言葉に姫草、妻木、犬神、黒彦の四人が反応した。

「一人は久佐川さんだろうから、誰かもう一人がいたんだろう」

「誰の声かは分かりませんか？」

「ああ、それは無理だな。黒彦君じゃないとは思うが……」

「俺、行ってませんよ」

黒彦は即座にそう返す。これ以上疑われてはたまらない。

「僕も行ってない」

姫草が言う。

「私も、昨夜は二階へ上がっておりません」

妻木も静かに答える。

「僕は、行ったっけ？」

「行ってないよー。僕とずっと『限定しりとり』してたよ」

いまいちはっきりしない犬神に向かって果菜が答える。『限定しりとり』については誰も口を挟まない。

「では誰が……話していた内容は？」

「それも分からない。でも誰かいたな、確実に。だから久佐川さんも決して誰も部屋に入れないつもりではなかったんだよ」

臆病《おくびょう》さゆえの籠城《ろうじょう》だが、一人でいることの不安もあったのか、ともかく蒲生の話を信じるならば昨夜あの密室には誰かが訪問していたのだ。四人の男全員が否定するということは、誰かが嘘をついているのか、それとも。

「やっぱり、魔術なんでしょうか？」

突然、これまで一言も発しなかった三鳥が不安げな声を上げた。

「何が？　久佐川君の部屋にいたのが？」

姫草が尋ねる。

「いえ、そうじゃないんです。でも何だか全てが、魔術とか魔法とか、人間じゃない者の仕業みたいに……だってそうじゃないですか。どうしてご主人様があんな風に殺されるんですか？」

「鶴原君」

隣に立つ妻木が思わず三鳥を窘《たしな》める。

「どうして露子さんがあんな短時間で殺されたりするんですか？　どうして久佐川さんが誰も入れない部屋で溺れ死ぬんですか？」

「その謎を僕たちは解こうとしているんだよ」

「何一つ分かっていないじゃないですか」

三鳥は即座に否定する。姫草は言葉に詰まる。

「私たち、何も分からないんですよ。どうして何も分からないんですか？　普通じゃないです。こんなの絶対、普通じゃないです！」

何かが崩壊したように、三鳥は一気にそう捲《まく》し立てる。不安を隠せないメイドの瞳《ひとみ》には涙が溜《た》まっていた。

「だから……香具土深良の、魔術なんです。ご主人様はそれを使って、私たち全員を魔神への生け贄《にえ》にするつもりなんです……」

十二宮の生命を魔神に捧《ささ》げる。東作の願望が陰惨な現実となって近付きつつあった。

本当にそんなことがあるのか？

「……それでも僕たちは解決法を考えなければならない。真実を突き止めないといけない」

落ち着いた声で姫草は返す。もはや彼であってもメイドの不安を完全には否定できなくなっていた。

「……そんなこと、できるんですか？　私たちに解決できるような問題なんですか？　解決できないものを考える意味があるんですか？」

三鳥は誰もが思っていることをはっきりと口に出す。

「思考は絶望を遠ざけてくれるんだよ」

犬神が帽子で顔を隠したまま答える。三鳥は赤い目で犬神を見た。

「何かを必死で考えている間、人は目の前にある抗《あらが》えない絶望から逃避できる。それは決して無意味な行為ではないよ」

相変わらずの飄々《ひょうひょう》とした口調で犬神は言う。彼はこれまでの会話の全てを逃避だと考えているようだ。しかし誰も反論できない。

「明日の夜には雨も止む。そこまで生き残れたら、僕たちの勝ちだ」

51

『私』は思う。

また一人、生命が捧げられた。

皆は気付いているだろうか。

私がこの身から湧き起こる震えを必死で抑えていることを。

館中に響き渡らせたい叫びを必死で堪《こら》えていることを。

私は玄関ホールのドアに触れる。重く分厚い巨大な扉。魔神館を、外世界の何物からも拒絶させる扉。だがたとえこのドアを開いたとしても、外は嵐の吹き荒れる脱出不可能な風景が広がるばかり。逃げられやしない。

ここは、十二宮を捕らえる魔法陣。

この結界から解き放たれる時、恐らくもう誰も生き残ってはいないだろう。

東作茂丸。

魔術の源は復讐《ふくしゅう》心だと彼は言っていた。

他人を恨み、呪う力は何物よりも強く、人間だけが発揮できる極めて純粋な力だと。

だからこそ魔術の原動力となると。

信じたくはない。この時代に、そんな迷信など。

では、この状況はどうだ？　誰が、どの人間がこの殺戮《さつりく》を行うことができる？

ドアに背を向け、私は再び応接ホールへと戻ってゆく。あまり一人で行動しては怪しまれてしまう。ふと顔を上げると、階段を上り二階へと向かう白鷹黒彦の背が見えた。どこへ向かうというのだろう。白鷹黒彦。白鷹武雄と、弓子の息子。

しかしあの少年に、こんな力などあるはずがない。

私は巨大な魔神像を見上げ、強く奥歯を噛《か》み締める。こんな石の塊に、そんな力などあるはずがない。だが足は震え、握る拳《こぶし》は汗に滲《にじ》んでいる。誰よりも、私は恐れている。

香具土深良。

こんなはずではなかった。

52

応接ホールに皆を残し、黒彦は一人で二階へと上がる。自分たち以外の何者かの存在も否定しきれず、一人でいることの不安は拭《ぬぐ》いきれない。それでも黒彦は事件の解決に向けて動かずにはいられなかった。明日の夜まで、もう誰も殺させない。その為に摑《つか》んでおかなければならないことがある。

あの、赤い夢の真相を。

二階の廊下を左に曲がり三つ目の部屋。黒彦の向かう先は獅子宮《ししきゅう》だった。魔神館を生み出した建築家、香具土深良。黒彦の頭の奥底、記憶の海の最深部にはその名が沈められていた。金のドアノブを摑み、ゆっくりと捻《ひね》る。鍵《かぎ》は掛けられておらず、日の前には二日目の昼に入った獅子宮がそのまま残されている。

なぜ俺は、この人を知っているのだろう。

照明のない部屋は異様に暗く、黒彦はドアを開け広げたまま部屋へと入り込んだ。古くさい紙の匂いと、湿り気のあるカビの臭い。膨大な魔導書に埋め尽くされた本棚が壁のぐるりを取り囲んでいる。黒彦は傍らにある木製の書き物机に目を向けた。

十二宮の死を暗示した、方眼紙。

確か犬神から姫草の手に渡っていた方眼紙は、その後またこの机の上へと戻されていた。赤字で慎重に書き綴《つづ》られたドイツ語の詩。読めない文字の中に『人馬《じんば》の胴は外れ』という言葉が刻まれているのを思い出し、黒彦は胃を締め付けられる痛みを覚えた。もしこの事件がこの詩の通りに進められているとしたら、全員の生命が断たれるまで殺戮は終わらないだろう。

しかし、そんなことができるのだろうか。

机の上には方眼紙しか置かれていない。三段ある引き出しを開けても中には何も入っていなかった。黒彦は次に大型サイズのベッドへと目を向ける。もはや眠る者もいない寝床には布団もなく、うっすらと埃《ほこり》が積もっている他にはやはり何もありそうにない。

窓の外が黄色く光り、深い森に雷鳴が轟《とどろ》く。黒彦はちらちらとドアの向こうに日を向ける。いきなり誰かが襲いかかって来たらどうしよう。あるいはドアを閉められ鍵を掛けられたらどうしよう。何か手掛かりを掴みたいという情熱の強さと同じくらい、黒彦は得体の知れない恐怖に脅《おび》えていた。

背の高い本棚を慎重に見回し歩く。書物は総じて古く、分厚く、タイトルすら満足に読めない。犬神が年代物の魔導書が並んでいると言っていたが、その中に何か手掛かりがあったりもするのだろうか。館の魔術を解く為の書物。まるでゲームのようだと黒彦は思い、ゲームならばどれだけ良かったことかと絶望する。

赤い夢にいた、黒い男。

復讐こそが、香具土の魔術の源。

あの日、あの場の出来事。

俺の世界は、一度崩壊している。

部屋の一番奥、若干の空きが見られる本棚の一番隅で、黒彦は一冊のスクラップブックを発見した。表面がプラスチック製の青いファイルはこの中でも比較的新しく、もちろん香具土のものではなく、東作が並べたものだろう。手に取り開くと、古い新聞記事のようなものが何枚も切り取られて綺麗《きれい》に綴《と》じられている。黒彦は廊下の光が当たる書き物机まで移動すると、椅子に腰掛け改めて開いた。新聞記事は黄ばみ、インクが滲み、何やら古い文字で埋められている。

『海外視察団。本日ヨリ畑中氏、佐倉氏、香具土氏ガ出発』


「香具土？」

黒彦は思わず呟《つぶや》く。そこに書かれていたのは建築工法の視察を目的に渡欧する香具土の記事だった。恐らくは東作が資料を集め残していたのだろう。黒彦は初めて『生きている香具土』を見た気がした。

「クロちゃん見っけ！」

「わっ」

廊下から突然呼ばれて黒彦は声を上げる。顔を上げると、逆光を背に立つ果菜のシルエットが見えた。

「……驚かすなよ、ハテナ」

「何してんの？」

「調べもの。一階の様子は？」

「うーん、みんなソワソワしてたよ」

　果菜は体をソワソワさせて言う。現状は芳しくないようだ。

「お前は何しに来たんだよ」

「瑠美さんが、クロちゃんが二階で待っているから行ってあげなさいって」

「誰が、誰を？」

「クロちゃんが、僕を？」

「知るか」

　黒彦は溜《た》め息をついてファイルへ目を戻す。姫草も言っていたが、この状況での少女の無邪気さは救いかも知れない。だがそれ故に、危うい所もあるのが心配だった。

「何読んでんのー？」

　果菜は机に乗り上げると、正座して黒彦のファイルを上から覗《のぞ》き込む。黒彦の正面には彼女の小さな膝頭《ひざがしら》が二つ並んでいた。

「香具土深良の記事だよ」

「おー、事件の手掛かり？」

「あればいいけど……」

黒彦は呟くようにそう返し、ファイルを捲《めく》り続ける。

『九州大学教授、香具土説ヲ完全否定。両者一層泥沼化』

「……犯人って、ほんとにいるのかなー」

果菜は頭上から黒彦の髪をいじりながら尋ねる。

「魔神だって言うのかよ」

『名所「貴人館」全焼。放火ノ疑惑』

「そうじゃないけど、あの中にいるのかなって」

「他に考えられないだろ」

脱出不可能な魔神館は、外へ出られないばかりか、外から入り込むことすらできない状況にある。

『香具土氏、引退宣言モ業界ハ無関心』

「だって、みんないい人じゃん？　じゃん？」

果菜は黒彦の髪を束ねて伸ばす。不思議と、この少女に頭を触れられても黒彦は気にならなかった。

「いい人だったら、こんなことにならないだろ」

「そう、そこが不思議なの」

黒彦は姫草、犬神、妻木、紅岩、蒲生、三鳥の顔をそれぞれ思い浮かべる。この中の誰かが東作、露子、久佐川の三人を殺害し、今も皆に紛れて新たな獲物の様子を窺《うかが》っている。誰一人としてそんな風に思えないだけに、全員が疑わしくも思えてしまう。

『空襲ノ傷跡。築地《つきじ》「深紅城」崩壊』

どうやら昔から、香具土の建てた物はついていないらしい。

「クロちゃん、結んでいい？」

「止めろよ」

ようやく手を伸ばして果菜の手をはらう。

「あ、可愛い！　クロちゃん今すっごく可愛いよ！　その頭」

「知るかよ」

『犬神博士、東作氏の木材廃止論を支持』

「あ、犬神さんだ」

「え？　どこどこ」

果菜は屈《かが》んで記事を見る。比較的新しい新聞にはその記事と共に東作と犬神の写真が小さく掲載されていた。東作はここで見た時よりも少し若々しく、いくらか太っているように見える。犬神は、何だか今と大して変わっていなかった。

「やっぱり凄《すご》いねお兄さんは！　ステキングだよ！」

「うん」

書かれている内容はよく分からないが、見出しに名前が掲載されているのだからやっぱり結構凄い人なのかも知れないと黒彦も思った。

『東作茂丸氏、別邸に信州の「妖館《ようかん》」を購入』

「妖館か……」

しかし今、その妖館で大変な事件が発生しているとは誰も思わないだろう。やはりこの事件も、いずれ新聞記事になるのだろうか。

「あ、白鷹さんだって！」

「え？」

ふいに果菜が声を上げ、切り抜かれた記事の一つを指差した。黒彦はつられて視線を動かす。

『画家・白鷹武雄氏が殺害。強盗か？』

「え？」

突然、黒彦の思考に急ブレーキがかかった。

53

「あれれ？」

「何だ、これ……」

少年と少女は、その記事をじっと見つめる。古い記事に打たれた小さな文字列。それがそっくりそのまま脳裏に焼き付けられる。

『画家・白鷹武雄氏が殺害。強盗か？』

十三日未明、東京都調布《ちょうふ》市にある画家・白鷹武雄さん（33）の家で火事があり、中から武雄さんと妻弓子さん（30）が遺体となって発見された。二人の遺体には鋭利な刃物で刺された跡があり、警察は殺人・放火の疑いで捜査を始めた。また部屋の押し入れより発見された長男（5）は無事保護された。

ただそれだけの短い記事。

だが真実は、いきなり目の前に姿を現した。

「……何だ？　どういうことだ？」

黒彦は震える指で記事をなぞり呟く。

「これ、クロちゃんの？」

果菜は何度も瞬《まばた》きを続ける。黒彦は、記憶の波がもの凄い速度で逆流を始めているのを感じていた。

赤い夢。

押し潰《つぶ》されるような不安と、恐怖。

倒れ込む女性。

現れない『あの男』

目の前に立つ、『黒い男』

「だって……そんな……」

父と母が、殺害された？　交通事故はどうなった？　黒彦の頭の中で何やら警鐘が鳴り響いていた。無事保護された長男？

「どうなってんだよ、これ……」

「クロちゃん？」

「交通事故だって……」

『お父さんとお母さんは、自動車の事故で亡くなったんだよ』

何度も聞かされた叔父《おじ》の言葉。

『じゃあ本当に自動車事故だったかどうかも分からないのか？』

昨晩聞いた久佐川の言葉。

何か、たとえようもない不安が黒彦の体を震わせる。薄々気付いていた通り、あの赤い夢は真実だった。自分は真実を見ていた。あの日、あの家で。自分は止めどなく涙を流しながら、血を流して、次第に冷たくなる母親の手を握り締めて、そして……

「落ち着けクロちゃん！」

いきなり、果菜は黒彦の頭を胸に抱いた。

「うわっ」

黒彦の目に急に現実感が戻る。

「ダメだよクロちゃん！　なんか今、なんか今どっかに行きそうになってたよ！」

「ええ？」

黒彦は果菜の胸の中でくぐもった声を上げる。

「ほんとだよ！　どっか行こうとしてたんだよ！」

「どっかって、どこだよ」

「分かんないけどさ！」

果菜はさらに強く抱き、頭の上から必死な声を上げる。もう、訳が分からない。

「ハテナ、離せよ！」

「ダメ、もう絶対離さないんだから！」

「何言ってんだよ！」

声と共に少女の心音が耳に伝わり、黒彦は先程とは違う身の震えを感じた。

「落ち着いた？　クロちゃん」

これでどう落ち着けというのか。しかし果菜の声は真剣そのものだ。

「……落ち着いたから」

「本当に？」

「本当に！」

「よし！」

果菜はようやく腕を解き、黒彦の頭を解放する。黒彦はそのままファイルの上に突っ伏した。

「……お前、何やってんだよ」

荒れた息を整えながら黒彦は言う。頭の中が無茶苦茶《むちゃくちゃ》になっていた。

「え？　だって僕、クロちゃんを落ち着かせようと」

「今のが？」

「そう」

果菜の目はどこまでも真っ直ぐだ。

「たまにね、お兄さんもやってくれるんだよ、これ。そしたら僕、とっても安心できるんだ。だからやってみた。どう？」

「どうって……」

「がんばってみた」

「いや……」

顔を上げると、心配そうに見下ろす果菜の顔がある。顔を少し赤らめているが、黒彦は見ないふりをしておいた。

「……お兄さんとお前とは、その、違うだろ……」

「そりゃあお兄さんには敵《かな》わないよ。僕はまだまだ未熟だから」

「未熟というか……」

黒彦はその先の言葉を思わず呑《の》み込む。これ以上は自分で墓穴を掘る気がしたので、再び頭を下げ新聞記事へと目を落とした。

「これ……クロちゃんのことだよね？」

「……ああ」

「お父さんとお母さん、殺されちゃったの？」

「そう……らしい」

どうして、忘れていたのだろう。うっすらと記憶に残る過去の光景。あの夢はやはり、本当にあった出来事だった。交通事故なんかじゃない。父親と母親は、あの『黒い男』

に殺されたのだ。

「……もっかい、落ち着いとく？」

「いや、もういいよ。ありがとう」

黒彦はちらりと果菜を見上げて言う。果菜は少し不思議そうな表情で見下ろしていた。

方法はともかく、少女のお陰で自分の内の『何か』が抑えられた気がしていた。解き放たれた記憶。しかし黒彦はその事実を、まるで目の前の新聞記事と同じように淡々と受け止めていた。起こってしまった事件は既に十一年も前の出来事。そこにはもはや、怒りも悲しみも湧き起こることはなかった。

復讐《ふくしゅう》心も。

「あれ？」

しかし一点の疑問が黒彦の脳裏を掠《かす》めた。

「この新聞……」

何かが変だ。

「どしたの？」

「この新聞が、どうしてここに？」

「ふい？」

果菜は黒彦の上で首を傾げる。

「俺はどうしてここにいる？」

「ええ？」


不安と不可解が交錯する。

何かが、ねじれている。


「ちょっと、どうしたのクロちゃん？　僕にも教えてよ！」

果菜も上から新聞記事を覗《のぞ》き込んで言う。

「いや、うん……違うんだ、何かが」

先程の反動を受けたかのように頭の中が急速に回り始める。黒彦は取り憑《つ》かれたように瞬きを繰り返し、両手を広げ、震える掌《てのひら》に書かれた見えない文字を探る。そしてその手で、目の前にある果菜の白い膝《ひざ》をぎゅっと摑《つか》んだ。

「あう……」

果菜は戸惑い、小さく鳴く。

「じゃあ、露子さんは何で殺されたんだ？」

黒彦は顔を上げ果菜を見る。

「え、分かんないよ僕」

「何で、露子さんはここにいたんだ？」

「んー？　なんか誘われたんじゃなかったっけ？」

「……そうだ、バーでウェイトレスをしていた所をスカウトされたんだ」

「えへへー」

「じゃあ久佐川さんは？」

「らんぺーさんは知らないよ、僕」

「俺は知ってる！」

「なら聞くな」

　では、二人が殺された意味は？　なぜ他の誰でもなく、この二人が殺されたのか？　黒彦は、今まで使ったことのない思考回路が働くのを感じ、興奮を覚えていた。これが推理というものなのだろうか。果菜の膝を摑む手に力を込め、じっと考える。

「……クロちゃん、膝が痛いよ」

「うん……」

「クロちゃんってばー」

「我慢しろ」

「あう……」

東作、露子、久佐川にだけ存在する接点。自分がここにいる理由。もしも、ここが普通の館で、香具土の魔術など存在しない世界だとしたら。自分が十二宮の一人ではなく、部外者としてこの事件を見下ろせたとしたら……

思考が、ぴたりと止まった。

「繋《つな》がった……」

「何がよ？」

一つの答えが、やっと見付かった。

「そういうことか……」

黒彦は不安げな果菜の目を見て呟《つぶや》くと、ようやく少女の膝から手を離した。

「やっぱり、もっかい落ち着いとく？　クロちゃん」

「いや……もういい」

「むー」

「……何をしているんだ？　君たち」

獅子宮の入り口に立つ姫草が声をかける。彼の目には、暗がりで椅子に腰掛ける黒彦と、机の上に正座する果菜とがじっと見つめ合っているのが見えた。

「姫草先生、一階は？」

「変わっていないよ。君たちが遅いものだから心配になって来てみたんだが……」

「すぐ、行きます」

黒彦はそう言って席を立つ。皆に伝えなければならない、全て。

「ああ、いや、君たちがあれだったら別に……」

姫草は少し口ごもる。黒彦はスクラップブックを閉じると元の場所に戻して姫草の方へと向かう。

「分かったんです」

黒彦は、姫草の顔を見ずに言う。

「何が？」

「犯人が」

「え？」

「お！」

そしてそのまま姫草の隣をすり抜けると、二人を残してさっさと廊下を歩き出す。果菜は机に正座したまま、唖然《あぜん》とする姫草ににこりと笑いかけた。

54

応接ホールには変わらず犬神、妻木、紅岩、蒲生、三鳥の姿があった。犬神、紅岩、蒲生はソファに腰掛け、妻木、三鳥は立って傍らに控えている。振り子時計の針は午後を回り、窓の外ではやはり雨が続いていた。

「おかえり、黒彦君」

黒彦に気付いた紅岩が先に声をかける。黒彦は神妙な顔で頷《うなず》いた。

「あら、どうしたの？」

「ただいまー！」

黒彦の後から果菜と姫草が戻ってくる。果菜は素早く犬神の隣に駆け付け腰を下ろした。

「お兄さんただいま！　ただいまお兄さん！」

「おかえりハテナ、どこへ行ってたんだい？」

犬神は切れ長の目線だけを動かし尋ねる。

「フカラさんの所、獅子宮だよ」

「ほう、何をしていたんだい？」

「んー？」

果菜は首を傾げる。

「クロちゃんに何かされた？」

紅岩がいやらしく尋ねる。

「ヒザつかまれてた」

「ヒザ？」

「お話があります」

黒彦は少し声を張り上げ皆の会話を止める。全員の視線が黒彦に集中した。

「……こういう時、何て言ったらいいか分からないんだけど」

ミステリのドラマや小説では、名探偵がよくこんなシーンで発言している。だが黒彦は、自分がその役になるとは思ってもみなかった。拳《こぶし》を握り息を整える。冷静にならないといけない。

「事件の謎が、解けました」

その言葉と共に、応接ホールの空気が一瞬にして張り詰めた。七人は表情を固めて、じっと黒彦の顔を見つめている。リアクションは一切見られなかった。

「犯人が、分かったんです」

不安げな表情を見せてはならない。発言には絶対の自信を持たなければならない。黒彦は何度も自分にそう言い聞かせる。事件を終わらせなければならない。これ以上、犠牲者を出さない為にも。

ソファに腰掛けた犬神が静寂を破り声を上げる。今まで聞いたことのない、冷たい響きだった。見ると、山高帽に隠された犬神の鋭い視線が向けられている。

「何ですか？　犬神さん」

目を逸《そ》らしてはいけない。負けてはいけない。黒彦は喉《のど》の奥で呟き続ける。

「……どうして、ハテナの膝を摑んだりしたんだい」

「へ？」

緊張感が、少し緩んだ。

「あれは、その……」

そういえば、なんでそんなことをしたんだろう。

「何だい？」

犬神はなおも問う。

「……衝動です」

黒彦が真剣な眼差《まなざ》しで答えると、蒲生が少し噴き出した。

「だろうね」

「あ、いや……」

「何なに？　たまんなくなっちゃったの？」

例によって紅岩がからかい始める。

「黒彦君」

「いえ、そうじゃなくて、その……」

黒彦も思わずしどろもどろになる。

「そんなことは、どうでもいいでしょう」

見かねた姫草が全員を黙らせる。やっぱり自分はこんな役じゃないと黒彦は思った。

「……どうでもいいそうだ、ハテナ」

「そんな！」

「犬神さん！」

天才・犬神も叱られる。姫草は黒彦に目を移した。

「事件の謎が解けたと言ったね、黒彦君」

「……はい」

黒彦も姫草を見つめる。

「犯人が分かったと言ったね」

「はい」

「その言葉がこの場でどれだけの重みを持っているか、分かっているだろうね？」

姫草は少し心配そうな表情で尋ねる。

「……でも、分かったんです」

黒彦は呟くように言う。もう後には引けない。姫草は微《かす》かに頷くとソファまで下がり蒲生の隣に腰を下ろした。

「では、聞かせて貰《もら》いましょう、皆さん。妻木さんと三鳥さんもこちらに」

姫草は二人を呼んでソファの側《そば》に立たせる。黒彦は鼻から深く呼吸をして、改めて口を開いた。

「まず初めに言っておきます」

名探偵じゃないのなら、役者になるしかない。黒彦は舞台で台詞《せりふ》を吐くように堂々と発言を始めた。

「この事件に、魔術や魔神は関係ありません。久佐川さんも露子さんも、東作も人間の手によって殺されました」

黒彦は三鳥の目を見つめて言う。知らずに、東作を呼び捨てにしていた。

「その意見には賛成だ」

姫草が言う。さすが先生と呼ばれるだけあって、言葉遣いがはっきりとしている。

「だがあえて聞こう。なぜそう思った？」

黒彦にはその質問も想定内だった。

「……俺が、何もしていないからです」

「君が？　どういうことだ？」

「皆さんが知っている通り、東作は死ぬことを望んでいました。香具土の魔術を信じて、魔神にその生命を捧《ささ》げることで自らをさらに高めようとする。俺にはよく分かりませんが、そういうことなんですよね？　妻木さん」

黒彦が尋ねると妻木が深く頷いた。

「しかも、それはただ死ぬだけじゃない。東作は、復讐心《ふくしゅうしん》のある者から殺害されることを望んでいました」

「復讐心……」

紅岩が繰り返して呟《つぶや》く。

「俺は、その為に呼ばれたんです」

十一年前の赤い夢。倒れ込む母の前に立ち尽くす自分に向かって、『黒い男』は確かに言った。

私の名は、トウサクシゲマルだ。

「親父の代わりなんかじゃない。東作は俺自身をこの館に呼んだんだ。自分を殺させる為に」

全く理解できない行動。だが初日の夜に見せた東作の表情は、間違いなく魔術に取り憑《つ》かれていた。

「……一体、何があったんだ？　君は」

呆気《あっけ》にとられた顔で蒲生が尋ねる。

「その理由は後でお話しします」

黒彦は慎重に答える。

「問題は、俺が何もしていないにも拘《かか》わらず、東作が殺されたことにあります。だからこの現状は東作の思惑とは違うんです。つまり、魔神や魔術とは一切関係ないんです」

魔術が本当にあるならば、それは黒彦の手によって発動しなければならない。そうでなければ、これは現実的な連続殺人事件のはずだった。

「でも……」

三鳥は呟く。

「しかし俺たちは、まだ魔術の存在を否定しきれていない。これだけ人が殺されているのに、それが人間ではない者の仕業かも知れないと考えてしまう。なぜですか？　そりゃあこの館は陰気ですし、玄関ホールにはあんな石像まである。外は相変わらず大雨です。でも、なぜ俺たちはそこまで魔術なんかを信じているんですか？」

黒彦は皆に尋ねる。誰も何も答えず、少年の次の言葉を待っている。犬神だけが、少し愉快そうな笑みを浮かべていた。

「それは犯人が、魔神と魔術を利用していたからです」

「利用だって？」

姫草が眉《まゆ》を上げる。

「まるで香具土の魔術のように見せかけて、自分の犯罪を隠そうとしているからです。ここには限られた人数しかいませんから、いずれ自分が疑われるかも知れない。それならば、存在が曖昧《あいまい》でただ恐怖のみを与え続けるオカルトに全て押し付けた方がいい。犯人はそう考えたんです」

「誰が……」

「そんなことができるのは一人しかいません。見知らぬ者が一堂に会した中、ただ一人だけ、東作と同じようにこの館の魔術を操れる人です」

黒彦はその者の方に顔を向ける。

「妻木さん、あなたが犯人です」

窓の外で、まるで示し合わせたかのように稲妻が光った。

55

誰も口を開かない。

どうやらこれで、この場での主人公は自分になってしまったと黒彦は思った。

妻木はじっと、黒彦の顔を見つめ続けていた。直立不動のまま、暗く重い空気を漂わせている。渋みを帯びた中年の表情。父親が生きていれば、多分これくらいの年齢になっていたのだろう。

「なぜ、妻木さんが？」

かなりの時間の後、姫草が尋ねる。

「それもまた、復讐です」

黒彦は妻木に代わって答える。妻木は暗い瞳《ひとみ》を向けたまま微動だにしない。

「妻木さんは昔、東作一族の陰謀によって多額の借金を背負わされたあげく、経営していた会社を一族に買収されたそうです。その結果仕事を失い、路頭に迷うことになった妻木さんを東作茂丸が執事として雇いました。東作は妻木さんを、その、自分の犬のように扱っていたそうです」

視界の傍らに、父親の描いた屋久島の絵が掲げられている。東作はこの絵もまた復讐だと語っていた。

「本当ですか？　妻木さん」

姫草が落ち着いた声で妻木に尋ねる。

「……事実関係だけをお答えするなら、左様にございます」

妻木は機械のように冷たい口調で答える。その目の奥の暗黒は窺《うかが》い知れない。

「白鷹様は、どこでそのお話をお聞きになられましたでしょうか？」

「昨晩、久佐川さんから」

「なるほど」

妻木は小さく頷《うなず》く。黒彦は姫草を見た。

「姫草先生、東作の死体の首に紐《ひも》で絞められたような痕《あと》があったのはご存じですか？」

「何、本当か？」

「犬神さんが教えてくれました」

姫草は医師だ。息のある人間ならどんな細部の異常も見逃さないかも知れないが、検視には慣れていなくても不思議ではない。まして頭部のあらかたが破壊されていれば疑いようもなかったのだろう。

「頭部《けいぶ》にロープか何かで絞め付けた索条痕《こん》が残っていたよ。後で見てくるといい」

犬神は頬杖《ほおづえ》をついたまま姫草に話した。

「なぜ頭を潰《つぶ》しているのに首を？　ああ、首を絞めてから頭を潰したのかしら？」

紅岩は姫草にではなく黒彦に尋ねる。

「そうです。首を絞めただけでは物足りなかったのです。東作を徹底的に破壊してしまわないと、恨みの気持ちが収まらなかったのです」

「……反論はないのか？　妻木さん」

蒲生はソファから立ち上がり妻木に尋ねる。妻木は皆を一瞥《いちべつ》した後、改めて黒彦を見る。

「……それだけではないのでしょう？　白鷹様」

「はい。他のことも全て分かっています」

「では、私はその後に意見いたします」

妻木は議論を避けて一歩退く。その極めて紳士的な態度が黒彦には不可解だった。

「……分かりました。それでは先に俺の考えを全て話します。想像の部分も沢山ありますから、もし間違っていたら指摘してください」

黒彦は皆に向かって話を続ける。

「今言ったように、東作を殺したのは妻木さんです。妻木さんは東作一族と東作茂丸を恨んでいて、ずっと復讐する機会を窺っていました」

応接ホールに黒彦の声が響き渡る。皆がその様子に注目し、特にソファの隅にいる果菜はきらきらした眼差《まなざ》しを送っていた。

「しかし東作は香具土深良に傾倒してこの魔神館を購入して以来、人付き合いを断って引き籠《こ》もるようになっていました。たった二人だけの生活です。殺せばすぐに自分が犯人だと分かってしまうと妻木さんは思いました」

「それで……」

紅岩が何か気付いた風に呟く。

「そうです。それで妻木さんは、東作が崇拝する香具土と魔神を利用しようと思い付きました。妻木さんは自分も香具土の魔術を信奉するふりをして、『十二星座にまつわる人間を集め、その生命を魔神に捧げるべきだ』と東作に助言したんです。それがこの事件の始まりなんです」

皆の視線が妻木に集まる。妻木はそれでも口を噤《つぐ》んだまま黒彦の言葉を待ち続けている。

「そして俺たちを集め、その目の前で東作の首を絞めて、さらに頭を潰して殺害しました。妻木さんにアリバイはありません。午前零時以降は一人でいたそうですから、東作を殺す時間は充分にあったはずです」

「どうやって、頭を潰したんだ？」

姫草が手を挙げて黒彦に質問する。

「それは、分かりません。妻木さんは意外と力持ちだと思いますが、それでもただの力であそこまでのことが行えるとは思いません。何か方法があるんだと思います」

その手口だけは黒彦にも分からなかった。だが方法が分からなくても犯人は見付けられる。姫草は頷いて手を下ろした。

「これで東作は殺害され、容疑者は俺たち全員になりました。俺は初め、館の使用人が犯人ならば、こんな大勢の集まった日に事件を起こすはずがないと思い込んでいました。でも実はそうではなく、大勢の人間が集まっているからこそ殺害が行えたんだと気付きました」

「十二星座の石像を壊したのも、妻木さんなのか？」

姫草はなおも尋ねる。

「多分。台風が直撃して俺たちが孤立するのも知っていたのでしょう。そうやって何重にも事件を複雑に見せて時間を稼ぎ、俺たちに恐怖を与えて疑われないようにしていたんです。十二星座の像を破壊するなんて、妻木さんにしか思い付けない行動です」

この館と香具土の魔術に熟知していなければ行えない状況。もっと早くに気付くべきだったと黒彦は後悔していた。

「じゃあ、なぜ露子は殺されたんだ？」

蒲生は睨《にら》むような目で黒彦を見る。自然とそうなっているのだろう。

「露子は無関係だろう？　なぜ殺されたんだ？」

「……それが、妻木さんの誤算だったからです」

「誤算？」

「露子さんは、東作に呼ばれて来たんです」

「あ」

三鳥が細い声を上げる。

「落成パーティを行う為にはメイドが必要でした。しかし妻木さんは計画を成功させる為にも、扱いやすいメイドを雇う必要があったんです」

「それで、私が……」

「そうです。真面目で物静かで、東作と全く無関係だった三鳥さんはメイドとして好都合だったんです。だから妻木さんはあなたをスカウトしたんです」

三鳥は少し青ざめた表情で妻木の横顔を見つめる。自分を呼び込んだこの男が殺人鬼であることに改めて恐怖を感じていた。

「しかし、露子さんは違った。あの人はもっと積極的で好奇心旺盛《おうせい》なタイプでした。この嵐の中一人で下山すると言い出したり、蒲生さんの行動を疑ったりと事件にも積極的に拘《かか》わろうとしていました。そんな露子さんをスカウトしたのは、妻木さんではなく東作自身でした」

「……だから、殺したというのか？」

蒲生が震える声で言う。

「露子さんは何かに気付いていたんだと思います。犯人に繋《つな》がる何かを。でも妻木さんには露子さんを黙らせておく自信がなかったんです」

「どうなんだよ、あんた？」

大柄な蒲生が一歩、妻木に近付く。ほんの数日だが黒彦たちよりも滞在時間が長かった分、露子への思い入れも強いのだろう。背の低い妻木は僅《わず》かに蒲生を見上げる。

「あんたが殺したのかよ！」

「まだ一人残っているわよね」

ほとんど飛びかかろうとしていた蒲生を制して紅岩が言う。

「黒彦君。久佐川さんも妻木さんが？」

「そうです」

黒彦ははっきりと答えて下唇を噛《か》む。事件解決へと導いてくれた彼を一度でも疑った自分に、許せないものを感じていた。

「久佐川さんから聞きましたが、当初東作は別の人物をこの館に招くつもりだったそうです。陶芸家だったらしいけど、この人については俺も知りません。久佐川さんと同じ魚座だったのでしょう。しかしこの人は東作の招待を断りました。それが妻木さんのもう一つの誤算でした」

黒彦はちらりと妻木の方を見る。彼はやはり無表情のまま、床に根を生やしたかのように立ち尽くしていた。

「東作は代わりに久佐川さんを招待しました。二人の関係は久佐川さんが東作に借金をしていたことにあるそうですが、それ以前に久佐川さんは東作にパソコンを教えていたことがありました」

「その話は僕も聞いていたな」

姫草が神妙な面持ちで応《こた》える。人が死者との思い出を語る時、それがたった数日間の接触であったとしても、どこかやりきれない虚無感のようなものを抱いてしまう。

「つまり久佐川さんは、この中では妻木さんを除いて唯一東作と深く拘わったことのある人でした。現に俺はあの人から東作と妻木さんとの過去を聞きました。だから俺は、妻木さんは東作を恨んでいて、一緒に魔術や魔神などを崇拝しているはずがないと分かったんです」

「……本当はそうなる前に殺しておきたかった訳か」

「久佐川さんの死体を発見した時、双魚宮のドアはクローゼットで蓋《ふた》をされていましたが、女性一人くらいなら入れる隙間がありました。だから通り抜けられるとしたら、蒲生さんを除いた紅岩さんと三鳥さん、あとハテナくらいだと思っていました。でも、妻木さんにもできたんじゃないでしょうか」

小柄とはいえ男の妻木には大変だろうが、それでも必死になれば不可能ではない。

「……俺の考えはこれで終わりです。だから妻木さんが犯人だと思いました」

黒彦はそう言い終えて妻木を見る。妻木もまた黒彦の方を向いたまま、まるで石像のように固まり続けていた。

56

「……どうなんですか？　妻木さん」

姫草が静かに妻木に問いかける。彼の目にも確信の光が宿っていた。

「お前が殺したのか、本当に……」

蒲生は怒りを堪《こら》えながら言う。その右手は三鳥の両手によって緩やかに繋ぎ留められていた。

「反論するなら今の内よ」

紅岩はこの状況でも、どこか楽しんでいる風に感じられる。刺激を求める芸術家の本能か、あるいは事件解決に安堵《あんど》しているのかも知れない。

「もう、白状してください。妻木さん」

黒彦は頼み込む気持ちで妻木に言う。彼を追い込むつもりはない。ただ犯人だと認めてくれれば、それだけで自分たちはこの不安な環境から抜け出せる。

「ヒトの思考の危うい所は……」

突然、見当違いの方向から声が聞こえて皆が振り返る。ソファの隅、果菜を膝《ひざ》に座らせた犬神が無表情のままこちらを見つめていた。

「時々、思った以上の加速を見せることにある」

「……何のことですか？　犬神さん」

黒彦が問う。

「ある強烈な刺激をもって動き始めた思考は、その後二、三の繋がりにより次第に加速度を増し、断片化された発想をも巻き込んで、やがては本人も気付かなかった結論へと辿《たど》り着く」

「……俺の推理が、違うってことですか？」

皆に推理を披露する間、黒彦が一番気になっていたのは犬神の態度だった。もし反論が出るならば、『世界最高の知性』を持つ彼しかない。そして彼が意見を出せば、多分自分には太刀打ちできない。それを恐れていた。

「どんな研究でも起こり得る失敗だよ。思い入れが深ければ深い程逃れられない。そして何よりも危険なのは、完璧《かんぺき》であるが故に周囲の人間をも魅了してしまうことにある」

「はっきり言ってください。俺は間違っているんですか？」

背筋に、いやな汗が伝うのを感じる。犬神はそれを楽しげに見つめている。

「さて、僕はこの事件に興味はないと言っていたね。だから黒彦君の話が正しいかどうかは分からないよ。今のはただ、君の演説を聞いて思った感想さ」

「何が言いたいんですか、犬神さんは……」

「お兄さん！　クロちゃんがんばったよ！」

膝に乗った果菜が上を向いて抗議する。

「しかし頑張りが報われないのも人生だよ、ハテナ」

犬神は冷たく返すと妻木の方に顔を向ける。

「さて妻木さん、次はあなたが喋《しゃべ》る番だ。大人は少年の努力を買う義務がある」

妻木は口を閉ざしたまま、ゆっくりと首を回して犬神を見る。

「……半分くらいは合ってたんじゃないかな？」

犬神は冷たい笑みを浮かべて尋ねる。

「……あなた様は、どこまで先を読まれているのですか？」

落ち着いた声で、やっと妻木は口を開いた。

「ここまでだよ。だからあなたにバトンタッチだ」

「妻木さん」

黒彦は思わず声を上げる。妻木は首を戻し黒彦をじっと見つめる。

「お見事な推理でした、白鷹様」

そして、恐らく黒彦が出会ってから初めての笑顔を見せた。

「……本当に、あなたが？」

黒彦は震える声を抑えて尋ねる。推理には自信があったが、この落ち着いた紳士が残虐な殺人鬼だとはどうしても思えなかった。妻木は笑顔のまま目を閉じて、ゆっくりと開く。

「しかし、半分だけだな」

「は、半分？」

「ああ」

妻木の言葉に全員が目を見開く。

「皆様方には、大変なご迷惑をおかけいたしました」

「そんなことはいい！」

蒲生が叫ぶ。

「半分だけって、どういうことだよ！」

打ち下ろすような怒号がホールに響く。だが妻木はただ頭を下げてそれを受け流す。

そこには一種の覚悟と諦《あきら》めたような雰囲気があった。

「……私は東作を、あの男を恨んでいた」

妻木は顔を上げると、誰にではなく全員に向かって話を始める。自分の口調の変化には気付いていないようだった。

「おおよその事情は白鷹様の話の通りだ。二十年程前に父親から譲り受けた会社を東作一族の陰謀により買収され、私はあの男に飼われる『犬』となった。誇張ではない。多額の借金という鎖に繋《つな》がれ、彼の為だけに働く毎日だった。若い頃は今よりも酷《ひど》くて、気に入らなければ殴られ、蹴《け》られ、魔術と称しては体を傷付けられた」

「逆らえなかったの？」

紅岩は眉間《みけん》に皺《しわ》を寄せて尋ねる。

「……倒産寸前の会社を買って貰《もら》い、余命幾ばくもない父親の入院費も立て替えて貰い、借金まみれの私なぞに仕事を与えてくれている。逆らえばどうあっても私が悪人になる」

姫草が言う。

「あの一族なら、そうするだろうな。人の弱みにつけ込むのが上手《うま》い人たちだ」

「……東作茂丸は極悪人だ。欲望を満たす為には他人のことなど全く考えようともしない。奴は莫大《ばくだい》な財産と、芸術家の狂気を持つ悪魔だよ」

そして妻木は黒彦を見る。

「それは白鷹様もご存じだろう」

その言葉に、黒彦はゆっくりと頷《うなず》いた。

「どういうことだ？」

姫草が眉《まゆ》を持ち上げる。

「……十一年前、俺の両親は東作茂丸に殺されました」

ずっと忘れていた光景。無意識のままに頭の奥底に隠し続けていた記憶。妻木が静かに頷く。

「その頃から次第に香具土に触れ始めていた東作は、復讐《ふくしゅう》心こそが魔術の源だと信じるようになっていた。人間の持つ恨み辛《つら》みの力が、自身を香具土へと近付ける力となる。馬鹿馬鹿しい話だが、奴はすっかり信じきってしまい、その結果白鷹様のご両親、武雄画伯と弓子夫人を殺害した」

遠い目をして語る妻木の横顔が雷光に照らされる。

「なぜ、白鷹先生を？……まさか弓子さんのことで？」

父親を知る紅岩がはっと気付く。妻木は目線だけを向ける。

「弓子夫人が、奴を捨て武雄画伯の元に行ったからだろう。もっとも、捨てられたと思い込んでいたのは奴一人だけのこと。弓子夫人にとって奴はただの学友に過ぎず、愛する武雄画伯に嫁いだのも当然の流れだ。しかし、奴にはそれが許せなかった」

「無茶苦茶《むちゃくちゃ》だ……」

蒲生は珍しく脅えた声で呟《つぶや》く。東作が彼女にも関心を抱いていたことを黒彦は思い出した。

「……妻木さんは、知っていたんですか？　俺の親が東作に殺されたことを」

黒彦が追及すると、妻木は小さく首を振った。

「およそ間違いないだろうが、真実は分からない。奴はこういう時は必ず一人で行動し、その姿は『犬』の私にも決して見せなかったんだ。そして私がそのことを問い質《ただ》した所で、背後にあの一族がある限り事件が白日の下にさらされることはまずあり得ない」

妻木の言葉には重みがある。そこには過去の経験から裏打ちされた事実がいくつもあるのだろうと皆に推測させた。

「さて、これらのこともあって私は東作の殺害を決意した。あの悪魔はこれ以上生きていてはいけない。誰もいないのなら私が動かなければならない。そんな使命感のようなものも抱いていた。しかし、あんな奴でも殺せば私は犯罪者となる。それは避けなければならなかった」

「その為に、僕たちを呼んだのですか」

姫草が言う。

「そう。白鷹様の推理の通り、私は奴をそそのかして十二人の者、香具土を除いた十一人の生命を魔神に捧《ささ》げるよう奴に助言した。確信はあったが、東作はその中に自分が含まれていることも気にせず、むしろ当然のように受け止めていた。奴にとって、死は一つの手段でしかないんだ」

「じゃあ、獅子宮にあったあの詩もあなたが作ったんだね？」

犬神が尋ねると妻木はしっかりと頷いた。

「全ては奴を殺害する為、そして皆さんを容疑者にする為の手段だ。幸いにも台風がこの地に近付いていることを知り、事件がさらに先延ばしになることも分かっていた。これは天が私に味方してくれていると思った。準備は万全だったんだ」

妻木はそこまで言うと、ふとその表情に翳《かげ》りを見せた。

「……そう、準備にぬかりはなかった」

「それで、東作を殺したんですね？」

黒彦が先へと促す。

「……ああ。奴は就寝前には睡眠薬を飲む習慣があった。一度眠りにつけば多少の物音では目覚めることもない。私はあの日、零時過ぎに皆様にお断りした後、自分の部屋に向かうふりをして二階へとこっそり上がり、処女宮に入った。部屋の鍵《かぎ》は掛けられておらず、奴はもう既に眠っていた。そして私は、自分のズボンのベルトを外して、奴の首に巻き付け一気に絞め上げた」

妻木の言葉に皆は戦慄《せんりつ》を覚える。

「どれだけ力を込めればいいのかも分からず、とにかく力一杯引き締めた。奴は一言だけ、潰《つぶ》れるような声というか音を漏らしただけだった。私はこれまでの恨みを込めてひたすらに、首がちぎれ飛ぶ程に締め付けた。しばらく後にベルトを緩めると、奴はもう息をしていなかった」

淡々と行動を語る妻木。恐らく彼は一片の罪悪感も抱いていないのだろうと黒彦は思った。

「その後私は奴の元を離れると、廊下や階段に誰もいないことを慎重に確認しつつ磨羯宮へと戻った。これだけ人数がいれば全員のアリバイを特定することは不可能だろうと思っていた。奴の首を絞めたベルトは、私のベッドの下にまだ隠してある」

妻木は再び口を閉じると、青ざめる皆を静かに見回す。そして一言、この場の誰もが思いも寄らなかった言葉を吐いた。

「私が行ったのは、ここまでだ」

57

「……え？」

思わず黒彦は声を上げる。妻木の重く、しかしどこか切ない自供はいきなり終わりを告げた。

「その後は……その……」

誰も言葉を発しない。ただ黒彦だけが、責任感で妻木に尋ねる。だが彼は目を閉じ首を振るばかりだった。

「分からない」

「東作の頭を潰したのは？」

「私は知らない」

「露子さんを殺したのは？」

「私ではない」

「久佐川さんを殺したのは？」

「私自身が驚いている」

「あの、玄関ホールの石像は？」

「私は一切、手を掛けていない」

「てめぇ！　ふざけんな！」

蒲生が顔を真っ赤にして飛びかかる。

「蒲生さん！」

しかし間一髪で立ち上がった姫草が前に出て食い止めた。

「でたらめ言ってんじゃねえよ！　お前が殺したんだろうが！」

「でたらめではない！　私は東作以外、誰も殺していない。西木君も久佐川様も、殺したのは私じゃない！」

妻木は大声でそう言うと、そのまま赤絨毯《じゅうたん》の床にどっかりと腰を下ろした。

館が、静まり返った。

「そんな……」

黒彦は呟き、もうそれ以上声が出なくなった。完璧《かんぺき》と思い込んでいた推理が外れた。いや、それこそ犬神の言った通り、半分だけ合っていた。信じられない。しかし床に座り顔を上げる妻木は、犯罪を認めながらも覚悟を決めた表情を見せていた。

「妻木さん、もう一度聞くが、本当にそれ以上何もしていないんですね？」

姫草は診察するような眼差《まなざ》しで妻木の目を見る。

「翌日の朝、皆様もそうだっただろうが、私もまた心底驚いていたんだ。一体何が起こったのか、全く理解できなかった」

首を絞め、殺したはずの死体が、翌朝には頭を潰されている。その衝撃もまた相当なものだったろうと黒彦は思った。

「しかし僕が見た死亡推定時刻は、頭を潰された所から推測しているんだ。絞殺された後ではあれほど出血はしない」

「私は、やっていない」

「では、絞殺された直後に潰されたことになる。三十分と経っていないだろう」

「三十分？　そんな馬鹿な。私は誰も見ていないぞ」

妻木は目を見開いて返す。黒彦にはその驚きの表情に嘘はないように見えた。東作はほんの僅《わず》かの間に二回殺害されている。一体なぜ？　どうやって？

「……私はすぐに、誰かにはめられたんだと疑った」

妻木は目を伏せて、呟くように語る。

「何者かが私の計画に便乗して、さらに残酷な方法で死体を破壊した。あの男ならば、私の他に恨みを持っている者がいても不思議ではない。蒲生様か、久佐川様か、あるいは白鷹画伯のご子息の仕業かも知れないと考えた」

「俺が？」

だが妻木はゆるゆると首を振る。

「すぐに、そんなことはあり得ないと思い直したよ。私は執事として、また今まで悪魔のようなあの男と暮らしていたお陰で、正しい者とそうでない者とを見分けることが得意なんだ。白鷹様は決して人を殺《あや》めるような方ではない」

「じゃあ誰が怪しいんだよ？」

落ち着きを取り戻した蒲生が聞く。妻木は彼女に向かって、やはり首を振るばかりだった。

「一体誰が、あんな酷い殺害を行えるだろうか。白鷹様の推理は見事だ。確かに西木君と久佐川様は、私が呼んだ者たちではないし、私の求めていた方々とも違っていた。しかしそれを言うならば、ここにおられる皆様とて私は望んでいなかった」

妻木の言葉に黒彦ははっと気付く。確かに何もかもが妻木の自由になっていたなら、医師の姫草や天才と呼ばれる犬神をここへ招くことはなかっただろう。

「だが、たとえどのような者がやって来たとしても、私はそれを運命として捉《とら》えることに決めていた。私の望みは、東作茂丸の死ただ一つ。それさえ達成できれば、そう、誰かに追及されれば正直に話すつもりだった」

皆を見上げて妻木は言う。彼はその言葉通り、黒彦の推理を受けて潔く殺害を認めた。東作茂丸だけの殺害を。

「それじゃあ本当に、誰が……」

黒彦は崩れ落ちそうになる膝《ひざ》に力を込める。一度は解決したものと思っていた事件が、より不可解な事実となって目の前に立ちふさがった。そのショックは、自分が思う以上に大きい。妻木はそんな黒彦を哀れむような目で見つめて、再び口を開く。

「……だから私は、魔術の仕業だと言い続けていたんだ」

「魔術……」

「そんなものを信じているのは東作だけだった。大昔に死んだ変人を崇拝し、狂信的に縋《すが》っていた奴を私はいつも心の中で笑っていたんだ。しかしこの状況はどうだ？　私が何もしなくても東作は殺され、西木君も久佐川様も殺されている。しかも尋常じゃない方法でだ。あの方眼紙の詩、あれは確かに私の書いたものだ。しかし内容は私の創作ではない。獅子宮や書庫の本を読み漁《あさ》って見付けた言葉だ。十二宮の生命を魔神に捧《ささ》げよという香具土の望みは真実なんだ。だから東作もその気になったんだ」

妻木は一気に捲《まく》し立てる。そこにあるのはもう無口で翳りのある執事ではなく、不安に駆られ焦りを見せる一人の男の姿だった。

「この館、魔神館には私ら以外の何かがいるんだ。それこそ生け贄《にえ》により召喚されつつある巨大な魔神か、あるいは皆殺しの魔術を扱う香具土深良の亡霊だ。今もきっとどこかに潜んでいる。そしてこの状況を見て笑っているんだ」

「妻木さん」

疲れた表情の姫草が制する。黒彦は妻木の言葉から館に潜む『謎の人物』を思い出していた。久佐川が聞いた『誰かの足音』とは何だったのか。露子が見間違えたらしい『蒲生の後ろ姿』とは誰だったのか。館に足を踏み入れた時から抱き続けている、誰かに見られているような感覚。本当に自分たちの他には誰もいないのか？　もし存在するならば、一体どんな方法で姿を消しているのか？

「……私は東作、いや香具土の魔術を甘く見ていたんだ」

「妻木さん」

姫草は悲痛な声を上げる妻木の正面に立ち見下ろす。

「あなたの話はよく分かった。東作さんとの関係も、あなたがその恨みで彼を殺害したということも。僕はそれも自分勝手な犯罪だと思うが、今は不問にしておくつもりだ」

妻木は姫草を見上げ、じっと言葉を待っている。

「しかし、あなたの話を百パーセント信じる訳にはいきません。黒彦君の推理は間違っていたかも知れないが、あなたの自供も真実だとは限りませんから」

姫草は厳しい目を向けて言う。妻木は鼻で笑い口角を持ち上げた。

「私は犯罪を少年に暴かれた時点で、もう全て諦《あきら》めている。しかし信じられないというのなら、この身を紐《ひも》で縛って床にでも転がしておくといいだろう。東作を殺し皆様を惑わせたのは事実だ。だからそのような仕打ちを受けても致し方ないと思っている」

そして妻木は皆に向かって言い放つ。

「だが、まだ死ぬぞ」

58

「……まさかこんなことになっちゃうなんてねえ」

衝撃的な話し合いが終わった後、紅岩は持参したスケッチブックを開きながらぼんやりとそう言った。応接ホールには紅岩と果菜と黒彦の三人、そして床には紐で両手両足を縛られた妻木が転がっていた。姫草は少し休むと言って二階の部屋へと戻り、蒲生は夕食の準備の為に厨房《ちゅうぼう》へと行った。犬神は書庫の本に興味があるらしく、三鳥と共に一階の小部屋へと消えていた。

「このままじゃホント、アタシたちまで危ないかもねえ」

紅岩はソファに腰を下ろし、スケッチブックの新しいページに鉛筆を走らせている。テーブルを挟んだ正面には、緊張した表情の果菜が座っていた。

「本当に、魔神とか魔術が関係していると思いますか？」

黒彦は再び窓の外を見つめながら尋ねる。うんざりする程代わり映えのしない景色。犬神は明日の夜には止むと予想していたが、それはつまり明日の夜まで雨は止まないという意味でもあった。

「妻木さんに聞きなさいよ」

紅岩は冷たい目を妻木に向ける。赤絨毯《じゅうたん》に埋《うず》まる妻木はじっと目を閉じ何の反応も示さない。眠っている風にも見えるが、まさかそんなことはないだろう。

「でも魔術ってさー、もっとババーンとかドーンとか、ハデに何か起こるものなんじゃないの？　エンタテインメント性に欠けるよ実際」

果菜はよく分からない身振りを交えながら語る。

「ハテナちゃん、ちょっと動かないでねー」

「あ、はい」

紅岩に言われて果菜は動きを止める。どうやら紅岩は少女をモデルに絵を描いているらしい。

「俺は、魔術なんてないと信じています。魔術は『見せかけ』というか、玄関ホールの十二星座像を破壊するのだって、俺たちを怖がらせる為だけに行われていると思うんです」

「そう考えるのが、普通でしょ」

紅岩は時折鉛筆を止めては果菜の表情をじっと見つめている。果菜は不自然な笑顔のまま固まっていた。

「でも、それだけじゃないって気もしない？」

「します……」

　妻木の言葉があったとはいえ、自分たちはまた魔術にとらわれてしまっている。窓の外の重苦しい天気がそう思わせるのか、日的と手段が見えない犯行がそう考えさせるのか、それともこの館の持つ、異世界的な雰囲気がそう感じさせるのか。黒彦はソファの所まで戻り紅岩の背後からスケッチブックを覗《のぞ》き込む。モノクロームの果菜がこちらに微笑みかけていた。

「僕たちも、殺されちゃうのかな」

　スケッチブックの後ろから果菜はこちらをじっと見つめている。

「大丈夫よ」

　紅岩が手を滑らす度に少女の姿が陰影を付けて浮かび上がってくる。絵画の表現や感性についてはさっぱり分からない黒彦だが、こういうのを見せられると彼女がいかに凄《すご》いかがよく伝わった。

「いざとなったら黒彦君が助けに来てくれるわよ」

「無茶《むちゃ》言わないでくださいよ」

「えー、助けに来てくれないのー？」

「そうじゃなくて……」

って
いた。

三人もの大人を惨殺している怪物とどうやって戦えと言うのか。犯人捜しだけでなく、そちらの方の対策も考えておくべきなのではないだろうかと、黒彦はいまさらながら思っていた。

「はいハテナちゃん、ちょっと右向いてー」

「あ、はい」

果菜は紅岩の指示に従い首を曲げる。紅岩は数秒間その横顔を見つめた後、再び凄《すさ》まじい勢いで鉛筆を走らせ始めた。

「……絵、上手《うま》いですね」

「それって、Jリーガーにサッカー上手いねって言うようなものね」

「ああ、すいません」

「可愛く描けてる？　クロちゃん」

果菜は目線だけを動かしてこちらを見る。

「うん、凄いよ」

「良かったねハテナちゃん、凄い可愛いって」

「えー！　そんなー」

果菜は頭をぶんぶん振って照れる。

「ちょっと動かないでねー」

「あ、はい」

そして再び姿勢を正す。

「……よくこんな状況で楽しめますね」

少し呆《あき》れて黒彦は言う。

「期待しているわよ、黒彦君」

紅岩はこちらを見ずに返す。

「……何を？」

「助けに来てくれるのを」

「だからそれは」

「事件を解決してくれるって意味よ。それはやっぱり、あなたの役目なのよ」

紅岩はちらりと振り返ってそう言う。黒彦は複雑な表情のまま二人の前から下がった。

厨房からは野菜を切る包丁の音がリズミカルに聞こえていた。覗き込むと、てきぱきと作業を進める蒲生の姿が見える。コンロの火に気を配りながら四枚の皿を一瞬で並べ、精密機械のようなスピードで食材を切り刻む。先の紅岩もこの人も、その卓越した能力にはただただ感心させられた。

「何だい？　黒彦君」

蒲生は目線だけをこちらに向けて尋ねる。包丁を動かしながらよくそんな真似ができるものだ。

「いえ、何かお手伝いできるかなと……」

「ありがとう。でもいいよ。出来上がるまで遊んでおけよ」

蒲生は少し笑顔を見せつつ短くそう返した。多分手伝った所で邪魔者でしかないだろうと自覚している黒彦も、小さく頷《うなず》いて了解した。厨房は広く、ゆうに四、五人は作業できそうなスペースを持っている。正面の奥には勝手口のような小さな入り口が目に入った。方向から考えるとあれは、外のゴミ置き場あたりに繋《つな》がっているのだろうか。なぜかそれが、黒彦の頭の奥に引っ掛かった。

「私を、疑っているのか？」

手を止めずに蒲生は尋ねる。黒彦は何も答えない。自分でもどう考えればいいのか分からなくなっていた。

「……亡くなった人のことを悪く言うのも何だけど、確かに私は東作さんが苦手だった。こう見えても一応女らしい感情も持っているからね。あの人は、男としては私が一番嫌いなタイプだったよ」

二人の間で何があったかは知らない。ただ黒彦も、蒲生と東作とでは似合わないという気はしていた。

「だから殺した、というのも理由になるかも知れないな。おまけにその後、私の行動を疑っていた露子も殺された。さらに私と東作さんとの関係を皆の前で話した久佐川さんも殺された。妻木さんが告白した今、多分三人に一番因縁があるのは私だろうな」

蒲生は自分でそう認める。彼女からは誠実な印象しか受けないが、悪く考えれば開き直っている風にも感じられる。蒲生は手を止めるとじっと黒彦の顔を見つめた。

「でも、私は犯人じゃない」

「……俺も、そう思います」

そうとしか答えられない。

「疑うのは勝手だが、私はその間にまた誰かが殺されるんじゃないかと思うと不安なんだ」

腰を据えて考えていられる程の余裕はない。しかし性急に解決を求めては大きな間違いを生む可能性も高くなる。まるで模擬試験のようだと黒彦は思った。勉強もできないままに始められた実力テスト。時間切れは、死を意味する。

「……この事件は何重にも仕掛けが含まれていると思います。一つは香具土深良の魔術への見せかけ、もう一つは妻木さんの復讐《ふくしゅう》ゆえの殺害。蒲生さんを犯人に仕立てようとするのもその一つだと思うんです」

「……気を付けろよ、黒彦君」

蒲生は真剣な眼差《まなざ》しで黒彦の目を見る。

「犯人はかなり危険な奴だ。自分が疑われていると思ったら容赦なく襲いかかってくるだろう」

その言葉に少し寒気を感じたが、黒彦は手に力を込めて振り払う。

「でもこのまま殺されるのを待つのは、嫌です」

黒彦の返事に、蒲生はなぜか小さく笑った。

「……おかしいですか？」

「いや、恰好《かっこう》いいよ」

「そんなつもりで言った訳じゃないです」

「分かっているさ。でも用心しろよ。何か分かったら私にも聞かせてくれ」

蒲生は笑顔を止めてそう言う。

「はい」

黒彦も神妙な顔つきで返す。

「……さて、紅岩さんたちからお茶を頼まれていたんだが、黒彦君もどうだい？」

「あ、いや……結構です」

そう断って黒彦は厨房《ちゅうぼう》を出る。のんびりする気分にはなれなかった。

59

黒彦は玄関ホールを通り抜け書庫へと向かう。書庫のドアは開いており、中から犬神と三鳥の声が聞こえていた。黒彦はすぐに部屋に入るのをためらい、入り口の前で立ち止まる。

「……やっぱり、魔術のせいだと思いますか？」

か細い三鳥の声が聞こえる。どうやらこちらも似たような話をしているらしい。

「どうだろうね」

犬神はさらりと返す。ぱらりぱらりと本のページを繰る音が聞こえた。

「……どうして、そんなに余裕でいられるんですか？」

「余裕でもないさ。僕なりに色々考えて行動しているつもりだよ」

「こうやって、書庫に来られているのもですか？」

「うーん」

多分、そんなつもりはないのだろうなと黒彦は思った。

「……私、凄《すご》く怖いんです。また誰か、殺されるんじゃないかって」

「この事件が妻木さんの言う通り魔術によるものだとしたら、可能性は高いだろうね」

「そんな……」

「その前に魔術から解放されればいいんだろうけど」

「解放……」

「どうだい黒彦君。魔術を解く鍵《かぎ》でも見付かったかい？」

犬神は突然声を上げて、部屋の外に潜んでいる黒彦を呼んだ。

「え！　白鷹様？」

三鳥は慌てて入り口の方を見る。黒彦は仕方なく二人の前に姿を見せた。

「……何で、分かったんですか？　俺がいるって」

「気配がしたからね、黒彦君の」

相変わらず、この人の能力は底が知れない。気配だけで相手を知るなど、黒彦は漫画の世界でしか知らなかった。

「え、えー！　白鷹様、いつから、いつからそこに！」

なぜか三鳥はあたふたと狼狽《ろうばい》する。白い頬も赤く染まっていた。

「いや、ちょっと前から。話し声がしたもんで」

「じゃ、じゃあ私の、私の、あの、ええー！」

犬神と黒彦を置いて、三鳥は一人でどこかに行ってしまっている。

「大丈夫だよ。黒彦君が来たのはその後だから」

「その後？」

「ほ、本当に？　本当にそうなんですか？　白鷹様」

三鳥は黒彦の両手を摑《つか》んでぐっと見上げる。黒彦は訳が分からない。

「……何か、あったんですか？」

「うん」

犬神は本に目を落としながら返事をする。

「何もございません！　決して何も、何もないんですぅ……」

三鳥は涙目になって黒彦に訴える。何かあったのだろう、絶対に。

「……このことはハテナ様、いえ、紅岩様には言わないでください、お願いします、白鷹様」

「……何のことですか？」

「そんなの、わ、私の口からは……」

「三鳥さんが部屋に入るなり突然僕の」

「やや止めてください！　犬神様！」

何だかサッパリ分からない。

「……あの、俺、邪魔でしたか？」

「うん。多分彼女にとってはね」

「いえ！　そんなことございません。ささ、もっと奥に」

「はあ……」

黒彦は勧められるままに書庫に入る。埃《ほこり》と、三鳥の髪の匂いがアンバランスに感じられた。

「で、見付かったかい？」

分厚い洋書を片手に犬神は尋ねる。書庫の暗みが彼の背後に漂っていた。

「え？　何がですか？」

「犯人」

「……見付かる訳ないじゃないですか」

少し不機嫌に黒彦は答える。犬神は、ふうんとだけ呻《うな》って本のページを繰り続けた。この人は、どこまでも気楽だ。

「何、読んでいるんですか？」

「なに、妻木さんの書いた例の詩を探しているんだよ」

「ありましたか？」

「ない。でもまあ、近いものはあるね」

犬神は少し笑みを浮かべながら本を眺めている。

「それが、事件に関係していると考えているんですか？」

「うん。いや、関係ないんじゃないかな。この件はもう終わっているだろうし」

「じゃあ、どうして」

「別に、気になったからだよ。東作さんは復讐心が一番強いと思い込んでいたそうだけど、僕は好奇心がこの世の何よりも強いと考えているんだ。好奇心と探求心。人はこの二つだけで文明を築き上げ、破壊し続けられるんだ」

三鳥がそっと黒彦の側による。何か意味がある訳ではなく、じっとしていられない程の恐怖心から自然にそうしてしまうのだろうと黒彦は思った。みんな、この状況を恐れているのだ。

「……犬神さんは随分、余裕なんですね」

「つっかかるね、黒彦君」

犬神は本から目を離し、再び黒彦を見る。切れ長の瞼《まぶた》の奥に、光のない瞳《ひとみ》があった。

「俺たちだって、いつ殺されるか分からないんですよ」

「焦りは不安と失敗しか生み出さない。僕はそんなことはしたくないんだ」

「じゃあ犬神さんは落ち着いて考えているんですか？」

「この事件に興味はないと言ったはずだよ。それは君たちに任せるさ」

「それは構いません。いまさらあなたの知恵を借りようなんて思ってません。でも俺は、あなたが平然としていられる理由が分からないんです」

「僕が余裕でいるのがそんなに気に入らないのかい？」

「……この状況で余裕でいられる人なんて、絶対に自分は殺されないと知っている人だけなんじゃないですか？」

黒彦は思わず語気を強める。その言葉を使った久佐川は昨夜殺されてしまった。犬神は無表情のまま黒彦を見つめる。山高帽を被《かぶ》り白衣を着た長身の男は、不思議なくらいこの館に馴染《なじ》んでいた。

「僕が犯人だと？」

「そうとは、言いませんが」

「そういう意味に聞こえたけどね」

犬神は本を閉じると、腕を伸ばして元の棚に戻す。

「僕を、君たちの定規で測らない方がいい」

棚を見上げたまま犬神は呟《つぶや》く。三鳥が黒彦の袖《そで》を摑んでいた。

「死なんてものは、僕にとっては恐怖でもなんでもないんだよ」

黒彦はその言葉を受け取るまでに、たっぷり三秒もかかってしまった。犬神は横目でこちらを窺《うかが》い、問うように小首を傾げる。

「……なぜ？」

「なぜ？」

犬神は繰り返す。

「なぜ怖くないんですか？」

「何を怖がっているんだい？」

犬神は楽しそうに聞き返す。分からない。この男が全く理解できない。死の恐怖がない。それは東作のように、死を高尚なものと捉《とら》えている風でもない。この男にとっては、本当にどうでもいいことのようだった。黒彦は一歩身を退《ひ》き三鳥を匿《かくま》う。犬神を危険視した訳ではない。ただこれ以上会話を続けると、自分の中の根本的な何かを壊されてしまう気がした。

「黒彦君」

犬神が言う。

「そこまで恐怖を抱いているなら、ハテナを守ってやって欲しい」

「ハテナを？」

「あの子は僕じゃない。死の重要性を理解できない僕には、あの子を守ってやれないんだよ」

「ああ……」

その時、何かが崩れ落ちる、がらりという音が黒彦の背後で鳴り響いた。

「ん？」

「ひゃっ」

三鳥は思わず黒彦の腕を摑む。黒彦は振り返るが、景色に何の変化もない。音は最初の一度きりで終わっていた。

「な、何でしょう？　今のは」

脅《おび》えた声で三鳥が尋ねる。

「何だろう？　何か、物が壊れるような音が……」

「聞こえたね」

犬神も遠くに目を向けて応《こた》える。黒彦はやんわりと三鳥の腕を剝《は》がすと、二人を残して書庫を出て玄関ホールへと戻った。そう軽い音ではなかった、何か石のように硬い物がばらまかれた感じの、とそこで黒彦は急に嫌な予感を抱き足を速めた。目の前には巨大な魔神像と、それを取り囲む十二星座像。辺りには誰もいない。黒彦は石像群を巡り一体一体に目を向ける。顔の剝がれた乙女座像、牙《きば》の折れた獅子座像、胸に穴を開けられた牡羊《おひつじ》座像、表面を削られた魚座像、蠍座像《さそりざ》の尾が根本から折れ、地に落ちていた。

黒彦は全身が緊張するのを感じた。鎧《よろい》のように頑丈な外骨格に覆われた蠍。そのシンボルであり、強烈な武器でもある尾が、節ごとに細かい切片となって白い粉と共に赤絨毯《じゅうたん》に落下していた。黒彦は慌てて周囲を窺う。やはり誰の姿もなく、もう何の音も響いては来ない。

天蝎《てんかつ》の尾は切られ――

「蒲生さん！」

黒彦は叫び声を上げると同時に、厨房《ちゅうぼう》へと一気に駆け出した。

60

「……どうしたの？　黒彦君」

食堂を抜け厨房へと向から黒彦に向かって、応接ホールから紅岩が声をかける。

「蠍座像の、尻尾《しっぽ》が折れてました！」

黒彦は足を止めずに短くそう答える。その言葉が、この館ではどのような意味を持つかを知らない者はいない。紅岩と果菜は持っていたティーカップを置いてソファを立ち、黒彦は蒲生の名を呼びつつ厨房へと入る。返事がない。湿気に混じって、何か濃い臭いが鼻を突いた。

「蒲生さん！」

厨房を一目見た時、そこには蒲生の姿はなかった。

そして見下ろす床には、夥《おびただ》しい量の血溜《だ》まりに沈む蒲生らしき人の背があった。

「蒲生さん！」

黒彦はズボンの裾《すそ》が血に濡《ぬ》れるのも構わず厨房に入り込み蒲生を起こそうと手を伸ばす。しかしその手は彼女の肩に触れる寸前で止まった。

「……何だよ、これ……」

黒彦は思わず呟く。目の前には髪を束ねた蒲生の頭、それに繋《つな》がる首、さらに肩、そして背、
大柄な蒲生の体は、背中の途中で終わっていた。

そして、その隣には二本の足を投げ出した腰部の残骸《ざんがい》が転がっていた。

「蒲生さん！」

背後から叫び声がする。振り向くと、目を大きく開いた紅岩と果菜の後ろで、断続的な悲鳴を上げる三鳥がこちらを見て佇《たたず》んでいた。三鳥はそのまま真後ろに倒れ始める。

「犬神さん！」

黒彦は三鳥の隣に立つ犬神に叫ぶ。犬神は気を失って倒れる三鳥を寸前で抱きとめた。

「姫草先生を呼んできてください！」

事件に興味があろうとなかろうと関係ない。黒彦の強い指示に犬神は素直に頷《うなず》くと三鳥を抱えて厨房を出た。

「紅岩さんもハテナも出ろ！」

二人は黒彦の剣幕に脅えるように一歩下がる。黒彦は蒲生の上半身から目が離せない。震えが止まらず、離れていこうとする意識を必死で繋ぎ留める。

「蒲生さんも、死んじゃったの？」

糸のように細い少女の声が、黒彦の背に刺さる。

「どうなってんだよ！」

黒彦の叫びが厨房に響く。床から立ち上る濃い血の臭いに咳《せ》き込み、涙が溢《あふ》れた。数十分前に会話した蒲生が、殺されている。今度は夜でもない。皆が起きている昼間に。何が起こった？　犯人はどこへ消えた？

「何だ！　これは」

厨房に入るなり姫草は驚きの声を上げる。黒彦はもう、振り返る気力もない。

「……平気か？　黒彦君」

姫草はそう言って黒彦の肩に手を置く。黒彦はその重みに、弾《はじ》かれたように体を震わせる。

「俺のことなんかいいから！　早く！　蒲生さんを」

黒彦は姫草の顔に向かって叫ぶ。

「……落ち着け、黒彦君」

「落ち着いてられるかよ！　さっさと蒲生さんを助けろよ！」

自分でもバカなことを言っていると思ったが、それでも黒彦は暴走する感情を止められなかった。

「蒲生さんは犯人じゃなかったんだ！　俺は知ってたんだ。あの人は、自分よりも他の人が襲われるのを心配してたんだぞ！　そんな人が、何で殺されるんだよ！　犯人じゃないんだぞ、あの人は！　助けてやれよ！」

壊れる。という思いが頭をよぎった。

あの日のように。

全てを忘れる為に。

「……手遅れだよ、もう」

「そんな訳ない！　あの人が死ぬ訳ない！　もっとしっかり診《み》ろよ！　何とかなるんだよ！　死ぬ訳ないじゃないか！」

その瞬間、背後から誰かが黒彦を抱き締めた。小さく、温かい感触。黒彦の感情を抑え込み、平らに戻してくれる掌《てのひら》。

「あ……」

喉《のど》の奥から声が漏れる。背中から熱が伝わり全身の力が弛《し》緩《かん》する。弾け飛んだ精神が元の位置に戻り修復されてゆく。荒れた呼吸音のみが残り、それもやがて落ち着きを取り戻す。

「ハテナ……」

少女は黒彦にしがみついたまま何も言わない。ただ黒彦の背中に顔を埋《うず》め、胸の辺りにまで腕を回している。それが黒彦を落ち着かせる方法と知っているのか、それとも咄《とっ》嗟《さ》にとった行動なのかは分からないが、崩壊の予兆は驚く程あっさりと消え去った。

「……応接ホールに行っていなさい。僕も後で行くから」

姫草は諭すような口調で言う。黒彦は微《かす》かに頷くと果菜をくっつけたまま蒲生に背を向ける。

「……しかし、どうすればこんな殺し方ができるんだ？」

姫草の呟《つぶや》く声が聞こえる。蒲生は腹の辺りから真っ二つに切断されていた。まるで強大な力を持つ魔神が、その爪で引き裂いたかのように。

「……あれ、何かしら？」

厨房の入り口付近でずっと様子を見ていた紅岩が、床の一点を指差してそう言った。示す方を見ると、長く伸びた蒲生の右手の人差し指が、血を使って何か文字のようなものを床に書き付けているのが分かった。流れた血のままではなく、そこだけは明確な意志をもって軌跡を残している。

上に二つの頂点を持つジグザグ模様。蒲生の最期のメッセージは、『M』という文字に見えた。

61

「言ったろう。まだ死ぬぞと」

縛られたままの妻木が疲れきった低い声で言う。その言葉は応接ホールに戻ってきた皆の耳に届いていたが、誰も返事をしなかった。これまで通り姫草が殺害状況と死因を説明するが、黒彦が見たまま以上の発見もなく、やはり誰もろくな反応を示さなかった。お互いに疑心を抱き、それが身を置く位置の微妙な広がりとなって表れている。この中に犯人が、あるいは共犯者がいる。三鳥はもう意識を取り戻しており、青白い表情のまま黒彦の向かい側のソファに腰を下ろしていた。

「どうすれば、あんな風にして人を殺せるのかしら？」

紅岩が皆に問うように言って煙草に火を付けた。

「分からない、チェーンソーなどがあれば可能かも知れないが……」

険しい表情をした姫草が言う。

「この館にそんなものはない」

妻木がはっきりと答える。

「それにチェーンソーみたいな大きな音が響いたら、応接ホールにいた私たちも気付くでしょうしね」

「それでは、人力で引き裂いたのか？」

「……しかも数十分の間に、ですよ」

黒彦がそう付け加える。人を殺すだけならそれでも不可能ではないかも知れないが、人体を切断するとなるとそう簡単にはいかないだろう。犯人は一体どのような方法を使ったのか。黒彦はしばらく自分に問い続けたが、何も思い浮かばずうなだれるしかなかった。自分を心配してくれて、用心しろと忠告してくれた人が先に殺害されてしまった。もしも自分が、あとほんの少しだけあの場にいたならば蒲生は殺されなかったのかも知れない。それを思うと悔やんでも悔やみきれなかった。なぜ、彼女が殺されなければならない。テーブルの端をじっと見つめていると、隣に座る果菜が心配そうな表情で顔を覗《のぞ》き込んできた。

「……ああ、大丈夫だよ」

黒彦がそう言うと果菜はぱっと笑顔になった。彼女は、蒲生の死を目の当たりにし心の均衡を失いそうになった自分を助けてくれた。恐らくそのことを彼女は自覚してはいないだろう。気付いていないからこそ扱える能力なのかも知れない。

「で、今回も犯人の姿は誰も見ていないのね？」

紅岩が溜《た》め息と共に煙を吐く。

「黒彦君も？」

「俺も見ていません。蠍座像の尾が折れているのを見付けて、慌てて厨房《ちゅうぼう》に行ったから」

「蒲生さんは私たちにお茶を淹《い》れてきてくれた後、また厨房に引っ込んでいったわ。犯人はその後に蒲生さんを殺して、さらに蠍座像も壊して逃げたんでしょうね」

「その流れでいくと、一番疑わしいのは僕なんだろうね」

姫草が疑いをかけられる前に自分でそう言った。蠍座像を壊した後、自分に気付かれずに逃げるとすれば二階に上がるしか方法はないと黒彦も考えた。書庫には自分と犬神と三鳥が、応接ホールには紅岩と果菜と妻木がいた。姫草だけが一人で二階にいた。

「でもアタシは、蒲生さんが残したメッセージも気になるわよ」

「メッセージ？　ああ、『M』の文字ですか」

「彼女が最期に残した言葉よ。きっと重要な意味があると思うわよ」

「どんな意味が？」

「さあ？　でも『M』の付く人って、一人しかいないのよねえ」

紅岩はそう言うと、煙のたなびく煙草の先をぴっと三鳥の方に向けた。

「ね、三鳥ちゃん」

「え？　わ、私？」

三鳥は急に指名されて戸惑いを見せた。姫草泰道、紅岩瑠美、妻木悟、鶴原三鳥、犬神清秀、犬神果菜、そして白鷹黒彦。名字や名前に『M』の付く人物は、三鳥しかいない。

「私……知りません」

「そう？」

紅岩は怪しい笑みを浮かべながら、青ざめる三鳥を見つめた。黒彦は『M』の別の意味を考える。例えば上下を逆にして『W』であったと考える。しかし該当する人物はいない。左に倒して『E』であったと考えても、同じく該当者はいない。右に倒して数字の『3』であったと考えると、該当者がいないばかりか、漢数字にすると三鳥の三にも当て嵌《は》まり、さらに彼女を追い込む結果となった。

「三鳥さんは、犬神さんと共に書庫にいたから、犯行は不可能です」

黒彦は状況を思い出しつつ答える。

「あら、そう。じゃあ誰かと共犯ってこともあり得るわね」

「共犯？　誰とですか？」

「それは分かんないけど」

「私……人殺しなんて……」

三鳥は小さく震えながら、囁《ささや》くような声で言う。

「案外、東作さんを恨んでたりするんじゃないのかしら？」

「……ご主人様は、私には親切な方でした」

「嫌なことされなかった？」

「嫌なことって……」

「メイドさんならではの、夜のお仕事とかで」

「そ、そんなのありません！」

三鳥は真っ赤になって反論する。よく赤くなったり青くなったりする人だと黒彦は思っていた。

「魔神のエムじゃないのー？」

いきなり果菜が手を挙げてそう言った。

「なるほど……」

不意を突かれたように、姫草は感心する。

「それ、どういう意味かしら？」

「だから魔神の最初の文字はエムだから—」

「いや、蒲生さんがそれを残して、どうするんだ？」

黒彦は呆《あき》れつつ尋ねる。

「つまり、魔神が殺したんだよ絶対！」

果菜は自信満々の表情でそう言いきった。全員の口から溜め息が漏れる。

「お前なあ……」

「え？　だってそうじゃないの？　僕たちはこの中から誰が犯人だろうって捜しているけど、本当はやっぱり魔神が犯人だったんだよ。だから蒲生さんはがんばってそれを伝えようとしたんだよ。ね、お兄さん」

果菜は唯一の理解者だと言わんばかりに犬神に声をかける。

「って、あれれ？」

「今度は何だよ」

「……お兄さん、どこ？」

「え？」

全員が一斉に声を上げた。黒彦はぐるりと部屋を見回す。

「いないぞ？」

「食堂の方にも、見当たらないわよ」

紅岩は開け放たれたドアの向こうを覗いて言う。

「……玄関ホールにもいないぞ」

姫草も薄闇のホールに目を向けて答える。

「え！　お兄さんどこ？」

果菜は跳び上がってソファを立つ。

「黒彦君！」

姫草が声を出すより早く、黒彦は果菜を捕まえる。何となく、少女が一人で動き回ることに危険を察知した。果菜はそれでも前へ行こうと手足をばたつかせる。

「いつからいないんだ？　犬神さんは」

「三鳥さんが気を失った時にはいました」

黒彦は素早く答える。

「その時に、姫草先生を呼んでくるようにお願いしましたけど」

「そう。そして僕は犬神さんに呼ばれて一緒に厨房に向かったが、途中で彼は三鳥さんの様子を見てくると言って応接ホールに行ったよ」

「三鳥さんは？」

「え？　あ、そういえば私がここで気が付いた時はもう、一人でした」

嫌な予感が黒彦の背筋を通り抜ける。もはや何が起こっても不思議ではない。

「とにかく、手分けして捜そう」

姫草の言葉に皆が頷《うなず》いた。

62

「お兄さんどこー！　お兄さーん」

静寂の魔神館に少女の声がこだまする。黒彦は果菜を任され犬神の捜索を続けていた。

「書庫にもおられません！」

三鳥の声が聞こえる。

「部屋にもいないわよー」

欄干から顔を出して紅岩が叫ぶ。玄関のドアが開き、ずぶ濡《ぬ》れの雨ガッパを着た姫草が戻る。

「どうですか？」

黒彦の言葉に姫草は首を振る。

「館の周囲を回ってみたが、どこにも見当たらなかった。やはり館のどこかにいるんじゃないか？」

「それがどこにもいないんです」

「お兄さーん！　ねえ、出てきてよー！」

果菜は声を上げながら辺りをさまよう。三鳥がその後を追う。

「では、もっと遠くに出て行ったのか……しかしもう日は落ちているし、この雨の中では……」

この辺りの夜が完全に暗黒となることは黒彦も知っている。おまけに夏とはいえ洪水が起こる程の大雨が続いている。そんな中で犬神が野宿するとは考えられない。それでは、何者かに連れ去られたのだろうか。階段を下る紅岩の姿が見える。

「二階にはいなかったわよ」

「東作の部屋にも？」

「一応捜したわよ」

「一体、どこに行ったんだ？　三鳥さん、他に捜す所は？」

「館内はもうありません。……後は、どこまで外へ出られたかというくらいしか」

「俺、捜して来ます」

黒彦は言うが早いか外へと向かう。

「駄目だ。危険過ぎる」

だがすぐ姫草に止められた。

「でも」

「今夜は待とう。明日もし晴れたなら外へ出てみよう」

「晴れなかったら？」

「……それでも捜しに行こう」

黒彦は頷くしかなかった。

「……お兄さん、いない」

とぼとぼと戻ってきた果菜がぽつりと呟《つぶや》く。

「大丈夫。きっとすぐ帰ってくるわよ」

紅岩は腰を屈《かが》めて果菜と顔を合わせる。

「でも、でも、今までこんなことなかったんだよ！　いつも一緒だったんだから」

「じゃあ今日は最初なのよ。帰ってきたら怒っちゃいなさい」

「うー……」

気休めでしかないと黒彦は思ったが、果菜のあまりに幼い態度を見せられるとそう言うしかないだろう。

「僕のこと、心配じゃないのかな……」

「え？」

「僕なんてどうでもいいから、お兄さん出て行っちゃったのかなあ……」

「そんな訳ないでしょ」

「だって！」

「黒彦君がいるから、犬神さんも安心しているのよ」

「え？」

黒彦はまた紅岩に追い込まれる。

「そうかな……」

「そうよ」

そうなのか？　と言いかけるが黒彦は言葉を呑《の》み込む。

「……お兄さん、雨の日はカタツムリ採りに行くから」

「えーと」

「でも、カタツムリは危ないからって僕には触らせてくれないんだよ」

「んー、じゃあそれで出て行ったのかも知れないわね」

館にはもう六人しかいない。密室殺人、人体切断と続いて今度は人体消失だ。何かが起こったのだ。黒彦ははっと気付いて十二星座像の方を向いた。胸に穴を開けられた牡《お》羊座《ひつじざ》像、表面を削り取られた魚座像、その隣は、犬神清秀を暗示する水瓶座《みずがめざ》像だ。黒彦は巨大な瓶の前まで駆け寄り、目を皿にして石像を点検する。細かい傷を無視すると、どこかが砕けた形跡などは見付からなかった。

「ハテナ、大丈夫だよ」

黒彦は俯《うつむ》く少女を呼び顔を上げさせる。

「石像は壊れていない。犬神さんは生きている」

「ふえ？」

「おお、そうか」

姫草が声を上げる。

「良かった……」

三鳥は力の抜けた声を出す。

「ね。犬神さんも平気なのよ、ハテナちゃん」

紅岩も笑顔になって果菜の肩を摑《つか》む。

「そうだよ、だからお前も安心して……」

「僕、お兄さんが死んだなんて思ってないよ？」

果菜は不思議そうな表情で黒彦を見つめていた。

「ああ……うん、そうだよな、もちろん」

黒彦は目を逸《そ》らしてそう返した。

63

夜。蒲生の代わりに三鳥が自室に貯め込んでいたインスタント食品と菓子だけの物足りない夕食を終えると、やがて誰からともなくそれぞれの部屋に引き揚げて行く。妻木も同じく磨羯宮《まかつきゆう》のベッドへと運ばれた。たった一日で二人の死と一人の行方不明を経験した黒彦たちは、もうこれ以上何かを考える気力を失ってしまっていた。明日の夜には雨が止む。そうなればこの不気味な館からも逃げ出せる。殺人事件の解決を求めていたものが、いつの間にか生き残りを賭《か》けたものへと変化している。人の体をいとも簡単に真っ二つにする犯人を見付けてどうなるというのか。今は自分の身だけを守り、雨が止むのをじっと待ち続ける。黒彦は皆がそれを最良の策だと考えている気がしていた。

果菜は黒彦の部屋、人馬宮のベッドに腰掛け無言で足をパタパタとさせたり、一階の双子座像から取ってきた麦わら帽子を被《かぶ》ったり膝《ひざ》の上で回したりしている。黒彦は、犬神のいない宝瓶宮にいたくない気持ちも分かるので出て行けとも言えない。アンティーク感漂う椅子に腰掛けて、俯く少女をぼんやりと見つめる。雨と風の音が窓の向こうから部屋に響く。果菜が喋《しゃべ》らないと恐ろしく静かだった。

「……何見てんだよー」

麦わら帽子を被った果菜は顔を上げて黒彦を見る。

「見てないよ」

「ウソウソ、ぜーったい嘘。僕知ってんだからね。この娘、どうしてくれようかって目で見てた」

「どんな目だよ」

「むー……」

「……ハテナってさあ」

沈黙に戻るのが怖くて、黒彦は尋ねる。

「……まだロボットなのか？」

「うん。まだロボットだよ」

果菜は一直線に黒彦の目を見てそう言った。

「そうか……」

「変形とか合体とかはできないけどさ。ごめんね」

「……犬神さんが、造ったって言ってたけど」

「そう。お兄さんが造ってくれたんだよ」

「本当に？」

「本当だよ。だからお兄さんは博士辞めちゃったんだ」

「へ？」

黒彦は興味を示して姿勢を正した。

「……お前を造ったから、犬神さんは博士辞めたの？」

「そうだよ」

「なんで？」

黒彦が尋ねると果菜は少し見上げてうーんと呻《うな》る。

「……お兄さんってね、すっごい頭のいい人なんだよね」

かつて『世界最高の知性』と呼ばれていた男。それがどういうものかは黒彦にはまだ分からないが、彼が何か普通ではない頭脳を持っているのは、この数日間だけでもよく分かった。

「だから凄《すご》い研究をして、とんでもない方法を見付けたんだよ」

「なんの方法？」

「人間の造り方」

「え？」

「お兄さん、人間を造っちゃったんだ」

果菜は気楽な口調でそう言った。それはもちろん、自分の子供とかいう意味ではないのだろう。

「……どうやって？」

「知らない。けど、何にもない所から人間を造れるようになったんだって。ムからユウキタイを発生させるとかなんとか？」

無から有機体を発生させる。それは子供やクローンではなく、完全なる創造ということなのだろうか、と黒彦は思った。

「……そんなこと、できるのか？」

「お兄さんをナメんなよ」

「舐《な》めちゃいないけど……」

「だってー、できたって言ってたもんー」

果菜は足をパタパタさせて言う。

「でね、僕はそうやって造られた人なんだよ」

「ああ……」

犬神は普通ではない方法で、無から果菜を『発生』させた。果菜の言葉を全て信じるならば、そういうことだ。ロボットというのはそういう意味だったのだ。しかしそれは、ロボットではない。ロボットとは全く違う存在だ。しかしそんなことが、許されるのか?

「それって……」

「そう。みんなそういう風に思っちゃったんだって」

果菜は黒彦を指差して言った。

「どんな風に?」

「カミサマでもないのに、そういうことをしちゃいけないって」

「神様……」

「でもね、お兄さんはそんなの全然気にしなかったの。どんどんお勉強して実験を進めていったの。だからみんなが呆《あき》れて、学校から出てけーって言われたんだよ」

神の玉座についたから、引きずり下ろされたと語った犬神。大勢の学者を畏《おそ》れさせたのは、意外にも神の存在だったのか。

「だからお兄さんはもう博士じゃないんだよ。そして僕はやっぱりロボットなんだよ。

分かった？」

果菜はそう言って黒彦に笑顔を見せる。純粋な煌《きら》めき。造られた人間の微笑み。これが？

「……お前、凄いな」

妙に感心させられて黒彦は言う。

「へへー、でしょ？」

「うん。嘘だとしても凄い」

「あー！　やっぱり信じてないんだー。何だよもー」

「いや、でも、信じろと言われても」

無理があり過ぎる。

「ひっどーい。がんばって、がんばって話したのにー！　セキララに、セキララ……

…」

「分かったよ。信じる」

「むー」

「信じるってば」

「……『信じる』を何度も繰り返す人は信じていない人だってお兄さんが言ってた」

と言って少女は頬を膨らませる。

「……お前なあ」

「いいよもう。僕、フロってくるから」

果菜は変な言葉を使うと、頬を膨らませたままベッドから下りて浴室へと足を向けた。

「おい、ここの風呂《ふろ》に入るのかよ」

「何だよー、この上僕に汚れたままでいろって言うの？　クロちゃんはそういうシュミなの？」

「いや、そうじゃなくて……もういいや」

黒彦は言い争う気も失《う》せて椅子にもたれ掛かった。果菜はすたすたと浴室へと向かい、ちらりと振り返る。

「覗《のぞ》かないでね」

「覗かねえよ」

「え、覗かないの？」

「……どっちだよ」


黒彦が入浴を終え部屋に戻ると、果菜はまだ黒彦のベッドに倒れ込みぼんやりと天井を見上げていた。黒彦が現れても反応せず、口を半開きにしたまま止まっている。

「どうしたんだ？　電池切れか？」

黒彦が声をかけると果菜は口を閉じて体を持ち上げた。

「どうなっちゃうんだろね、僕ら」

果菜は遠くを見つめながら言う。

「……どうなっちゃうんだろうなあ」

投げやりではなく、黒彦は本当にそう思っていた。自分たちは、どうなってしまうのだろう。

「明日の夜には雨が止むらしいから……」

「それまで僕ら、生き残れるの？」

「……分からないな」

このままでは終わらないという予感は未《いま》だに胸の奥底から湧き起こり続けている。

「僕はね、この事件って、もっと大きい所で起こっていると思うよ」

「……どういうこと？」

「何て言うのかなー。誰が東作さんを殺したとか、誰が露子ちゃんにあんな酷《ひど》いことをしたとかじゃなくて」

「魔神とか、魔術の仕業ってこととか」

「そう、そんな感じ」

「まだ、そんなの信じているのか？」

「違うんだよ。魔神とかじゃなくてもいいんだよ。でもなんか、それっぽいのだよ」

「訳分かんないよ」

「この分からず屋あ！」

果菜はいきなり黒彦に向かってそう叫ぶ。

「……静かにしろよ。隣の、姫草先生に怒られるぞ」

雨がなければ普通の会話も聞こえる程度の壁だ。果菜の声は姫草の耳にも届いただろう。

「あ、うん。ごめんなさい」

果菜も小さくなって反省した。

「とにかくその話はまた明日にして、今日はもう寝よう」

「はあい。おやすみなさい」

果菜は黒彦に向かってぺこりと頭を下げると、そのまま布団に潜り込んだ。

「……ちょっと待て」

「ふい？」

果菜は首を曲げてこちらを見る。

「お前、ここで寝るつもりか？」

「うん」

何の気遣いもなく果菜は答える。黒彦も薄々は感じていたことだった。

「……宝瓶宮へは」

「だって、お兄さんいないもん」

「……そうだけど」

「お兄さんのいない、お兄さんの部屋なんて怖いよ」

確かに。一人で部屋に寝かせるのもこの状況では危険だろう。

「じゃあ、紅岩さんとか、三鳥さんの部屋は？」

「嫌だよ、僕」

「なんで？」

「……信用してないもん」

果菜は少しすまなそうな表情になってそう言う。信用していない訳ではない。しかし自分たちを除くともう四人しかいない人間の内の誰かが犯人だとすれば、その判断は黒彦にも付けられなくなっていた。

「……分かったよ」

黒彦は諦《あきら》めて、果菜にベッドの使用を認めた。

「わはーい」

果菜は布団の中でごろごろと転がる。

「じゃあ俺はこっちで寝てるから」

学校でも椅子で寝ているのだから、まあ一晩くらいは平気だろうと黒彦は考えていた。

「何言ってんのさ。クロちゃんの部屋なんだから、ベッド使ったらいいじゃない」

果菜は回転を止めてそう言う。

「お前を椅子で寝かせる訳にはいかないだろ」

「椅子でなんて眠れないよ。体固まっちゃうよ」

「だろ？　だったら」

「だから僕もベッドで寝るよ。誰が何と言おうとも」

「ん？」

「クロちゃんと一緒に。さ、早くおいで」

果菜は笑顔で手招きした。

64

暗い部屋。広いベッドに黒彦と果菜は並んで横になる。普段から犬神と寝ていた果菜にしてみればいつも通りの就寝なのかも知れないが、黒彦にしてみればいつも通りの身動きもとれず、なかなか眠りにつくことができなかった。掛け布団を少しだけ持ち上げて、巧みに体を回転させて果菜に背を向ける。起こしてしまわないだろうかと心配させられると同時に、なぜ自分がそんなに気を遣わなければならないのかという苛立《いらだ》ちも覚えていた。

絶え間なく続く雨音に耳を傾けながら、黒彦は事件について考える。この数日間で起こった信じられない程陰惨な殺人事件は、ミステリ小説や漫画でも読んだことのない展開を見せていた。間違いないと思った推理はいとも簡単に崩れ去り、自分たちは今も惨殺された死体に恐怖し、姿の見えない犯人に脅《おび》え続けている。黒彦は、現実などそんなものなのだと痛感させられていた。一人の力では、誰一人として救うことなんてできない。自分たちは怪物じみた犯人に気に入られぬよう、息を潜めて大人しくしていることしかできないのだ。

今、残った人間の中に犯人がいる。いくら魔神の影や魔術の炎を見せられてもそれは間違いないはずだった。大嵐に巻き込まれた館に外部からの侵入者はあり得ない。姫草泰道、紅岩瑠美、妻木悟、鶴原三鳥、犬神清秀、そして犬神果菜と自分の内に犯人がいるのだ。動機がなくても行動を追えば犯人は炙《あぶ》り出される。自分にそれができるかどうかよりも、やるしかなかった。

しかし、その中にも細かい謎が沢山残されていた。東作が殺された夜、露子が見た『蒲生らしき人』とは誰だったのか？　久佐川が籠城《ろうじょう》する部屋のドアの向こうで聞いた『足音』とは何だったのか？　蒲生が深夜に聞いた、久佐川の部屋にいた『もう一人の声』は誰のものだったのか？　蒲生が残した『M』の血文字の意味は？　犬神はどこへ消えたのか？　破壊される十二星座像にどんな意味があるのか？　それら全てを繋《つな》げる糸は本当に存在するのだろうか……。

ふいに、背中に果菜の体温を感じた。弱い力でぎゅっと背を抱き締められる。黒彦はその感触に思わず体を震わせた。

「ハテナ？」

「……クロちゃん」

か細い声で果菜は黒彦の背中に話しかける。返事をしようと口を開くが、その前に喘《あえ》ぐような泣き声が背中に響いた。

「……どうした？」

不思議に思い黒彦は尋ねる。果菜が頭を押し付けているのを背中に感じた。

「……やっぱり無理だよ、僕」

「どうしたんだよ？」

「分かんない……」

「……お兄さんが、いなくなっちゃった」

果菜がぽつりと呟《つぶや》く。黒彦は思わず体を固める。

「……僕、どうしたらいいの？」

「ハテナ……」

「……ずっと、ずっと一緒だったのに……こんなこと、なかったんだよ……」

少女の声が聞こえる。そこにはいつものように無駄に高いテンションもなく、押し潰《つぶ》されそうな悲しみだけが漂っていた。

「犬神さんは……」

「……お兄さんはね、お兄さんは、僕の為に全部捨てちゃった人なんだよ……学校も、研究も。博士って呼ばれてたのに……」

「……」

「……僕なんかが、生まれてきたから……僕が、全部台なしにしちゃったんだ……」

「ハテナ」

黒い石壁に向かって黒彦は声をかける。果菜は返事の代わりにさらに強く黒彦にしがみついた。

「でも、でもお兄さんは違うって。その内、何もかも引っくり返してやるから待ってなさいって。自分の子供しか愛せない神様なんていない方がいい、僕がもう一度玉座に着いたら、ハテナは隣の補助席に座らせてやるって言ってくれたんだ」

ぐずぐずという声が黒彦の胸に押し込まれる。いつの間にか、自分が奥歯を強く噛《か》み締めていることに気付いた。

「……だから、お兄さんはいなくなっちゃいけないのに……僕がお手伝いできるようになるまで、側にいてくれなきゃならないのに……どうして……」

黒彦はゆっくりと体を転がし果菜の方を向いた。胸の前で、涙に濡《ぬ》れた大きな瞳《ひとみ》がこちらを見ていた。黒目の奥にある、弱々しい光。

「どうしてお兄さん、いなくなっちゃったの？」

囁《ささや》くような声で果菜は尋ねる。少女は犬神の失踪《しっそう》に重大な責任を感じていた。しかも生まれながらに。黒彦は何も答えられず、じっとその瞳だけを見つめる。物悲しい雨の音だけが延々と響いている。

「クロちゃん。僕、ダメになっちゃうよ……」

濡れた唇がそう呟く。黒彦は何も言わず、静かに小さな頭を胸に抱いた。果菜は微《かす》かに震えている。

「……大丈夫だ」

黒彦は胸の奥から絞り出すようにそう言った。大丈夫なはずはない。あの犬神がいなくなるなど普通じゃない。

「あの人はちょっと出て行っているだけだ」

細い髪の間に手を入れて頭を撫《な》で、背中を触れるくらいに叩《たた》いてなだめようとする。思っていた以上にこの少女は小さく、薄かった。

「どうせまた、ビックリするような方法で帰ってくるんだよ。いつもそうだったんだろ?」

果菜は顔を見せずに何度も頷《うなず》き、さらに強く黒彦にしがみついた。黒彦は胸の奥から痛ましさとは別の感情が湧き起こるのを感じる。この少女だけは守らなければならない。何があっても絶対に。

この子だけは、助けてやってください!

夢で見た赤い風景。幼い自分を抱き、理不尽な悪魔・東作に必死で懇願していた母親。あの人もきっと、今の自分と同じ気持ちだったのだろう。絶望の中、この身を捨ててでも守らなければならないものがある。黒彦は初めて、もう一度母親に会いたいと思った。

黒彦は果菜の体温を感じながら頭を巡らせる。妻木への推理は半分まで正しかった。しかしどこかで何か、もう一つ自分は間違えているに違いない。果菜が言っていた『もっと大きい所』の問題として、根本的なものが――

何かに、気付きそうだった。

果てしないもどかしさを覚える。皆どこかで、何かを見落としている。いつ？　どこで？　誰が？　何を？　どうした？　世界はこの五つの問いの上でしか成り立っていない。たった五つ、しかもその内のどれか数個の勘違いで犯人を見失っているはずだった。見付けなければならない。もう、事件を解決しなければならない。誰かではなく、自分が。

いつの間にか、果菜は黒彦の腕の中で寝息を立てていた。

65

「おっはよー！」

食堂に入るなり、果菜は全員に向かって挨拶《あいさつ》をした。黒彦はその後ろで欠伸《あくび》を噛み殺しながら部屋を見回す。姫草、紅岩、三鳥、妻木の四人全員の姿が見えてひとまずは安《あん》堵《ど》の息をついた。

「おはよう、ハテナちゃん。元気そうね」

紅岩は紅茶カップを片手に微笑む。厨房《ちゅうぼう》が満足に使えない今、調理全般は三鳥の部屋で行われることになり、紅岩の傍らには私物らしい電気ポットが置かれていた。

「あら、昨日は黒彦君の所で寝たの？」

紅岩は背後の黒彦に気付いて尋ねる。

「うん。そだよー」

「ふうん」

紅岩は途端にいやらしい笑みを浮かべる。黒彦は気付かないふりをして、三鳥が運んできてくれたコーヒーカップを受け取った。

「どう？　彼、優しかった？」

「ふい？」

果菜はきょとんとした表情で紅岩を見る。黒彦は無視してコーヒーを啜《すす》った。心なしか、昨日より少し苦い気がする。

「……うん、なんか凄《すご》い、やさしかったよ」

果菜は真っ赤な顔で呟くように答え、黒彦は音を立ててカップを置いた。食堂にいる全員が、二人に注目した。

「へえ……良かったわね、ハテナちゃん」

「え？　……うん」

「ちょ、ちょっと待て！」

思わず黒彦は二人を制する。紅岩と果菜との間の、暗黙の了解が根本的に食い違っている気がした。

「あら、どうしたのかな？　カレシ」

紅岩は妖《あや》しげな口調でそう言う。

「違います！　それ違いますから！」

「そうなの？　ハテナちゃん」

「ん？　違う？」

「黒彦君と一緒にねんねして、凄く優しくされたのよねえ？」

「え、あ、……うん」

「だから、何でお前はそこで照れるんだよ！」

黒彦は声を上げて果菜に言う。

「だって……」

果菜は口を尖《とが》らせて黒彦を見る。

「だってじゃない」

「だって、僕だってすっごい恥ずかしかったんだもん、後でそう思ったもん」

「ああ！　何でまた、誤解を生むようなことを言うんだよ」

「すぐに慣れるわよ」

「違いますってば！」

「でも、あんなの初めてだったんだよ！　僕」

「知るかよ」

「だってだって」

「だってだって言うな！」

「まあ、落ち着きなさい、二人とも」

笑いを噛み殺しながら姫草が言う。黒彦は急に気恥ずかしさを感じ、大人しく席に着いた。誤解されている。全員に誤解されている。

「ま、ハテナちゃんが元気になったからいいんじゃない？」

紅岩はけらけらと笑ってそう言った。絶対に誤解している。三鳥が、トーストを載《そ》せた皿を黒彦の前に差し出す。顔を上げると真っ赤な顔と目が合って、僅《わず》かに視線を逸らされた。絶対に誤解している。背後に視線を感じて振り向くと、縛られたままの妻木が冷ややかな眼差《まなざ》しでこちらを見ている。

「あの、違いますから、妻木さん……」

「私は別に、何も言わないさ」

「はあ」

「……どうせ死ぬなら、悔いは少ない方がいい」

　黒彦は何も答えられなくなった。

「今日も雨なんだねー」

　イチゴジャムを付けたトーストを頬張りながら、素知らぬ顔で果菜は窓に目を向ける。雷は収まったようだが雨はまだ続いている。

「夜には上がるっていうのも、どこまで信用していいのかしらねえ」

　紅岩は頬杖《ほおづえ》をついて言う。

「しかし明るい内に一度周辺を見て回った方がいいだろうな。犬神さんのことも気になるし」

　姫草の言葉に黒彦は頷く。館内に姿が見えないとなると、後はもう周囲の鬱蒼《うっそう》とした森の中しかない。しかし夏とはいえこの嵐の中で一夜を過ごしたとなると、いかにあの男とあっても心配になる。

「アタシたちも、もう一度館の中を捜してみようか？」

紅岩の提案に三鳥は頷く。

「僕も、僕も捜しゅっ」

朝食中の果菜は慌てて言葉に詰まる。

「じゃあ、外は僕と黒彦君が行くことにしよう。館内は君たち三人で……」

姫草はそこまで言って妻木を見る。

「私を放っておくのは心配か？」

妻木は姫草を見て言う。姫草も妻木を見下ろし考え込む。

「……いや、正直にお願いしよう。私を一人にしないでくれ。この体じゃ何か起こっても逃げられない。昨夜も怖くてたまらなかったんだ」

「分かりました。じゃあ三鳥さんはここに残っていてください。館内の捜索は紅岩さんとハテナちゃんにお願いする。ただし充分注意してください」

姫草の言葉に全員が了解した。

66

館の雨ガッパを借りて外へ出ると、いきなり横なぐりの雨が黒彦の頬を打った。応接ホールの窓から見た時は何とかなりそうな気がしていたが、ここまでの風の強さは想定できていなかった。

「大丈夫か！　黒彦君？」

「平気です！」

二人は自然と大声になる。黒彦は昨晩、出て行こうとする自分を止めた姫草の分別をようやくその身に思い知っていた。ごうごうと呻《うな》る風が容赦なく襲いかかり聴覚や触覚をも吹き飛ばす。これでさらに夜の闇に視覚を奪われたとしたら、とても人を捜すどころではなかっただろう。東作ならこれもまた天の怒りやら魔術の片鱗《へんりん》やらと呼ぶのだろうか。くだらない話だが、そうも言いたくなる状況は認めざるを得なかった。

「僕は東側を捜索するから、黒彦君は北側を頼む！」

「分かりました！」

「でもあまり館から離れ過ぎるな。気を付けて！」

「姫草さんも！」

姫草は黒彦の声に頷《うなず》くと、そのままずんずんと森に入り、すぐに木々の隙間からも見えなくなってしまった。黒彦も意を決すると、短い草木を掻《か》き分けて森に入り込む。軟らかい地面は所々で沈んでおり、充分注意して足を運ばなければならなかった。

「犬神さあん！」

黒彦は声を張り上げるが、雨音に掻き消されて森の奥までは届かなかった。深く密集する木々の枝葉は雨風を遮り動きやすくはしてくれるが、進むに従って暗みは増し続ける。顔を上げると、ほんの数メートル先で闇が口を開いて待ち構えていた。

「犬神さあん！」

一夜が明けても犬神清秀は戻って来なかった。十二星座像の水瓶座は破壊されていないので最悪の事態だけは免れている、と思いたい。一体彼はどこで、何を。木の陰や斜面の死角なども丹念に見て歩くが、人はおろか虫一匹の姿さえ見付からない。動物はどこかで雨宿りでもしているのだろうか。魔神館と同じく、この森にも漂うどこか落ち着かない静けさと気味の悪さは、その生命感のなさに原因があるように思えた。

犬神はどこへ行ってしまったのだろう。まず考えるべきことは、この失踪《しっそう》が自らの意志によるものか、連続殺人の犯人によるものかだった。もし犬神が何らかの目的に向けて、自分でどこかへと消えてしまったのならば、それはつまり彼が連続殺人の犯人に違いない。人の死に一切の感情を示さない、冷たい眼差しの男。久佐川は彼をバケモノと呼んでいた。

だが彼にはアリバイがある。蒲生が殺害された時、彼が三鳥と共に書庫にいたことは黒彦自身が知っている。そして東作が殺害された夜は、果菜と共に宝瓶宮にいたはずだった。彼にこの事件は起こせない。ましてやあの果菜が慕い、全幅の信頼を寄せている『お兄さん』が人を殺すはずがない、と黒彦は思った。ならばこの失踪は、犯人に連れ去られたものと考えるべきだろう。

館にはもう六人、黒彦と果菜を除くと四人の容疑者しか残っていない。この中に犯人が、底知れない残虐性を隠し続ける人間がいるはずだった。もはや、動機や殺害方法などを考える必要はない。殺害が行えるか行えないか。ただそれだけを見極めた方が早いはずだと黒彦は思っていた。

黒彦は妻木悟の顔を思い浮かべる。東作と共に香具土を崇拝するふりを見せつつ、積年の恨みを果たした男。先の推理では、妻木が否定したとはいえ、一番犯人に近い者であることには違いなかった。彼ならば、東作、露子、久佐川を殺害することができた。しかし、事件はまだ終わらない。蒲生が殺された時、彼は縛られて応接ホールの床に転がっていた。しかも側には紅岩と果菜がいた。これではどうあっても彼が蒲生を殺すことはできなかった。

蒲生を殺害できた者としては、姫草が該当する。一人二階で休んでいた彼ならば、人目を忍んで厨房《ちゅうぼう》に入り込むこともできたはずだ。しかも久佐川、露子の殺害に関しては誰もアリバイを持っていない。彼が殺害することも可能だ。しかし東作の殺害、というか妻木に殺された東作の死体を破壊するのは不可能だった。彼は東作が殺害された時刻付近は応接ホールで紅岩、久佐川と酒を飲んでいた。その様子は蒲生、妻木、露子、三鳥も確認している。彼は絶対、東作に近付くことはできなかった。

紅岩に至っても同様だ。蒲生が殺害された時、彼女は果菜、妻木と共に応接ホールにいた。たとえ果菜を上手《うま》く言いくるめて姿を消せたとしても、妻木を騙《だま》すことはできないだろう。そして彼女もまた、初日の夜に東作の死体に近付くことはできなかった。

およそあり得ないことだが、いまや三鳥が犯人である可能性も考える必要がある。東作のメイドとして、また蒲生の残した『M』に該当する唯一の者として、彼女はもう立派な容疑者の一人だ。気が弱く、どこかいつも儚《はかな》げな三鳥。それでも時間的には東作、露子、久佐川の三人を殺害することは可能だった。だが、彼女に蒲生は殺せない。蒲生がその体を切断されていた時、彼女は犬神と自分と共に書庫で脅《おび》え続けていたのだ。

犯人はいない。

黒彦は雨音の続く森の中で立ち止まる。土と、水を含んだ濃い緑の匂いに身を包まれて、夏とは思えない肌寒さと心許《こころもと》なさが骨の中にまで染み込んでいた。どれだけ考えても、どんな方法を探しても、犯人はいなかった。頭の中にある、数少ないミステリ関係の文献を漁《あさ》り続ける。テレビや新聞で知った現実の事件でなくてもいい。小説やアニメや漫画といった虚構の物語であってもいい。何か、この事件に類似するものを見付け出したかった。容疑者以外の者による犯行の可能性。だがいくら館内、館外を捜索しても誰も見付からない。複数の容疑者による犯行の可能性。それぞれのアリバイの穴を埋めることはできるだろうが、東作の頭を破壊し、露子の胸を貫き、久佐川を溺《おぼ》れさせ、蒲生の胴を切断するような殺人鬼が複数いるというのは現実感がなさ過ぎる。何らかの復讐心《しゅうしん》にとらわれた、狂気の行動だったとしても殺された四人の接点が薄過ぎた。そして、掟《おきて》破りの『生ける死者』による犯行の可能性。殺害された四人の内の誰かは実は死んでおらず、被害者とされたまま自由に殺戮《さつりく》を続ける。と、そこまで考えてから黒彦は少し笑った。これだけは絶対の自信を持って言える。四人は間違いなく死んでいた。

「不可能だな……」

黒彦はそう呟《つぶや》くと、踵《きびす》を返して道を戻り始める。これ以上外に出ているのは危険だと判断した。犬神は見付からなかった。何とかどこかで生きていて欲しいと望み続けるが、もうその可能性も低いだろう。彼はもういない。犯人もいない。後はもう殺されるのが先か、雨が上がるのが先かの競争でしかない。しかし雨が上がったからといってすぐに下山できるとも限らない。黒彦の希望は雨と共に流れ落ち、泥だらけの靴からは絶望だけが溢《あふ》れ続けていた。やがて玄関に辿《たど》り着き、雨ガッパを脱ぎ館に入る。巨大な魔神像が少し笑っている風に見えてぞっとした。魔神は楽しんでいるに違いない。犬神を含む六つの生命を貪《むさぼ》り、残り六つも既に手中に収めている。水瓶座はまだ壊れていない。魚座は鱗《うろこ》が削り取られている。牡羊座は胸深くに穴を開けている。無傷の牡牛座も、どこか不安げな表情を浮かべているように見える。その隣では――

双子座の繋《つな》がれた腕が、両方とも肘《ひじ》から下が欠け落ちていた。

「え……？」

黒彦の雨ガッパが、べちゃりと床に落ちた。

67

応接ホールには紅岩、三鳥、妻木の姿があった。姫草はまだ戻ってはいないらしい。

「あら、お帰りなさい……」

紅岩は気安く声をかけたが、黒彦の顔付きを見てその後の言葉を失った。

「ハテナは？」

「え？」

三人は目を大きくさせる。

「……ハテナは、どこにいるんですか？」

黒彦は掠《かす》れた声で三人に尋ねる。奥歯が震えているのは、多分寒さのせいではない。

「ああ、ハテナちゃんは……」

「捜索の後、例の麦わら帽子を取って来ると仰《おつしや》いまして、二階に……」

三鳥は途中まで話して、はっと手で口を覆った。

「何やってんだよ！　あんたらは！」

黒彦はそう叫ぶと体を返して玄関ホールを走った。

「うそ……」

「ちょっと！　黒彦君！」

紅岩の声が響くが黒彦の足は止まらない。絶望以上の現実が混乱を引き起こしていた。

「どうしたんだ！　黒彦君」

雨ガッパを着たままの姫草と衝突しそうになる。しかしそれでも黒彦は止まらず、階段を一気に駆け上がった。あり得ないと思い続ける一方で、加速する意識は後悔に埋め尽くされる。何をやっているんだ、俺は。油断していた訳じゃない。ほんの数十分で人間を壊し続ける奴を甘く見ていたはずがない。ただ自分は、何があっても果菜の側から離れてはいけなかったのだ。階段を上り終えて直角に曲がると、そのままの勢いで人馬宮のドアを開け放った。


部屋の中央で、頭部から血を流す少女が俯《うつぶ》せに倒れていた。


「ハテナ！」

「触れるな、黒彦君！」

突然背後から大声をかけられて黒彦は足を止める。その隙に脇をすり抜けた姫草が素早く果菜の側に着いた。

「あ……」

どうすることもできないもどかしさに黒彦は体を震わせる。遅れて到着した紅岩と三鳥が背後に立ち、三鳥は小さく悲鳴を上げた。姫草は慎重に果菜の頭に触れ、首に触れ、手首に触れる。やがて深い溜《た》め息を漏らすと立ち尽くす三人の方を向いた。

「……大丈夫。この子は無事だ」

その言葉に三人は同時に腰を落とした。

「でも、血が」

黒彦はすぐに膝《ひざ》立ちで駆け寄り尋ねる。

「額を少し切っている。しかしやられたのは後頭部だ。倒れた時にカーペットで擦《こす》ったんだろう」

姫草は果菜の体を仰《あおむ》向けにする。しばらくすると少女はゆっくりとその大きな目を半分程開いた。

「……お、クロちゃん発見」

「大丈夫か？　ハテナ」

黒彦は知らずに笑みを浮かべている。僅《わず》か数分の間に絶望から安堵《あんど》まで引き上げられて、自然と口元が緩んだ。

「んー？」

果菜が不思議そうな顔で見つめる。

「痛い所はないか？」

「うん。ん？　……うん」

よく分からないらしい。

「よし、とりあえず応接ホールに運ぼう。妻木さんが心配だ」

冷静な姫草はこの場にいない一人が気になりそう言った。

「俺、おぶっていきます」

黒彦はそう言って背中を出す。姫草は果菜の頭を揺らさないように立たせてその背にもたれ掛からせた。

「あまり揺らさないように。ゆっくり行きなさい」

「お、おー。えへへー」

背中の上で少女は戸惑い、何か言っている。

「大丈夫か？」

「うん。苦しゅうないぞ」

こんな時でも果菜は無邪気だった。

果菜はぼんやりとしたまま額の手当てを受けて、応接ホールのソファに寝かされた。妻木は床に座らされたまま、その様子を見てほっと息を吐く。動けない彼も心配していたのだろう。

「クロちゃん、なでてー」

額にガーゼを貼られ、頭を枕で固定された果菜が甘えた声を上げる。黒彦はもう何のためらいもなく少女の頭に触れてやった。

「ごめんね、ハテナちゃんごめんね……」

三鳥がほとんど泣きそうな声でそう言い続ける。たとえ一瞬でも目を離してしまったことに責任を感じているのだろう。

「でも……でも誰もいなかったのよ」

紅岩が頬に手を掛けて言う。誰もいなかった。だから果菜を一人で行かせても平気だと過信したのだ。

「ハテナ、どんな風にやられたんだ?」

「なんかねー、帽子を取りに行こうとしてクロちゃんの部屋に入って、帽子見付けたらいきなり後ろからガーンて」

「そうか」

「目から火が出た、ウソだけど」

「誰にやられたとかは、見なかったんだな」

「僕、後ろは見えないんだよ」

「そうだな」

「後ろなんて見なくていい。振り返るのは、前がちゃんと見えるようになってからでいいってお兄さんが……」

　果菜の言葉に全員の顔が固まる。

「……お兄さん、いなかった？」

「うん……」

「……そう」

　少女の言葉はそこで終わる。黒彦は、自分の不甲斐《ふがい》なさに憤りを覚えると同時に、果菜までをも手に掛けた犯人に激しい怒りを抱き続けていた。絶望に打ちひしがれている時ではない。殺人鬼であろうとも魔神であろうとも、何としてでも犯人を捜し出して一発殴り付けなければ気が収まらなかった。

　三鳥は気を落ち着かせる為か、誰の注文ともなく全員分のコーヒーを淹《い》れ始めている。皆はその様子を見るともなく見て、じっと口を閉ざしていた。黒彦は果菜の頭を撫《な》でながら考える。この一件で、また新たな疑問が生まれていた。なぜ果菜は無事だったのだろう？　彼女が死ぬなど考えたくもない事態だが、この程度の被害で済んだのもまた不思議に思えた。犯人は果菜の殺害が目的だったのは明らかだ。これまであり得ない力と速度で殺戮《さつりく》を繰り返してきた犯人が、なぜ他の誰よりも非力なこの少女を相手にしくじってしまったのだろう。それが解せなかった。

　そして今回もまた、犯人の姿はどこにも見えなかった。館内にも館外にも自分たち以外の者の影はない。この中に犯人がいないのならば、必ずどこかにいるはずなのに。それともまだ何か、見落としがあるというのだろうか。

「あ、そこ、ダメ」

果菜の声に思考が止められた。

「え、何？」

「痛い」

「ああ、ごめん」

考えに気をとられて、つい強く撫でてしまったらしい。慎重に触れると、果菜の後頭部には少し大きめのこぶがあった。

「姫草先生！　こぶが」

「ああ、分かってる」

コーヒーに口を付けながら姫草が言う。

「ハテナちゃん、具合は？」

「んー、ちょっとクラクラ？　みたいな？」

果菜は天井に向かって笑顔で言う。

「そう。まあ大丈夫だろうけど、場所が場所だけに怖いね。下山したら一度ちゃんと診《み》て貰《もら》うといい」

黒彦は姫草の落ち着いた言葉に頷《うなず》き脱力する。画家、料理人、メイド、博士、およそ星座以外は無作為に集められた生け贄《にえ》たちだが、その中に医者が含まれていて良かったと改めて感じた。

その瞬間、思いもよらなかった考えが頭をよぎった。

「ん？」

黒彦は自然に声が漏れ、体が固まる。

今、何を思った？

「ふい？」

撫でる手が止まったことに気付き果菜が声を上げる。しかし黒彦は脳内の処理に精一杯で動くことができなくなっていた。仮説を組み立てて、すぐに壊す。自分の考えに全く自信が持てず、一瞬のひらめきによって導かれた推理はそれ程認めたくはないものだった。

現状の全てを瓦解《がかい》させる、ほんの小さな勘違い。

黒彦は、それを認めることに恐怖すら抱いていた。

けていった。

「クロちゃーん」

果菜は不服そうに黒彦を呼ぶ。黒彦は果菜の方を向くと、ゆっくりと彼女に顔を近付けていった。

「え？　え？」

黒彦の顔が近付くのを見て果菜は戸惑う。黒彦はその表情をもじっと見つめ続けていた。この子をこんな酷《ひど》い目に遭わせる犯人が、まさか。しかし仮説は壊れる側から築き上げられ、やがては傷一つ付けられない確信となって頭の中に立ち上がる。

「ハテナ」

ほとんど顔の触れる寸前まで近付き、黒彦は小声で言う。

「は、はい！」

果菜の目にはもう黒彦の顔しか映っていない。白い頬が赤く染まっていた。

「誰に襲われたか、分からないんだな」

犬神は思考の加速が間違いを生むと指摘していた。だから黒彦は冷静に、何度も真実の表面に触れ確かめ続けた。

「う、うん。分かんない」

果菜はかくかくと頷いて答える。

「背の高さも、体の大きさも、声も、足音も、何も分からない？」

「……何か、あった気もするんだけど、やっぱり分かんないよ、僕」

　もしかしたら何か覚えているかもと期待したが、少女は全く何も見ていなかった。黒彦は諦《あきら》めるしかない。しかしそれで真実が霞《かす》むこともない。

「可哀想に……」

　黒彦は呟《つぶや》き果菜の頭を撫でてやる。それは彼女を慰めてやるよりも、自分を奮い立たせる意志から出た言葉だった。犯人を見付けなければならない。それは他の誰でもない、自分の役目だった。

「あ、あの、クロちゃん？」

　黒彦の腕をぎゅっと摑《つか》み果菜は尋ねる。

「ん？」

　黒彦は果菜の瞳《ひとみ》の中に、反転した自分を見付ける。

「……ぼ、僕さ、こういうのってよく分かんないんだけど……その、やっぱり目とか閉じた方が、いいの、かな……」

　小さく震えて果菜は言う。その少し脅《おび》えた顔に黒彦は軽く微笑みかけて安心させる。

「……いや」

　そして、顔を離して一気に立ち上がった。

「あれ？」

　姫草、紅岩、三鳥、妻木が一斉に声を上げる。

「ん？」

黒彦には何のことか分からない。

「ほえ――……」

果菜は顔を赤らめたまま、何だか分からなくなっていた。

「え？　何？　終わり？」

紅岩が目を大きくさせて黒彦に言う。

「終わり？」

黒彦は繰り返す。

「いけません！　白鷹様。そんな、そんな酷なことをなされては！」

三鳥も思わず声を荒らげる。

「いえ、分かったんです」

黒彦は低い声で皆に伝える。

「何も分かってないわよ！　もう、何それ？　何よ君！　……全く、お父さんもお父さんなら、そんな所まで遺伝しちゃってこの子はまあ！」

紅岩が吐き捨てるように黒彦を叱る。

「分かったんです、犯人が」

「え？」

皆はもう一度驚きの声を上げた。

68

「……犯人だって？」

姫草が言う。

「そうです」

「この事件の？」

紅岩が尋ねる。

「もちろん、そうです」

「……分かっちゃったんですか？」

三鳥が目を大きくする。

「はい」

そして黒彦は、もう一度全員を見回す。左手は強く拳《こぶし》を握っていた。

「誰が、どうやって、この事件を作っているかが分かったのか？」

姫草が慎重に尋ねると黒彦は首を振って否定した。

「俺には、殺害した動機とか方法なんか分かりません。でも、犯人は分かりました」

「殺害方法も分からないのか？」

「そんなものは、後で直接聞けばいいんです」

黒彦は強気でそう言い放つ。

「……魔神とか、魔術とかもどうだって良いんです。それが俺たちを混乱させていたんです。やっぱりそんなので人を殺せる訳ないんです」

「切り捨てるのねえ」

紅岩が言う。

「ここへ来てからずっと外は大雨で、館からは出ることも、外から入ってくることもできませんでした。だから犯人はこの館にいる人間に間違いありません。外部の人間が侵入できる訳がないんです。それも当たり前のことです」

「では、この中に犯人がいると？」

姫草がコーヒーを一口啜《すす》って尋ねる。

「はい」

「誰だ？」

姫草は鋭い目で黒彦を見る。黒彦は言葉に詰まる。ここで躊躇《ちゅうちょ》してはいけない。

「犯人は誰だ？　黒彦君」

「あなたです」

「……何？」

「……姫草先生、あなたが犯人です」

黒彦は慎重に、しかし一息でそう言いきった。胸の奥から、加速する心臓音が聞こえている。姫草はこちらを見つめたまま、止まり続けている。他の者も、誰も口を挟まない。

「……本気かい？」

ようやく姫草がそう言った。

「本気です」

黒彦は姫草の目を見続ける。もう事件を、終わらせなければならない。

「僕は、違うと言っても良いのかな？」

「……できれば、言わないでください」

「駄目だ」

「……そうですか」

黒彦の頬に汗が伝う。足を踏ん張り、全身の震えを止める。

「説明してくれ、なぜ僕を犯人だと考えたのかを」

「分かりました」

黒彦は静かに深呼吸してから、改めて口を開いた。

「ハテナが襲われた時、応接ホールには紅岩さん、三鳥さん、妻木さんの三人がいました。姫草先生はいませんでした」

「……僕は、ちょうど君が慌てて玄関ホールに来た時に帰ってきたんだが？」

「一度戻って来たはずです。そしてハテナが一人で人馬宮へ行くのを確認してから跡をつけて、襲いかかり、また外へ出て俺の帰りをどこかで待っていたはずです」

黒彦の断言に姫草の顔が強張《こわば》る。

「君は……」

「昨日、蒲生さんが殺される数十分前に俺は厨房《ちゅうぼう》で蒲生さんと会話していました。その後書庫に行って犬神さんと三鳥さんに会いました。紅岩さんとハテナと妻木さんは応接ホールにいました。しかし姫草先生は一人で二階にいた。何をしていたかは知りませんが、蒲生さんを殺すことができるのは先生しかいません」

黒彦は一気にそう捲《まく》し立てて口を閉じる。

「……それだけか？」

「……他に何が必要ですか？」

「僕がどうやって、蒲生さんを切断したと言うんだ？」

「知りません」

「蒲生さんが残した『M』のメッセージの意味は？」

「知りません」

「知らないって……」

「これが普通の街の、普通の家で起きた事件なら、その辺の問題もちゃんと解かないと犯人は見付けられないかも知れません。でもここは違う。限られた人数の中で実行できたのが一人なら、もうその人が犯人で間違いないはずです」

「強引だな」

「今まであなたを中心にして犯人捜しをしてきたから、何も見付けられなかったんです」

「……では、久佐川君の事件は？」

「夜中に久佐川さんを説得して、部屋の中に入って彼を溺死《できし》させました。蒲生さんは深夜に二人の男の人の声を壁越しに聞いていました。一人は久佐川さんで、もう一人は先生です。だから蒲生さんも殺された」

「それは別に、君の犯行でも構わないいんじゃないのか？」

「しかし俺は、蒲生さんを殺せません」

「なるほど。……露子さんの事件は？」

「全員が露子さんを殺害できる状況にはありました。人知れず館の外へ出て、露子さんを待ち伏せて殺し、再びこっそり館に戻り部屋に隠れる。先生は随分遅くに起きてこられました。俺の隣の部屋にいたというのに」

「……全員が殺害できる状況なら、僕でなくても」

「しかし蒲生さんを殺せたのは先生だけです」

「全てそこに繋《つな》がるという訳か」

「そうです」

「では、東作さんの事件はどうだ？」

「東作が殺された夜、先生は他の人たちと応接ホールにおられました」

「そう。それは紅岩さんも三鳥さんも妻木さんも証言してくれる」

「いつまでおられましたか？」

「四時くらいだったと思う」

「それでは、東作の頭を潰《つぶ》す時間は充分にあったということですね」

「ん？」

「東作の死体が発見されたのは七時くらいでした。だから三時間も余裕がある」

「違う。違うぞそれは。東作さんが殺されたのは午後十一時から午前一時までの間だ。東作さんが妻木さんに殺された時間も、その後頭を潰された時間もその中に含まれている。そう言ったはずだ」

「誰がですか？」

黒彦はあえて尋ねる。それが黒彦のひらめきだった。

「……君は、まさか」

その意味に気付き姫草は言葉を失った。

「死亡推定時刻を決めたのは姫草先生です。なぜなら先生は医者の先生だから。素人の俺たちはそれを信用するしかないんです」

「ああ」

紅岩は納得の声を上げる。この事件は根本的に間違っていた。提示された情報が全て正しいとは限らない。検視を行った人物もまた容疑者の一人なのだから。

「そんなもの、調べればすぐに分かるさ」

　しかし姫草は反論する。

「でも俺たちには調べ方すら分かりません。そして、姫草先生の他に医学に詳しいらしい犬神さんも、もうこの場にはいません」

「……僕が、彼を隠したというのか？」

「そうです」

　黒彦は曖昧《あいまい》な言葉を避けてそう決め付けた。

「俺の考えは以上です。その他の細かい所はまた考えればいいでしょう」

「……君は、そうまでして僕を犯人にしたいのか？」

　姫草は黒彦の目をじっと見据えて尋ねる。襲いかかられることを意識して黒彦は口を開く。

「俺は、これ以上誰かが殺されるのは嫌です」

「当たり前だ！　だからと言って」

「では他に誰がいますか！」

　黒彦は叫ぶ。

「他の誰がこの事件を起こせるんですか？　誰もいませんよ。俺はあなたを信じていました！　真面目な人で、皆をよく取りまとめてくれて、血生臭い殺害現場でも冷静に対処してくれていた。でも、もう誰もいないんです！　あなたしか！」最悪の結末であることは自分でもよく分かっている。こんなことなら、魔神や山賊が犯人であった方が余程良かった。立ち向かう相手は絶対悪の存在であって欲しかった。しかし現実はそんな訳にはいかない。四人を殺害し、果菜を襲った卑劣な犯人は、味方だと思っていた人間だった。黒彦は目を逸《そ》らさずに、怒りに震える姫草の顔をじっと見続ける。ここで叩《たた》き伏せておかないと、自分たちは身の危険にさらされる。

「もう一度言います。この館で起きた事件の犯人は」

『ちょっと待ちたまえ！　決め付けるのはまだ早い』

突然、何者かの声が部屋に響き渡り、全員が跳びはねるように驚いた。

『解決を急ぐ気持ちは分からないでもないが、そう簡単に人を犯人扱いしてはいけない』

　全員が立ち上がって辺りを見回す。声は壁の向こう側から響いてくるようだった。魔神の声、にしては軽過ぎる。やがて館全体が数回地響きを立てた後、細かい振動が応接ホールを襲った。

「地震？」

黒彦は言う。

「天井が落ちてくるよ！」

上を見たままの果菜が叫ぶ。見上げると、なんと細かい砂をまき散らしながら石の天井が降下を始めていた。

「何だこれは！」

姫草も叫ぶ。

「みんな下がって！」

紅岩がそう言って後ずさりする。

「黒彦君！　ハテナちゃんを！」

「はい」

考える暇などない。黒彦は姫草の指示に従って果菜を抱きかかえる。

「ちょっと待て、私も、助けてくれ！」

妻木は床に転がりながら声を上げる。そちらは姫草が引き受けた。応接ホールの天井の一部が、まるで結婚式のゴンドラのように下がり続ける。やがてホールの真上にある、宝瓶宮の赤絨毯《じゅうたん》が現れ、そこに立つ二本の足と、白衣の裾《すそ》が見える。

ゴンドラの上から、涼しい顔をして立つ犬神清秀が姿を現した。

「お兄さん！」

果菜は黒彦の胸から飛び降りると一気に犬神の元へと駆け出した。

「……何？　これ」

やけに芝居がかった演出に、紅岩は呆気《あっけ》にとられる。

「な、何だ？　どうなっているんだ？」

館の信じられない光景に妻木も狼狽《ろうばい》していた。

「さあ、白鷹名探偵、犯人の名前を訂正したまえ！」

ゴンドラが応接ホールのテーブルとソファを踏み潰して着地すると同時に犬神はマイクを手にそう叫ぶ。なぜマイクを持っているのだろう。そして犬神の声は壁のあちこちから鳴り響く。どうなっているんだ？

「犯人？　訂正？」

黒彦は何のことか分からない。

「犯人は君の目の前にいるじゃないか！」

「そっか！　お兄さんが犯人だったんだね！」

「そう。いや、違うよ。そんな嬉《うれ》しそうな顔して言っちゃいけない」

「あ……」

黒彦の中で何かが弾《はじ》け飛ぶ。同時に、信じられない事実に気付かされた。まさか、そんなことがあるのか？

「魔神館……」

「え？」

紅岩が黒彦の呟《つぶや》きを拾う。

「犯人は、魔神館だったんだ……」

頭を潰された東作。胸を貫かれた露子。密室で溺死《できし》した久佐川。胴を切断された蒲生。後頭部を殴られた果菜。およそ人の力によるものとは思えない犯行。


根本的に、間違っていた。

何もかも。


「やっぱり、魔神が？」

三鳥が尋ねる。

「違う！　この館が犯人だったんだよ。全部、この館の仕業だったんだ！」

黒彦は両腕を伸ばしてそう叫んだ。

「……さて、後は僕が名探偵に代わって適当に種明かししてあげよう」

犬神はゴンドラ天井の上にあぐらをかき、喜ぶ果菜を前に座らせてそう言った。黒彦たちはその前の絨毯に直接腰を下ろしている。傍目《はため》には随分とおかしな光景だった。

「お兄さん！　僕頭を殴られたんだよ！」

果菜はさっそく兄に報告する。

「それは災難だったね。でも君なら大丈夫だよ」

犬神は平然とそう返すと、少女の頭を撫《な》でてやった。

「平気だったろ？」

「うん。あ、あとクロちゃんにチューされそうにもなったよ」

「それは聞き捨てならないね」

犬神はいつもの冷たい目でじっと黒彦を見る。

「あ、いや、それは……」

黒彦は口ごもる。どうも自分は考え込むと、おかしくなるらしい。

「それよりも、今までどこへ行っていたんですか？」

姫草がそう尋ねる。黒彦との先の言い争いも、この驚きで全て吹き飛んでしまった。

69

「どこって、地下の制御室だよ。書庫の奥から繋《つな》がっている」

「制御室だって？」

妻木は口を大きく開けていた。

「そのノートパソコンは？」

紅岩は犬神が小脇に抱えているノートパソコンを指差す。

「久佐川君のを拝借したんだ。故人の物を奪うようで気が引けたけど、まあ許してくれるだろう。そろそろ天気も気になることだしね」

「インターネット？　接続できるんですか？」

三鳥が驚いて尋ねる。

「制御室を経由すればね。地中に高速専用回線が引かれていたよ」

全員が気の抜けたような表情で犬神を見つめていた。

「で、何から話そうか？」

「……順番に、説明してください。東作さんの事件から」

黒彦がそう言う。

「ああ、東作さんは、自殺だよ」

「自殺？」

「妻木さんの話の通りだよ。香具土深良を敬愛し彼の魔術に傾倒していた東作さんは、妻木さんにそそのかされたこともあって、この館を呪術《じゅじゅつ》の場だと思い込んでいた。そして十二星座の生命を生け贄《にえ》に魔神を召喚しようとしたんだ。それが事件の全てだ」

「自分も、魔神の生け贄に？」

「らしいね。だから彼は仕掛けを造って最初の生け贄に自分を選び自殺した」

「どうやって？　彼は自殺で死んだような状態ではなかったですよ？」

と姫草は尋ねる。

「それでも自殺だよ。睡眠薬を大量に飲んで、彼は無理矢理眠りについた。途中、妻木さんが現れるイレギュラーはあったものの、彼にとっては関係ない。時間が来れば天井が開いて、鎖の付いた鉄球が落下し彼の頭を砕いたんだ」

「て、鉄球……」

「鉄球は鎖を引かれて回収され、また元通り天井が閉じる。後には何も残らない」

「そんな仕掛けが……」

黒彦は呟く。

「後で見せてあげるよ」

「……信じられない」

「見れば分かるさ。血もしっかり付着していた」

「いや、そんな方法で自殺するなんて」

「ああ、それは僕も信じられないかな。しかしそれが香具土深良に近付く方法だったんだろう」

「露子さんは？」

　三鳥が第二の殺人について尋ねる。

「なぜ、ゴミ置き場の鍵《かぎ》があんなに上に取り付けられていたと思う？」

　犬神はいきなり問いかける。

「え？　それは、山の動物にゴミを漁《あさ》られない為に」

「違う。露子さんが腕を伸ばして背伸びしないと届かない位置だからだよ」

「え？　それはどういう……」

「ちょうど彼女の心臓の位置を目掛けて射手座像の矢を飛ばす仕掛けが、ゴミ置き場の中にあるんだよ。矢は真正面から、格子状のドアを抜けて露子さんの胸に突き刺さり、そのまま背後の大木にまで刺さるようになっていたんだ」

「どうやって、露子さんが来たって分かるんですか？」

「サーモセンサーが取り付けてあった。体温を感知して人の位置を確認する奴だ。それを使って身長から正確に人物を割り出し、露子さんと一致すれば射手座像の矢が地下を通って運び込まれて発射台にセットされる。そして彼女が腕を伸ばしたら三秒後に矢が発射される仕組みだよ」

「そんな物まで……」

「久佐川君の件は、どうなんですか？」

　姫草が身を乗り出して尋ねる。

「どうしてあんな場所で、溺死したんですか?」

「浴室のドアが開かなくなったんだよ」

「ド、ドアが?」

「そして排水口のシャッターが閉じて、蛇口の水が止まらなくなる。後はもう分かるだろ?」

「ああ……」

「お風呂《ふろ》に入ろうとした久佐川君は浴室に閉じ込められて水責めの刑を受けさせられた。逃げようにも出口はない。四方は分厚い石の壁に囲まれている。やがて水が天井にまで達すると久佐川君は溺《おぼ》れ死んでしまう。頃合いを見て排水口が開いて水を逃がし、ドアの鍵が解除される」

「……無茶苦茶《むちゃくちゃ》だ」

姫草は言葉を吐き捨てる。

「まあ、一般家庭にはあまり見られない装置だね」

「じゃあ、蒲生さんはどうなのかしら?」

紅岩が尋ねる。

「厨房《ちゅうぼう》に隠された赤外線センサーが蒲生さんの位置を正確にとらえる。その後シンクの隙間に隠されていた巨大な刃が飛び出し、弧を描くように蒲生さんの体を切断し、再びシンクの隙間に収納される。その間約一秒。悲鳴を上げる時間すら与えてくれなかっただろう」

「狂ってるわね……」

紅岩は口元に手を置いて呟《つぶや》いた。

「僕は―？」

果菜が顔を上げて聞く。

「東作さんのものに近いね。天井の端から鎖付きの鉄球が降りてきて、振り子運動で頭を直撃したんだ。ちなみにこの鉄球装置は獅子宮《ししきゅう》以外の部屋全てに備わっていた」

三鳥はその様子を想像して青ざめた。

「なぜ、ハテナちゃんは助かったの？」

紅岩はさらに尋ねる。

「まあ、東作さんの誤算だろうね」

犬神は何かを隠すかのように言葉を濁した。

「……何なんだよ。この館は……」

黒彦は落胆と共に言葉を漏らす。そんな結末があっていいのか？　犬神は黒彦の疲れた顔を楽しげに見つめている。

「僕たちはこの古臭い外観に騙《だま》されていたんだよ。風化の進む石の壁面。今時見かけない赤絨毯《じゅうたん》。意味の分からない石像群。全てカムフラージュだ。こんなハイテクな建物はちょっとお目にかかれないね」

「その装置を造ったのが、東作ですか……」

「そう、但し罠《わな》のほとんどを造ったのは香具土深良だろうね。東作さんはそれら全てに制御プログラムを施したんだ」

「はあ……」

黒彦はもう、言葉が出ない。

「他にも何かあるんですか？」

姫草が尋ねる。

「じゃあハテナ、君はちょっと食堂に行って来なさい」

「おっけー」

果菜はゴンドラを降りると駆け足で食堂へと向かっていった。頭の傷はもう大丈夫のようだ。

「そして僕らは玄関ホールへと行く」

犬神が全員を連れて玄関ホールの正面にまでやって来ると、再びキーボードを叩《たた》いて何かを入力した。

「ほら、階段の上を見てごらん」

犬神は二階へと上がる階段の上の方を指差す。見ると階段を上りきった所に小さな果菜が背を向けていた。

「あれ？　ハテナちゃん？」

紅岩は声を出す。

「ハテナ、手を振って！」

犬神は食堂の方に向かって指示を出す。しばらくすると階段の人影がぱたぱたと手を振り始めた。

「カメラは食堂の壁面に七つ取り付けてある。映写機は魔神像の背に埋め込まれている」

「……あ、じゃあ東作さんが殺された夜の、露子さんが見た蒲生さんって」

「これだろうね」

「だから、二人共譲らなかったのか……」

露子は確かに蒲生の姿を見ていた。だがそれは、食堂を歩く彼女の映像だった。

「他にも、こういうのもある」

犬神は再びキーを叩く。すると周辺の壁から何か物音が聞こえてきた。

「何か、鳴ってる？」

「壁に耳を近付けて」

言う通りに黒彦は玄関ホールの壁面に耳を近付ける。遠くの方で誰かの話し声のような音が聞こえていた。

「これって……」

「石の壁に囲まれた部屋で、隣の部屋の話し声なんて聞こえないさ。壁の中に無数のスピーカーとマイクが埋め込まれている。僕たちの会話のほとんどを録音して、適当に再生していたんだ」

「……何の為に？」

「さあね。僕たちを混乱させる為かな。先の映写機もこのスピーカーも東作さんのアイデアだろうね。いないはずの人影、聞こえないはずの声、それで僕たちの疑心暗鬼を募らせ、お互いを疑わせようとしたんだ」

「奴はそこまでして、私たちを殺そうと……」

手足の縛りを解かれた妻木の悲痛な声が館に響く。

「ハテナが自分にあてがわれた双児宮に入らずに、僕や黒彦君の部屋で眠っていてもシステムは問題なく対応できる。もし台風が来なかったとしても、僕らを足止めできる仕組みは山ほど隠されていた。どうあっても皆殺しにして、魔術とやらを完成させたかったんだろうね」

「エムはー？」

食堂から戻ってきた果菜が犬神に尋ねる。

「何だい？」

「蒲生さんが残した『M』ってなんだったの？」

「英語だよ」

「それは分かるけど」

黒彦が言う。

「……蒲生さんは最期に気付いたんだよ。この事件が誰によるものでもなく、この館自体が行っていることをね。でもそれを皆に伝えるにはあまりにもややこし過ぎる。だからもっと単純に示そうとした。残念ながら、それも間に合わなかったようだけど」

「それが『M』？」

「黒彦君、魔神を英語に訳すと？」

「え？　……デビル？　いや、デーモンって言うのかな？」

いきなり問題を出されて黒彦は戸惑う。

「思ったより頭が固いね。じゃあハテナ、魔神を英語に訳すと？」

「マッジーン！」

「惜しい、Ｍａｃｈｉｎｅだよ。フランス語も同じだね」

「え、そんな単純な？」

「香具土深良がなぜこんな名前を付けたのかは知らない。でも蒲生さんはそう伝えたかったんだろうね」

理不尽な仕掛けによって殺害された蒲生が、その間際に自分たちの為に残してくれた、『機械』というメッセージ。だが黒彦たちにそこまでの想像力はなかった。

「それで、館の他の仕掛けは……」

姫草は尋ねる。犬神はその質問に笑顔で応《こた》えると右手を動かしノートパソコンのキーをいくつか叩いた。

目の前の十二星座像が轟音《ごうおん》を響かせ崩れ去った。

魔神像の周囲に白い砂塵《さじん》が舞うのを、皆はただ呆然《ぼうぜん》と見つめていた。

「仕掛けは全て停止した。この館も百年の魔術からようやく解放された」

70

犬神の予報通り、雨は昨晩の内に上がり館の窓には日光が射し込んでいた。どこまでも晴れ渡った青空、眼下には美しい緑の森。昨日までの薄暗さが信じられないくらいの絶景が広がっている。黒彦たちはその後犬神の指示により地下室の回線から警察への連絡を試みて、午後にはタイヤの太い二台の車に乗った八人の捜査員を館に呼び付けることができた。捜査員たちは、館で起こった信じられない事件を知り一様に言葉を失ったが、憑《つ》き物が落ちたように冷静な黒彦たちの協力で捜査は割とスムーズに進行できたらしい。それでもさらに二日間館に拘束される羽目になったが、魔術から解放された魔神館はもうただの古い建物でしかなく、何の恐怖も感じられなくなっていた。

黒彦たちは水が引いたのを確認すると、二台のジープに分かれて山を下り始める。一台目には妻木と犬神と果菜と三鳥が、そして二台目には姫草と黒彦と紅岩が乗り込んでいた。窓の向こうには豊かな自然がどこまでも広がり、木々の隙間からは木漏れ日が落ちている。露子が見せたかった景色とは、こういうものだったのだろうかと黒彦は思っていた。

「何か、言うことはないのかい？」

ハンドルを握る姫草が、正面を向いたまま助手席の黒彦に声をかける。黒彦は一瞬体を震わせ、両手の拳《こぶし》をぎゅっと握って姫草の方を向いた。

「……すいませんでした、犯人扱いしたりして」

解決を急ぐあまりに、自分はとんでもない間違いを犯してしまった。あれだけ事件解決に向けて働いてくれた姫草を、自分は犯人と決め付けてしまった。

「僕があんな人殺しをする奴だと思ったのか？」

「……思っていませんでした。ただ俺は、解決させたかったんです」

「僕の検視もインチキ呼ばわりしてくれたね？」

「はい……」

その判断も甘かった。検視結果を変えているという証拠もなく、ただそこにトリックがあれば解決できるのにという思いからの推理だった。

「僕だって、怖かったんだよ」

「……分かっています」

ジープは山道をグルグル回る。魔神館へと訪れた日もこんな天気だったと黒彦は思った。あの館にいる間だけ、まるで陰気な別世界に飛ばされたような気分にさせられていた。それもまた、怪人・香具土深良の魔術なのだろうか。自分も、おかしくなっていたのかも知れない。

「ハテナちゃんの為かい？」

「え？」

姫草は横目でちらりと黒彦の方を見る。

「ハテナちゃんの為に、早く解決させたかったのかい？」

「……そうです」

果菜が襲われた時、自分の中で使命感のようなものが湧き起こるのを感じていた。絶望の中、ただあの少女を助けたいが為に事件の解決を望んだのかも知れない。

「じゃあ、許す」

「え？」

「あの子が笑ってくれる為に君が無謀な賭《か》けに出たというのなら、僕は何も言わない。悪者になってもいいさ」

「姫草先生……」

「僕にその勇気はなかった。現状報告はできても犯人を見付け出すことなんか最初から諦《あきら》めていたんだ。その思いが解決を妨げていたとも思う。僕は東作に騙《だま》され、東作の企《たくら》み通りに協力してしまっていたんだ」

「違います。それは違います。姫草先生がいなかったら俺たちは絶対に助からなかったはずです。先生が仕切ってくれたから……」

後部座席から、くすくすという紅岩の笑い声が聞こえた。姫草はバックミラー越しに彼女を窺《うかが》う。

「おかしいですか？　紅岩さん」

「いいえ。ステキよん、お二人とも」

紅岩は鏡の向こうから微笑みかけた。


駅に着くと姫草と妻木はすぐに警察へと向かって行った。事件の報告と、妻木の自首の為に。陰惨な連続殺人事件が続いたとはいえ、妻木が初めに東作を殺害したことに変わりはない。妻木自身がそう考えての行動だった。逮捕を恐れてカムフラージュを図った妻木だが、自分の復讐《ふくしゅう》と東作の殺戮《さつりく》とを同じにはしたくなかったようだ。三島はバスに乗って実家に帰るらしい。去り際に犬神に何かを約束していたが、それが何かは黒彦には聞こえなかった。紅岩は車に乗り込み皆に別れを告げる。気分転換を兼ねて、まだしばらくは旅行に出かけたいとのことだった。

黒彦と犬神と果菜は同じ電車に乗り込み帰路につく。犬神の家が意外と黒彦の家の近所であると知って驚かされた。車中、犬神はほとんどの時間を寝て過ごす。詳しくは知らないが、魔神館の地下に入ってからはあまり眠っていなかったらしい。だがそれは早く事件を解決させたい気持ちからではなく、やはり単なる機械への好奇心によるものらしい。その証拠に彼は、事件を解決させた晩も行方不明になっていた。

「犬神さん」

何度目かの乗り継ぎの後に乗った特急列車の車内で、黒彦はタイミングを見計らって犬神に声をかけた。犬神は帽子のつばを持ち上げて黒彦の顔を見る。

「どうやって、あの機械トリックを見破ったんですか？」

想像も付かなかった無人の殺害方法。全滅の危機から救ってくれたのは、結局一番やる気のなかったこの男だった。

「……僕は別に、殺人事件を解決させたつもりはないよ。ただあの館があまりに不自然だったから、ずっと一人で調べていたんだ」

犬神は相変わらずの気の抜けた調子で答える。

「不自然？　ってあの魔神像のことですか？」

「いや、露子さんの部屋で見た電気代の伝票だよ」

「伝票？」

「館の照明は暗いし、お風呂《ふろ》はガスボイラーで沸かしているというのに、電気代が異常に高かった。どこか別の場所で大量に消費されている証拠だよ。恐らくずっと地下に潜って実験を繰り返していたんだろう」

「そんな所に、注目していたんですか……」

露子の部屋の伝票の束は確かに黒彦も見ていた。だが、見ていただけだった。

「でも一番気になったのは、急に頭痛が始まったのと、部屋の方角を間違えたことだね。僕は宝瓶宮を東南だと思ったのに、実際は北東にあった」

「それが、何か？」

そもそもどうして犬神は部屋が東南だと思い込んだのだろう。

「うん。僕はね、自分の方向感覚には絶対の自信を持っているんだよ。間違えるはずがない。でもそれが狂わされたんだ。だから多分、館内のどこかに巨大な磁場が発生しているはずだと思ったんだ。例えば地下にコンピュータルームがあるとか」

犬神は指先をくるくる回してそう言った。

「……じゃあ、最初からあの館には何かあるって思っていたんですか？」

「僕はそっちの方に興味を惹《ひ》かれていた。殺人事件なんて、君たちに任せておくつもりだった」

「……お手上げです」

黒彦は実際に両手を上げてそう言った。自分たちがあの不気味な魔神像に驚いている間、この人は全く違う視点で館を疑っていたのだ。

「でもクロちゃんの探偵ぶりもなかなかカッコ良かったよ！」

果菜は慰めるようにそう言うと、どこかで買った夏ミカンを半分手渡した。

「……全然違う人を、犯人にする所だった」

黒彦はミカンをもしゃもしゃ食べながら言う。姫草は許してくれたが、もしあの時犬神が現れなかったら、どうなっていたかは自分でも分からない。

「でも事態をよく把握して、論理的な結論を導き出そうとしたら、犯人は姫草先生以外はあり得ないよ」

「……違ってたじゃないですか」

「真実なんて、大した問題じゃない」

犬神は真顔でそう言いきると、窓の向こうに目を移した。辺りの景色が次第に馴染《なじ》みあるものへと変わってゆく。暗く、血生臭い旅もようやく終わりに近付いていた。

「東作は、何でこんなことをしたんだろう……」

黒彦が呟《つぶや》く。十一人もの生命を魔神に捧《ささ》げることで、崇拝する香具土に近付こうという狂気。しかも彼はその最初の生け贄《にえ》に自分を選んだ。

「……君はまだないかも知れないが、多くの人はある時に急に、自分の限界を知ることになるんだよ」

犬神は黒彦を見ずに不思議な話を始める。

「限界？」

「それは年齢かも知れないし、何かに不合格と評価される時かも知れない。抗《あらが》えない他者からの圧力もある。ともかくそこで、人は『自分』というものを思い知らされるんだ。非常に苦しい時期だ。

　そんな時僕たちがとる方法は二つ。一つは早々に限界を理解して、そこでやり繰りできる方法を考える人。もう一つは納得できずに何度も高みを目指し、やがて歪《いびつ》な方法をもってでも無理矢理に自分を押し上げる人だ」

「……」

「どちらが辛《つら》いかは推して知るべし。東作さんは後者だった」

　己の芸術家としての限界を知り、愛する者からも見捨てられた東作。金では買えない力を得る為に彼のとった行動は、魔術の力で自分を高めることだった。そんな自分勝手な行いに、両親も、露子も久佐川も蒲生も殺された。決して許されないことなのに、なぜかそこには、どうしようもない苦悩と嘆きが含まれているように感じられた。

「人はそうやって大人になる。成長とは、自分にできることとできないこととを延々と判別し続ける作業なんだよ」

　黒彦は自分の限界について考える。多分今後どれだけ努力しても、姫草のように医者になることはできないだろう。画家の子だが、紅岩のように絵を描くこともできない。蒲生のように料理を作ることもできない。自分の幅は充分に知っているつもりだが、それは多分犬神の語る『限界』とは別のものなのだろう。

「犬神さんは？」

「うん？」

「犬神さんは限界を知っているんですか？」

黒彦の質問に、犬神は珍しく笑みを見せる。

「……僕の場合は他者からの圧力だったね。でもそれもある日一斉に解除された。個人の能力においてはまだ限界を感じたことはないよ」

抜群の知性を持ちながらも、他者の『限界』に合わさざるを得なかった犬神。彼はそれに逆らったが為に、全てから拒絶された。

「……ハテナのことですか？」

「うん」

ためらいなく犬神は認める。果菜はまるであの館での出来事を全て忘れてしまったかのように、やはり無邪気に兄の腕に絡まっている。

「……無事で、良かったですね」

「まあ、そう簡単には壊れないよ。この子は」

「え？」

「その辺が、東作さんの誤算だったんだよ」

犬神はガーゼを貼られた果菜の額にそっと触れて言う。

「東作さん、いや彼の作ったシステムでは、ハテナも殺害されたことになっている」

その証拠は黒彦も確認していた。肘《ひじ》から下を失い、離ればなれになった双子座像。あれは殺害され、魔神に生命を捧げられたことを象徴するものだった。

「……どういうことですか？」

黒彦が尋ねると、犬神は口角を持ち上げて話す。

「ハテナは他人を傷付けることができない。それは僕が決めたこの子へのルールの一つだ。だが世の中は何が起こるか分からない。今回みたいに、誰も悪くないのに闘わなきゃいけない時もある。だからこの子には不測の事態に備えて防衛できるようにしておいたんだ」

「防衛？」

黒彦は何だか胡散《うさん》臭いものを感じ始めていた。

「頭部に重大な衝撃、例えば脳組織などを損傷しかねない程の強いダメージが加わった瞬間、この子の頭は胴と分離して衝撃を回避することができるんだ」

「え？　分離？　頭が？」

「それは自らの意志ではなく、ちょうど僕らの脊髄《せきずい》反射のように無意識で処理される行動なんだよ。もちろんその反応速度はヒトの反射とは比べものにならない程に高速だ。鉄球が後頭部に直撃した瞬間、吹き飛ばされるより速くこの子の頭は外れて床に落ちた。だからハテナはこの程度の傷で済んだんだよ」

大真面目な顔で犬神は話す。黒彦は開いた口が塞《ふさ》がらなかった。

「ちなみに外れた頭部は、危険が去ったことを確認するとすぐに胴部へと自走して再接続される。全身の再起動には少々時間がかかるけど、大体は分離する前の記憶までは保持されている」

「はあ……」

もしこの電車内で二人の会話を聞く者があっても、まさかそれが今兄の腕に頭を擦《こす》り付けている妹の話をしているとは思わないだろう。

「ハテナって、ロボットなんですよね」

「まあね」

犬神は気楽に答えるが、黒彦にとっては魔神館以上にあり得ない話だった。どこまでも嘘っぽい。

「本当に？」

「……その確認は、何より君の身の潔白を証明しているね」

犬神は黒彦の方を向いて言う。

「潔白？」

「君はいい人だ。別に僕に聞かなくてもいいんだよ。ハテナがロボットである証拠は隠しきれていないんだから」

黒彦は果菜を見る。大きな麦わら帽子を被《かぶ》った果菜は視線に気付くと、歯を見せてニッと笑いかけた。不自然な点は、どこにも見当たらない。むしろ完璧《かんぺき》ですらある。

「顔を見ても分からないさ。服を脱がせて、隅々まで調べればすぐに分かる」

犬神は黒彦の目をじっと見つめる。黒彦は夏の窓に目を逸《そ》らし溜《た》め息をついた。まあ、それで果菜の命が助かったのなら、それでもいいのだろう。真実なんて、大した問題じゃないのだから。

了

※本書はフィクションであり、実在の人物、団体等とは一切関係ありません。

本書は、二〇〇七年九月に小社より刊行された単行本を修正し、文庫化したものです。

魔《ま》神《じん》館《かん》事《じ》件《けん》

夏《なつ》と少女《しょうじょ》とサツリク風景《ふうけい》

椙本《すぎもと》孝思《たかし》

角川文庫 17596

平成二十四年九月二十五日　初版発行

発行者—井上伸一郎
発行所—株式会社角川書店
東京都千代田区富士見二—十三—三
電話・編集（〇三）三二三八—八五五五
〒一〇二—八〇七八
発売元—株式会社角川グループパブリッシング
東京都千代田区富士見二—十三—三
電話・営業（〇三）三二三八—八五二一
〒一〇二—八一七七
http://www.kadokawa.co.jp

印刷所—旭印刷　製本所—BBC
装幀者—杉浦康平

本書の無断複製（コピー、スキャン、デジタル化等）並びに無断複製物の譲渡及び配信は、著作権法上での例外を除き禁じられています。

また、本書を代行業者等の第三者に依頼して複製する行為は、たとえ個人や家庭内での利用であっても一切認められておりません。

落丁・乱丁本は角川グループ受注センター読者係にお送りください。

送料は小社負担でお取り替えいたします。


定価はカバーに明記してあります。

©Takashi SUGIMOTO 2007, 2012　Printed in Japan

す 18-1　ISBN978-4-04-100440-1　C0193

角川文庫発刊に際して

角川源義

第二次世界大戦の敗北は、軍事力の敗北であった以上に、私たちの若い文化力の敗退であった。私たちの文化が戦争に対して如何に無力であり、単なるあだ花に過ぎなかったかを、私たちは身を以て体験し痛感した。西洋近代文化の摂取にとって、明治以後八十年の歳月は決して短かすぎたとは言えない。にもかかわらず、近代文化の伝統を確立し、自由な批判と柔軟な良識に富む文化層として自らを形成することに私たちは失敗して来た。そしてこれは、各層への文化の普及滲透を任務とする出版人の責任でもあった。

一九四五年以来、私たちは再び振出しに戻り、第一歩から踏み出すことを余儀なくされた。これは大きな不幸ではあるが、反面、これまでの混沌・未熟・歪曲の中にあった我が国の文化に秩序と確たる基礎を齎らすためには絶好の機会でもある。角川書店は、このような祖国の文化的危機にあたり、微力をも顧みず再建の礎石たるべき抱負と決意とをもって出発したが、ここに創立以来の念願を果すべく角川文庫を発刊する。これまで刊行されたあらゆる全集叢書文庫類の長所と短所とを検討し、古今東西の不朽の典籍を、良心的編集のもとに、廉価に、そして書架にふさわしい美本として、多くのひとびとに提供しようとする。しかし私たちは徒らに百科全書的な知識のジレッタントを作ることを目的とせず、あくまで祖国の文化に秩序と再建への道を示し、この文庫を角川書店の栄ある事業として、今後永久に継続発展せしめ、学芸と教養との殿堂として大成せんことを期したい。多くの読書子の愛情ある忠言と支持とによって、この希望と抱負とを完遂せしめられんことを願う。

一九四九年五月三日

角川文庫ベストセラー

フリークス　綾辻行人

狂気の科学者J・Mは、五人の子供に人体改造を施し、〝怪物〟と呼んで責め苛む。ある日彼は惨殺体となって発見されたが⁉——本格ミステリと恐怖、そして異形への真摯な愛が生みだした三つの物語。

殺人鬼　——覚醒篇　綾辻行人

90年代のある夏、双葉山に集った〈TCメンバーズ〉の一行は、突如出現した殺人鬼により、一人、また一人と惨殺されてゆく……いつ果てるとも知れない地獄の饗宴。その奥底に仕込まれた驚愕の仕掛けとは？

殺人鬼　——逆襲篇　綾辻行人

伝説の『殺人鬼』ふたたび！……蘇った殺戮の化身は山を降り、麓の街へ。いっそう凄惨さを増した地獄の饗宴にただ一人立ち向かうのは、ある「能力」を持った少年・真実哉！……はたして対決の行方は⁉

Another　(上)(下)　綾辻行人

1998年春、夜見山北中学に転校してきた榊原恒一は、何かに怯えているようなクラスの空気に違和感を覚える。そして起こり始める、恐るべき死の連鎖！　名手・綾辻行人の新たな代表作となった本格ホラー。

ちーちゃんは悠久の向こう　日日日《あきら》

幼馴染のちーちゃんと穏やかな日常を送っていた「僕」。しかし、ある怪異事件を境に一変し……〝変わるはずのない日常〟が崩壊する恐怖と青春時代の瑞々しさを描いた、日日日の鮮烈デビュー作、復活！

角川文庫ベストセラー

うそつき　～嘘をつくたびに眺めたくなる月～

日《あ》日《き》日《ら》

竹宮輝夜16歳。「好き」が、わからない彼女は、男をとっかえひっかえしても「愛」という感情を理解できない。そんな輝夜と、彼女を見つめる隣人・沖名くんの素直になれないラブストーリーの顛末は――？

不思議の扉　時をかける恋

編／大森　望

不思議な味わいの作品を集めたアンソロジー。ひとたび眠るといつ目覚めるかわからない彼女との一瞬の再会を待つ恋……梶尾真治、恩田陸、乙一、貴子潤一郎、太宰治、ジャック・フィニイの傑作短編を収録。

不思議の扉　時間がいっぱい

編／大森　望

同じ時間が何度も繰り返すとしたら？　時間を超えて追いかけてくる女がいたら？　筒井康隆、大槻ケンヂ、牧野修、谷川流、星新一、大井三重子、フィッツジェラルド描く、時間にまつわる奇想天外な物語！

不思議の扉　ありえない恋

編／大森　望

庭のサルスベリが恋したり、愛する妻が鳥になったり、腕だけに愛情を寄せたり。梨木香歩、椎名誠、川上弘美、シオドア・スタージョン、三崎亜記、小林泰三、万城目学、川端康成が、究極の愛に挑む！

不思議の扉　午後の教室

編／大森　望

学校には不思議な話がつまっています。湊かなえ、古橋秀之、森見登美彦、有川浩、小松左京、平山夢明、ジョー・ヒル、芥川龍之介……人気作家たちの書籍初収録作や不朽の名作を含む短編小説集！

角川文庫ベストセラー

首挽村の殺人　大村友貴美

無医村状態が続いていた鷲尻村に待望の医師がやってきた。だが、着任以降村では謎の変死が立て続けに起こり……因習が忌わしい過去を甦らせる。21世紀の横溝と絶賛された第27回横溝正史ミステリ大賞受賞作。

死墓島の殺人　大村友貴美

岩手県三陸沖、「死墓島」と呼ばれる島で起きた連続殺人事件。事件の真相を、その名に秘められた島の陰の歴史とともに温厚実直な藤田警部補が明らかに！『首挽村の殺人』に続く、殺人シリーズ第2弾！

霧の塔の殺人　大村友貴美

岩手県・雲上峠のベンチに生首が置かれていた。被害者は年商総額三十億にのぼる会社の経営者、地元の名士を残忍なやり方で殺害したのは誰か。次の殺害予告は県選出の国会議員に及ぶ劇場型殺人へと発展する！

怪盗探偵山猫　神永　学

現代のねずみ小僧か、はたまた単なる盗人か⁉　痕跡を残さず窃盗を繰り返し、悪事を暴く謎の人物、その名は〝山猫〟。神出鬼没の怪盗の活躍を爽快に描く、超絶サスペンス・エンタテインメント。

コンダクター　神永　学

毎夜の悪夢、首なしの白骨、壊れ始める友情、怪事件を狂信的に追う刑事。音楽を奏でる若者たちの日常が、一見つながりのない複数の出来事が絡み合い崩壊の道をたどる……⁉　驚異の劇場型サスペンス！

角川文庫ベストセラー

赤×ピンク　桜庭一樹

深夜の六本木、廃校となった小学校で夜毎繰り広げられる非合法ファイト。闘士はどこか壊れた、でも純粋な少女たち――都会の異空間に迷い込んだ彼女たちのサバイバルと愛を描く、桜庭一樹、伝説の初期傑作。

推定少女　桜庭一樹

あんまりがんばらずに、生きていきたいなぁ、と思っていた巣籠カナと、自称「宇宙人」の少女・白雪の逃避行がはじまった――桜庭一樹ブレイク前夜の傑作、幻のエンディング3パターンもすべて収録!!

砂糖菓子の弾丸は撃ちぬけない A Lollypop or A Bullet　桜庭一樹

ある午後、あたしはひたすら山を登っていた。そこにあるはずの、あってほしくない「あるもの」に出逢うために――子供という絶望の季節を生き延びようとあがく魂を描く、直木賞作家の初期傑作。

少女七竈と七人の可愛そうな大人　桜庭一樹

いんらんの母から生まれた少女、七竈は自らの美しさを呪い、鉄道模型と幼馴染みの雪風だけを友に、孤高の日々をおくるが――。直木賞作家のブレイクポイントとなった、こよなくせつない青春小説。

ネガティブハッピー・チェーンソーエッヂ　滝本竜彦

「雪崎絵理は戦う女の子だ。美少女戦士なのだ」。目的を失った日々を〝不死身のチェーンソー男〟との戦いに消費してゆくセーラー服の美少女絵理と高校生山本の切ない青春。青春小説の新たな金字塔。

角川文庫ベストセラー

NHKにようこそ! 滝本竜彦

ひきこもりの大ベテラン佐藤は気づいてしまった。人々をひきこもりの道へと誘惑する巨大組織の陰謀を!——といってどうすることもなく過ごす佐藤の前に現れた美少女・岬。彼女は天使なのか、それとも……。

超人計画 滝本竜彦

ひきこもり新人作家は気づいた。辛い現実を前に立ちすくみ、ダメ人間ロードを突き進む自分を変えるには「超人」になるしかないのだと——女神のごとく降臨した脳内彼女レイちゃんと共に、進め超人への道!!

水の時計 初野晴

脳死と判定されながら、月明かりの夜に限り話すことのできる少女・葉月。彼女が最期に望んだのは自らの臓器を、移植を必要とする人々に分け与えることだった。第22回横溝正史ミステリ大賞受賞作。

漆黒の王子 初野晴

歓楽街の下にあるという暗渠。ある日、怪我をした〈わたし〉は〈王子〉に助けられ、その世界へと連れられたが……眠ったまま死に至る奇妙な連続殺人事件。ふたつの世界で謎が交錯する超本格ミステリ!

退出ゲーム 初野晴

廃部寸前の弱小吹奏楽部で、吹奏楽の甲子園「普門館」を目指す、幼なじみ同士のチカとハルタ。だが、さまざまな謎が持ち上がり……各界の絶賛を浴びた青春ミステリの決定版、〝ハルチカ〟シリーズ第1弾!

角川文庫ベストセラー

初恋ソムリエ　初野晴

ワインにソムリエがいるように、初恋にもソムリエがいる?!　初恋の定義、そして恋のメカニズムとは……お馴染みハルタとチカの迷推理が冴える、大人気青春ミステリ第2弾！

僕と先輩のマジカル・ライフ　はやみねかおる

幽霊の出る下宿、地縛霊の仕業と恐れられる自動車事故、プールに出没する河童……大学一年生・井上快人の周辺でおこる「あやしい」事件を、キテレツな先輩・長曽我部慎太郎、幼なじみの春奈と解きあかす！

アイの物語　山本弘

数百年後の未来、機械に支配された地上で出会ったひとりの青年と美しきアンドロイド。機械を憎む青年に、アンドロイドは、かつてヒトが書いた物語を読んで聞かせるのだった――機械とヒトの千夜一夜物語。

詩羽のいる街　山本弘

ある日突然現れた詩羽という女性に一日デートを申し込まれ、街中を引きずり回される僕。お金も家もない彼女がすることとは、街の人同士を結びつけることだけ。しかし、それは、人生を変える奇跡だった……。

パズル　山田悠介

超有名進学校が武装集団に占拠された。人質となった教師を助けたければ、広大な校舎の各所にばらまかれた2000ものピースを探しだし、パズルを完成させなければならない!?　究極の死のゲームが始まる！

横溝正史ミステリ大賞
YOKOMIZO SEISHI MYSTERY AWARD

作品募集中!!

**エンタテインメントの魅力あふれる
力強いミステリ小説を募集します。**

大賞 賞金400万円

●横溝正史ミステリ大賞

大賞：金田一耕助像、副賞として賞金400万円
受賞作は角川書店より単行本として刊行されます。

対 象

原稿用紙350枚以上800枚以内の広義のミステリ小説。
ただし自作未発表の作品に限ります。HPからの応募も可能です。
詳しくは、http://www.kadokawa.co.jp/contest/yokomizo/
でご確認ください。

主催 株式会社角川書店

エンタテインメント性にあふれた
新しいホラー小説を、幅広く募集します。

日本ホラー小説大賞

作品募集中!!

大賞 賞金500万円

●日本ホラー小説大賞
賞金500万円

応募作の中からもっとも優れた作品に授与されます。

受賞作は角川書店より単行本として刊行されます。

●日本ホラー小説大賞読者賞

一般から選ばれたモニター審査員によって、もっとも多く支持された作品に与えられる賞です。

受賞作は角川ホラー文庫より刊行されます。

対象

原稿用紙150枚以上650枚以内の、広義のホラー小説。

ただし未発表の作品に限ります。年齢・プロアマは不問です。

HPからの応募も可能です。

詳しくは、http://www.kadokawa.co.jp/contest/horror/でご確認ください。

主催　株式会社角川書店